VERÃO

A marca FSC é a garantia de que a madeira utilizada na fabricação do papel deste livro provém de florestas de origem controlada e que foram gerenciadas de maneira ambientalmente correta, socialmente justa e economicamente viável.

J. M. COETZEE

# Verão

*Cenas da vida na província*

*Tradução*
José Rubens Siqueira

COMPANHIA DAS LETRAS

*Grafia atualizada segundo o Acordo Ortográfico da Língua Portuguesa de 1990, que entrou em vigor no Brasil em 2009.*

O autor agradece a Marilia Bandeira por sua ajuda com o português brasileiro e ao espólio de Samuel Beckett pela permissão de citar (de fato, citar errado) *Esperando Godot*.

*Título original*
Summertime

*Capa*
Máquina Estúdio — Kiko Farkas e Thiago Lacaz

*Preparação*
Carlos Alberto Bárbaro

*Revisão*
Márcia Moura
Carmen S. da Costa

Dados Internacionais de Catalogação na Publicação (CIP)
(Câmara Brasileira do Livro, SP, Brasil)

Coetzee, J. M.
Verão : cenas da vida na província / J. M. Coetzee ; tradução José Rubens Siqueira. — São Paulo : Companhia das Letras, 2010.

Título original: Summertime.
ISBN 978-85-359-1637-9

1. Romance inglês – Escritores sul-africanos I. Título.

10-02006 CDD-823

Índice para catálogo sistemático:
1. Romances : Literatura sul-africana em inglês 823

[2010]

EDITORA SCHWARCZ LTDA.
Rua Bandeira Paulista 702 cj. 32
04532-002 — São Paulo — SP
Telefone (11) 3707-3500
Fax (11) 3707-3501
www.companhiadasletras.com.br

# Sumário

# CADERNOS 1972-5

## 22 DE AGOSTO DE 1972

No *Sunday Times* de ontem, uma reportagem de Francistown, em Botswana. Em algum momento da semana passada, no meio da noite, um carro, modelo americano, branco, foi até uma casa numa área residencial. Homens com gorros balaclava saltaram, arrombaram aos chutes a porta de entrada e começaram a atirar. Quando cansaram de atirar, tocaram fogo à casa e foram embora. Das brasas, os vizinhos retiraram sete corpos calcinados: dois homens, três mulheres, duas crianças.

Os assassinos pareciam ser negros, mas um dos vizinhos ouviu que falavam africânder entre eles e estava convencido de que eram brancos pintados de preto. Os mortos eram sul-africanos, refugiados que tinham mudado para a casa poucas semanas antes.

Consultado, o ministro das Relações Exteriores sul-africano, por intermédio de um porta-voz, qualificou a reportagem de "sem comprovação". Serão realizadas investigações, diz ele, para determinar se os mortos eram de fato cidadãos sul-africanos. Quanto aos militares, uma fonte não identificada nega que a Força de Defesa sul-africana tenha qualquer coisa a ver com o assunto. Os assassinatos são provavelmente uma questão interna do Congresso Nacional Africano, sugere ele, que revela as "tensões existentes" entre facções.

Assim vão se sucedendo, semana após semana, essas histórias de países limítrofes, assassinatos seguidos de débeis negativas. Ele lê as reportagens e sente-se conspurcado. Então foi para isso que voltou? Porém onde no mundo alguém pode se esconder sem se sentir conspurcado? Será que se sentiria mais limpo nas neves da Suécia, lendo a distância sobre seu povo e suas últimas travessuras?

Como escapar da sujeira: não uma questão nova. Uma velha questão corrosiva que não larga, que deixa sua feia ferida supurando. Remorso moral.

"Pelo visto a Força de Defesa está de volta aos velhos hábitos", ele observa a seu pai. "Em Botswana desta vez." Mas o pai está desconfiado demais para morder a isca. Quando pega o jornal, toma o cuidado de ir direto para as páginas de esporte e pular a política; a política e os assassinatos.

Seu pai sente apenas desdém pelo continente ao norte. "Bufões" é a palavra que usa para desqualificar os líderes de Estados africanos: tiranos miúdos que mal conseguem soletrar o próprio nome, levados de um banquete a outro em seus Rolls-Royce, usando uniformes de forças imaginárias enfeitados com medalhas que outorgaram a si mesmos. África: um lugar de massas esfaimadas presididas por bufões homicidas.

"Invadiram uma casa em Francistown e mataram todo mundo", ele insiste mesmo assim. "Executaram. Inclusive as crianças. Olhe. Leia a reportagem. Está na primeira página."

O pai dá de ombros. Não consegue encontrar palavras que abarquem sua repulsa por matadores que executam mulheres e crianças indefesas, de um lado, e, de outro, por terroristas que fazem guerra a partir de refúgios fora das fronteiras. Ele resolve o problema mergulhando nos resultados do críquete. Como reação a um dilema moral, a atitude do pai é frágil; mas a resposta dele próprio (ataques de raiva e desespero) será melhor?

Houve tempo em que pensava que os homens que sonharam a versão sul-africana de ordem pública, que deram origem ao vasto sistema de reservas de trabalho, passaportes internos e cidades-satélite, tinham baseado sua visão em uma leitura tragicamente equivocada da história. Tinham interpretado mal a história porque, nascidos em fazendas ou em pequenas cidades no interior, e isolados dentro de uma língua que não era falada em nenhum outro lugar do mundo, eles não sabiam avaliar a escala de forças que desde 1945 vinha arrasando o velho mundo colonial. Mas era errado dizer que tinham interpretado mal a história. Porque eles não faziam nenhuma leitura da história. Ao contrário, viravam as costas para ela, descartando a história como uma massa de enganos concatenados por estrangeiros que sentiam desprezo pelos africânderes e que fechariam os olhos se eles fossem massacrados pelos negros, até a última mulher e criança. Sozinhos e sem amigos na ponta remota de um continente hostil, eles erigiram seu Estado-fortaleza e se retiraram para trás de suas muralhas: ali manteriam a chama da civilização cristã ocidental acesa até finalmente o mundo recuperar a razão.

Era assim que falavam, mais ou menos, os homens que lideravam o Partido Nacional e o Estado de segurança, e durante longo tempo ele achou que falavam com sinceridade. Mas não mais. Essa conversa de salvar a civilização, ele tende a pensar agora, nunca foi nada além de um blefe. Por trás de uma cortina de fumaça de patriotismo, eles estão neste mesmo instante calculando por quanto tempo conseguirão manter a coisa em movimento (as minas, as fábricas) antes de precisar fazer as malas, retalhar qualquer documento comprometedor e voar para Zurique, Mônaco ou San Diego, onde, sob a capa de companhias de holding com nomes como Algro Trading ou Handfast Securities, eles compraram anos atrás mansões e apartamentos como seguro para o dia do juízo ("*dies irae, dies illa*").

Segundo esse seu novo, revisado modo de pensar, os homens que mandaram o esquadrão de chacina a Francistown não têm nenhuma visão errônea da história, muito menos uma visão trágica. Na verdade, é muito provável que, por baixo do pano, riam das pessoas tolas a ponto de ter qualquer tipo de visão. Quanto ao destino da civilização cristã na África, eles nunca deram a menor importância a isso. E esses — esses! — são os homens em cujas sórdidas garras ele vive!

*A desenvolver: a reação do pai ao momento presente comparada à sua: as diferenças e as semelhanças (primordiais).*

1º DE SETEMBRO DE 1972

A casa em que ele mora com o pai é dos anos 1920. As paredes, construídas em parte com tijolos cozidos, mas no geral com tijolos crus, estão agora a tal ponto apodrecidas com a umidade que sobe da terra que começaram a esfarelar. Isolá-las da umidade é tarefa impossível; o melhor que se pode fazer é construir uma calçada de concreto impermeável em torno da casa toda e esperar que sequem aos poucos.

Em um guia de melhoramentos domésticos, ele aprende que para cada metro de concreto vai precisar de três sacos de areia, cinco sacos de pedra e um saco de cimento. Se construir a calçada em torno da casa com dez centímetros de profundidade, calcula, vai precisar de trinta sacos de areia, cinquenta sacos de pedras e dez sacos de cimento, o que exigirá seis viagens à loja de materiais de construção, seis cargas completas de um caminhão de uma tonelada.

A meio caminho do primeiro dia de trabalho, dá-se conta de que cometeu um erro calamitoso. Ou leu errado o guia ou em seus cálculos confundiu metros cúbicos com metros quadrados. Vai precisar de muito mais que dez sacos de cimento, mais areia e mais pedra para assentar 96 metros quadrados de concreto. Vai precisar de muito mais que seis viagens à loja de materiais; vai ter de sacrificar muito mais que apenas alguns fins de semana de sua vida.

Semana após semana, usando uma pá e um carrinho de mão, ele mistura areia, pedra, cimento e água; laje após laje, despeja o concreto líquido e nivela. Sente dor nas costas, os braços e pulsos estão duros a ponto de mal conseguir levantar uma caneta. Acima de tudo, o trabalho entedia. Mas não está infeliz. O que ele se vê fazendo é o que as pessoas como ele deviam estar fazendo desde 1652, ou seja, seu próprio trabalho sujo. Na verdade, quando se esquece do tempo que está perdendo, o trabalho começa a assumir um prazer próprio. Pode existir uma laje bem assentada cujo bom assentamento é evidente para todo mundo. As lajes que está assentando durarão mais que sua ocupação da casa, poderão durar mais até que sua estada na terra; e nesse caso ele terá, em certo sentido, enganado a morte. Uma pessoa pode passar o resto da vida cimentando lajes e toda noite cair no mais profundo sono, cansada com a dor do esforço honesto.

Quantos dos esfarrapados trabalhadores que passam por ele na rua são autores secretos de trabalhos que vão durar mais do que eles: estradas, paredes, pilares? Imortalidade de certo tipo, uma imortalidade limitada, não é tão difícil de conseguir afinal. Por que então ele insiste em registrar sinais no papel, na vaga esperança de que pessoas ainda não nascidas venham a se dar ao trabalho de decifrá-los?

*A desenvolver: sua prontidão em mergulhar em projetos furados; a facilidade com que ele deixa o trabalho criativo em prol de atividades em que não precisa pensar.*

16 DE ABRIL DE 1973

O mesmo *Sunday Times* que, em meio a revelações de tórridos casos amorosos entre professores e alunas em cidades do interior, entre fotos de starlets fazendo biquinho em biquínis exíguos, traz revelações de atrocidades cometidas pelas forças de segurança, informa que o ministro do Interior concedeu um visto a Breyten Breytenbach permitindo que ele volte à terra natal para visitar seus pais doentes. Qualificado de um visto de compaixão; válido para Breytenbach e sua mulher.

Breytenbach deixou o país anos atrás para viver em Paris e logo depois estragou tudo casando com uma mulher vietnamita, quer dizer, uma não branca, uma asiática. Ele não só se casou com ela, mas, se alguém puder acreditar nos poemas em que ela aparece, apaixonou-se loucamente por ela. Apesar disso, diz o *Sunday Times*, o ministro, em sua compaixão, permitirá ao casal uma visita de trinta dias durante a qual a pretensa sra. Breytenbach será tratada como pessoa branca, temporariamente branca, honorariamente branca.

Desde o momento em que chegam à África do Sul, Breyten e Yolande, ele rusticamente bonito, ela delicadamente bela, são perseguidos pela imprensa. Lentes zoom captam cada momento íntimo quando eles saem em piquenique com amigos ou remam em um riacho na montanha.

Os Breytenbach fazem uma aparição pública em uma conferência literária na Cidade do Cabo. O salão está lotado até o teto de gente que veio para se extasiar. Em seu discurso, Breyten chama os africânderes de povo bastardo. Porque são bastardos e têm vergonha de sua bastardia, diz, é que inventaram o esquema utópico de separação forçada das raças.

Seu discurso é saudado com uma imensa ovação. Logo depois, ele e Yolande voam de volta para Paris e os jornais de domingo retornam ao seu menu de ninfetas maliciosas, esposas infiéis e assassinatos de Estado.

*A explorar: a inveja que sul-africanos brancos (homens) sentem de Breytenbach por sua liberdade de viajar pelo mundo e seu acesso ilimitado a uma bela e exótica companheira sexual.*

## 2 DE SETEMBRO DE 1973

No cinema Empire, em Muizenberg, noite passada, um filme antigo de Kurosawa, *Viver*. Um burocrata chato descobre que está com câncer e tem apenas poucos meses para viver. Ele fica atordoado, não sabe o que fazer consigo mesmo, para onde correr.

Leva sua secretária, uma mulher borbulhante, mas vazia, para tomar chá. Quando ela tenta ir embora, ele a detém, agarrando seu braço. "Quero ser como você!", diz. "Mas não sei como!" Ela sente repulsa pela crueza de seu apelo.

*Questão: como ele reagiria se seu pai agarrasse seu braço daquele jeito?*

## 13 DE SETEMBRO DE 1973

De uma agência de empregos onde deixou seus dados ele recebe um chamado. Um cliente está procurando assessoria para questões de linguagem, paga por hora: está interessado? Questões de linguagem de que natureza, ele pergunta? A agência não sabe responder.

Ele telefona para o número fornecido, marca uma hora para ir a um endereço em Sea Point. O cliente é uma mulher na casa dos sessenta, uma viúva cujo marido partiu deste mundo deixando o grosso de suas consideráveis propriedades em um fundo controlado por seu irmão. Indignada, a viúva decidiu questionar o testamento. Mas ambas as firmas de advogados que consultou a aconselharam a não tentar. O testamento, dizem, é inalterável. Mesmo assim, ela se recusa a desistir. Os advogados, está convencida, se equivocaram com as palavras do testamento. Ela desistiu dos advogados e está à procura de assessoria especializada na área linguística.

Com uma xícara de chá ao lado, ele examina o testamento. O que diz é perfeitamente claro. Para a viúva ficam o apartamento em Sea Point e uma soma em dinheiro. O restante das propriedades vai para um fundo em benefício dos filhos dele de um casamento anterior.

"Temo que não possa ajudar a senhora", ele diz. "O texto não tem nenhuma ambiguidade. Só pode ser lido de um jeito."

"E isto aqui?", diz ela. Inclina-se sobre o ombro dele e enfia um dedo no texto. A mão dela é pequena, a pele manchada; no terceiro dedo um diamante num engaste extravagante. "Em que se diz *Não obstante o que foi dito acima*."

"Diz que, se a senhora comprovar desamparo financeiro, poderá recorrer ao apoio do fundo."

"E esse *não obstante*?"

"Quer dizer que o que foi determinado nessa cláusula é uma exceção ao que foi determinado antes e tem precedência sobre isso."

"Mas significa também que o fundo não pode se opor à minha pretensão. O que quer dizer *obstar* senão isso?"

"Não é uma questão do que significa *obstar*. É uma questão de o que significa *não obstante o que foi dito acima*. É preciso tomar essa frase como um todo."

Ela solta um ronco impaciente. "Estou contratando você como perito em inglês, não como advogado", diz ela. "O testamento está escrito em inglês, com palavras inglesas. O que as palavras significam? O que significa *não obstante*?"

*Uma louca*, ele pensa. *Como vou sair dessa?* Mas é claro que ela não é louca. Simplesmente está nas garras da raiva e da ambição: raiva contra o marido que escapou de suas mãos, ambiciosa do dinheiro dele.

"Pelo que eu entendo da cláusula", diz ela, "se eu recorrer, então ninguém, nem o meu cunhado, pode se opor. Porque é isso que quer dizer *não obstante*: ele não pode me obstar. Senão, qual o sentido de usar a palavra? Entende o que eu quero dizer?"

"Entendo o que quer dizer", ele respondeu.

Sai da casa com um cheque de dez rands no bolso. Quando entregar o relatório, seu relatório de perito, ao qual terá anexado uma cópia, reconhecida por um comissário juramentado, do diploma que faz dele um comentador perito no sentido das palavras inglesas, inclusive das palavras *não obstante*, receberá os restantes trinta rands de sua remuneração.

Ele não entrega relatório nenhum. Dispensa o dinheiro que lhe é devido. Quando a viúva telefona para perguntar o que aconteceu, ele desliga o aparelho suavemente.

*Traços do personagem dele que emergem da história: (a) integridade (ele se recusa a ler o testamento do jeito que ela quer que leia); (b) ingenuidade (ele perde a chance de ganhar algum dinheiro).*

## 31 DE MAIO DE 1975

A África do Sul não está formalmente em estado de guerra, mas poderia muito bem estar. À medida que aumenta a resistência, a vigência da lei vai sendo suspensa passo a passo. A polícia e as pessoas que controlam a polícia (do mesmo jeito que caçadores controlam matilhas de cães) estão agora mais ou menos à vontade. À guisa de notícias, o rádio e a televisão divulgam as mentiras oficiais. Mas sobre todo aquele lamentável e mortífero espetáculo paira um ranço no ar. Os velhos gritos das manifestações — *Apoiem a civilização branca e cristã! Respeitem os sacrifícios dos nossos antepassados!* — carecem de toda força. Nós, ou eles, ou nós e eles juntos, chegamos ao fim do jogo e todo mundo sabe disso.

Porém enquanto os jogadores de xadrez manobram em busca de vantagem, vidas humanas estão sendo devoradas — devoradas e cagadas. Assim como é destino de algumas gerações serem destruídas pela guerra, parece destino da geração atual ser esmagada pela política.

Se Jesus tivesse se rebaixado a fazer o jogo político, ele poderia ter se tornado um homem-chave na Judeia romana, um grande operador. Porque ele era indiferente à política, e deixou clara essa indiferença, é que foi liquidado. Mas ficar fora da política toda a vida e a própria morte também: esse foi o exemplo que ele estabeleceu para seus seguidores.

Estranho ele se pegar pensando em Jesus como em um guia. Mas onde poderia procurar guia melhor?

*Cautela: evitar pôr ênfase demais no interesse dele por Jesus e transformar isto aqui numa narrativa de conversão.*

## 2 DE JUNHO DE 1975

A casa do outro lado da rua tem novos proprietários, um casal mais ou menos da mesma idade que ele, com filhos novos e uma BMW. Ele não presta atenção a eles até que um dia batem na porta. "Olá, eu sou David Truscott, seu novo vizinho. Fiquei trancado para fora. Posso usar seu telefone?" E então, pensando melhor: "Não conheço você?".

De repente eles se dão conta. De fato já se conheciam. Em 1952, David Truscott e ele estiveram na mesma classe, nível 6, no St. Joseph's College. Poderiam ter avançado lado a lado ao longo de todo o ensino secundário, se David não tivesse repetido o nível 6 e ficado para trás. Não era difícil ver porque havia sido reprovado: no nível 6 entra álgebra e de álgebra David não entendia nada, sendo nada aqueles *x*, *y*, *z* que lá estavam para libertar a pessoa do tédio da aritmética. Em latim também, David nunca conseguiu pegar o jeito das coisas: do subjuntivo, por exemplo. Mesmo em idade tão tenra, parecia claro que David se daria melhor fora da escola, longe do latim e da álgebra, no mundo real, contando dinheiro num banco ou vendendo sapatos.

Mas embora apanhasse regularmente por não entender as coisas (surras que ele aceitava filosoficamente, embora de vez em quando seus óculos se turvassem de lágrimas), David Truscott insistiu nos estudos, sem dúvida com a retaguarda dos pais. De um jeito ou de outro, ele batalhou no nível 6, depois no nível 7 e assim por diante, até o nível 10; e agora ali estava, vinte anos depois, alinhado, esperto, próspero e, no fim, tão preocupado com os negócios que, quando saíra para o escritório de manhã, esquecera a chave e — como sua esposa tinha levado as crianças a uma festa — não conseguia entrar em casa.

"Com o que você trabalha?", ele pergunta para David, mais que curioso.

"Marketing. Estou no grupo Woolworths. E você?"

"Ah, eu estou numa transição. Dava aulas numa universidade nos Estados Unidos, agora estou procurando um trabalho aqui."

"Bom, temos de nos encontrar. Venha tomar um drinque, trocar figurinhas. Tem filhos?"

"Sou filho. Quer dizer, moro com meu pai. Meu pai está ficando velho. Precisa de cuidados. Mas entre. O telefone é ali."

Então David Truscott, que não entendia *x* e *y*, é um próspero marketeiro ou marqueteiro, enquanto ele, que não teve nenhum problema para entender *x* e *y* e muitas outras coisas, é um intelectual desempregado. O que isso sugere das engrenagens do mundo? O que parece sugerir mais obviamente é que o caminho que passa pelo latim e pela álgebra não é o caminho do sucesso material. Mas pode sugerir muito mais: que entender as coisas é uma perda de tempo; que, se você quer ter sucesso no mundo, uma família feliz, uma bela casa e uma BMW, você deve não tentar entender as coisas, mas simplesmente somar os números ou apertar os botões, ou fazer qualquer outra coisa que torne os marqueteiros tão ricamente recompensados.

Nesse caso, David Truscott e ele não se reúnem para o prometido drinque, nem trocam as prometidas figurinhas. Se acontece de uma noite ele estar no jardim rastelando as folhas na hora em que David Truscott volta do trabalho, os dois trocam um aceno de mão ou de cabeça, cada um de um lado da rua, mas nada mais que isso. Ele vê a sra. Truscott um pouco mais frequentemente, uma criatura pálida e pequena permanentemente ralhando com as crianças para entrarem ou saírem do segundo carro; mas não foram apresentados e ele não tem ocasião de falar com ela. A rua Tokai é movimentada, perigosa para crianças. Não existe nenhuma boa razão para os Truscott atravessarem para o lado dele, ou ele atravessar para o deles.

## 3 DE JUNHO DE 1975

Do lugar onde ele e Truscott moram basta caminhar um quilômetro rumo ao sul para estar frente a frente com Pollsmoor. Pollsmoor — ninguém se dá ao trabalho de chamá-la de Prisão Pollsmoor — é um lugar de encarceramento circundado por altos muros, arame farpado e torres de vigia. Um dia ergueu-se isolada em uma vastidão arenosa de vegetação rasteira. Mas, ao longo dos anos, primeiro hesitantemente, depois com maior confiança, os incorporadores de subúrbios residenciais foram chegando mais perto, até que agora, cercada por nítidas fileiras de casas das quais cidadãos-modelo emergem toda manhã para desempenhar seu papel na economia nacional, Pollsmoor é que se tornou uma anomalia na paisagem.

Claro que é uma ironia o *gulag* sul-africano destacar-se tão obscenamente no subúrbio branco, que o mesmo ar que ele e os Truscott respiram deva passar pelos pulmões de meliantes e criminosos. Mas para os bárbaros, como apontou Zbigniew Herbert, a ironia é simplesmente como o sal: você tritura entre os dentes e goza um sabor momentâneo; quando o sabor se vai, os fatos brutos ainda estão ali. O que fazer com o fato bruto de Pollsmoor quando a ironia acabar?

*Continuação: as vans do Serviço de Prisões que passam pela rua Tokai a caminho dos tribunais; flashes de rostos, dedos agarrados às janelas gradeadas; que histórias os Truscott contam a seus filhos para explicar aquelas mãos e rostos, alguns desafiantes, alguns desamparados.*

# JULIA

*Dra. Frankl, a senhora teve a oportunidade de ler as páginas que enviei dos cadernos de John Coetzee para os anos de 1972 a 1975, anos em que a senhora esteve mais ou menos próxima dele. Só para introduzir seu depoimento, penso que a senhora talvez tenha alguma reflexão a fazer sobre essas anotações. A senhora reconhece nelas o homem que conheceu? Reconhece o país e a época que ele descreve?*

Sim, eu me lembro da África do Sul. Me lembro da rua Tokai, me lembro das vans cheias de prisioneiros a caminho de Pollsmoor. Me lembro muito bem.

*Nelson Mandela, é claro, estava preso em Pollsmoor. A senhora ficou surpresa de Coetzee não mencionar Mandela como um vizinho próximo?*

Mandela só foi transferido para Pollsmoor mais tarde. Em 1975 ele ainda estava na ilha Robben.

*Claro, tinha me esquecido disso. E quais eram as relações de Coetzee com o pai? Ele e o pai moraram juntos durante algum tempo depois da morte da mãe. A senhora conheceu o pai dele?*

Estive com ele várias vezes.

*A senhora via o pai no filho?*

Está perguntando se John era parecido com o pai? Fisicamente, não. O pai dele era menor e mais magro: um homem baixo e elegante, bonito à sua maneira, embora evidentemente não estivesse bem. Ele bebia escondido, fumava, e em termos gerais não se cuidava, enquanto John era um abstêmio bem radical.

*E sob outros aspectos? Eles eram parecidos sob outros aspectos?*

Os dois eram solitários. Socialmente inaptos. Reprimidos, no sentido mais amplo da palavra.

*E como a senhora conheceu John Coetzee?*

Já vamos falar disso. Mas primeiro, tem uma coisa que eu não entendi naquelas anotações dos cadernos: as passagens em itálico no final de cada uma: *a desenvolver* e tal. Quem escreveu aquilo? O senhor?

*Foi o próprio Coetzee que escreveu. São lembretes para si mesmo, escritos em 1999 ou 2000, quando ele estava pensando em adaptar essas anotações para um livro.*

Entendo. Como eu conheci John. Topei com ele num supermercado. Isso foi no verão de 1972, não muito depois de ele ter mudado para o Cabo. Ao que tudo indica eu passava muito tempo em supermercados naquela época, muito embora as nossas necessidades, quer dizer, minhas e da minha filha, fossem bastante simples. Eu ia fazer compras porque estava entediada, porque precisava sair de casa, mas principalmente porque o supermercado me deixava em paz e me dava prazer: arejado, branco, limpo, a *muzak*, o chiado suave das rodas dos carrinhos. E depois havia todas aquelas ofertas: este molho de espaguete contra aquele molho de espaguete, esta pasta de dentes contra aquela pasta de dentes, e assim por diante, sem fim. Eu achava aquilo tranquilizador. Fazia bem para a alma. Outras mulheres que eu conhecia jogavam tênis ou praticavam ioga. Eu fazia compras.

Era o auge do apartheid, os anos 1970, então não se viam muitos negros num supermercado, a não ser, é claro, os funcionários. Não se viam muitos homens também. Isso era parte do prazer. Eu não tinha de representar. Podia ser eu mesma.

Não se viam muitos homens, mas na filial da Pick n Pay da Tokai havia um que me chamava a atenção de vez em quando. Eu notei a presença dele, mas ele não notou a minha, estava absorto demais nas compras. Gostei daquilo. Na aparência, ele não era o que a maioria das pessoas chamaria de atraente. Era esquelético, tinha barba, usava óculos de armação de chifre e sandálias. Parecia deslocado, como um pássaro, um daqueles pássaros que não voam; ou um daqueles cientistas desligados que tivesse saído sem querer do laboratório. Havia nele também um ar de desânimo, um ar de fracasso. Desconfiei que não havia nenhuma mulher na vida dele e, no fim das contas, eu tinha razão. O que estava claro era que ele precisava de alguém para cuidar dele, alguma hippie que não fosse mais jovem, com colar de contas, axilas peludas e sem maquiagem, que pudesse fazer as compras, cozinhar e fazer a limpeza para ele, talvez fornecer a maconha para ele também. Não cheguei perto a ponto de conferir os pés dele, mas podia apostar que estava com as unhas dos pés sem cortar.

Naquela época, eu sempre sabia quando um homem estava olhando para mim. Sentia uma pressão nos membros, nos seios, a pressão do olhar masculino, às vezes sutil, às vezes não tão sutil. O senhor não vai entender do que eu estou falando, mas qualquer mulher entende. Com aquele homem não havia nenhuma pressão perceptível. Nenhuma.

Então um dia a coisa mudou. Eu estava parada na frente da estante de papelaria. O Natal estava chegando e eu queria escolher papel de embrulho, sabe, papel com motivos alegres de Natal, velas, árvores, renas. Um rolo escorregou, por acaso, e quando abaixei para pegar derrubei outro rolo. Atrás de mim, ouvi uma voz de homem: "Deixe que eu pego". Claro que era o nosso homem, John Coetzee. Ele pegou os dois rolos, que eram bem compridos, de um metro talvez, e devolveu para mim, e quando fez isso, se intencionalmente ou não até hoje não sei dizer, apertou os rolos contra o meu seio. Durante um ou dois segundos, usando o comprimento dos rolos, pode-se dizer que ele cutucou meus seios.

Foi ofensivo, claro. Ao mesmo tempo, não era importante. Tentei não mostrar nenhuma reação: não baixei os olhos, não fiquei vermelha, com toda certeza não sorri. "Obrigada", eu disse com voz neutra, virei e continuei o que estava fazendo.

Mesmo assim, foi um ato deliberado, não dá para fingir que não foi. Se iria se diluir e se perder no meio de todos os outros momentos deliberados só o tempo poderia dizer. Mas não era fácil de ignorar, aquele toque íntimo, inesperado. De fato, quando me vi em casa cheguei a levantar meu sutiã para examinar o seio em questão. Não tinha marca nenhuma, claro. Só um seio, o seio inocente de uma mulher jovem.

Aí, uns dois dias depois, eu vinha voltando para casa pela rua Tokai quando vi, a pé, o Senhor Cutucão, carregando as sacolas de compras. Sem pensar duas vezes, parei e ofereci uma carona (o senhor é muito jovem para saber, mas naquela época a gente ainda oferecia caronas).

A Tokai dos anos 1970 era o que se podia chamar de um subúrbio ascendente. Embora os terrenos não fossem baratos, havia muitas construções novas em andamento. Mas a casa em que John morava era de uma época anterior. Era um dos chalés que abrigavam os lavradores quando Tokai ainda era agrícola. Tinham instalado eletricidade e água encanada, mas como casa era ainda bem básica. Deixei John no portão; ele não me convidou para entrar.

O tempo passou. Então, rodando um dia por acaso na frente da casa, que ficava na rua Tokai, uma rua grande, vi John de novo. Estava parado na carroceria de uma caminhonete, descarregando areia com uma pá num carrinho de mão. Estava de short; ele era pálido e não especialmente forte, mas parecia saber o que estava fazendo.

O esquisito é que não era costume, naquela época, um homem branco fazer trabalho braçal, trabalho não especializado. Serviço de cafre, era como se chamava no geral, trabalho que se pagava para alguém fazer. Não era exatamente vergonhoso ser visto mexendo a areia com uma pá, mas era por certo constrangedor, entende?

O senhor me pede para dar uma ideia de como John era naquela época, mas não posso traçar um retrato dele sozinho sem o que havia em torno, senão algumas coisas o senhor não vai entender.

*Entendo. Quer dizer, eu aceito isso.*

Passei por ele, como eu disse, não diminuí a marcha, não acenei. A história toda podia ter terminado aí, a ligação toda, e o senhor não estaria aqui conversando comigo, provavelmente estaria em algum outro país ouvindo a conversa de alguma outra mulher. Mas o que aconteceu foi que pensei no assunto e voltei.

"Oi, o que está aprontando?", perguntei.

"Como pode ver: estou descarregando areia", ele disse.

"Mas para quê?"

"Reforma. Quer dar uma olhada?" E desceu da caminhonete.

"Agora não", eu disse. "Outro dia. É sua essa picape?"

"É."

"Então você não precisa ir a pé até as lojas. Pode ir de carro."

"Posso." E aí ele perguntou: "Você mora por aqui?".

"Mais adiante", respondi. "Depois da Constantiaberg. No mato."

Era uma piada, o tipo de piadinha que corria entre sul-africanos brancos naquela época. Porque é claro que não era verdade que eu morava no mato. As únicas pessoas que moravam no mato, na mata mesmo, eram os negros. O que era para ele entender era que eu morava em um daqueles empreendimentos novos recortados da vegetação ancestral da Península do Cabo.

"Bom, não quero incomodar", eu disse. "O que você está construindo?"

"Não estou construindo, só concretando", ele disse. "Não sei o suficiente para construir." O que tomei como uma piadinha dele para responder a minha. Porque ele não era nem rico, nem bonito, nem atraente — nada disso ele era —, então, se não fosse inteligente, não sobrava mais nada para ser. Mas é claro que tinha de ser inteligente. Ele até parecia inteligente, daquele jeito que os cientistas que passam a vida curvados em cima dos microscópios parecem inteligentes: uma espécie de inteligência estreita, míope que combina com óculos de aro de chifre.

O senhor tem de acreditar quando eu digo que nada — nada! — podia estar mais longe da minha cabeça do que flertar com aquele homem. Porque ele não tinha nenhuma presença sexual. Era como se tivesse sido borrifado da cabeça aos pés com um spray neutralizador, um spray assexuado. Com toda certeza ele era culpado de ter me cutucado o seio com um rolo de papel de Natal: eu não tinha esquecido disso, meu seio ainda guardava a lembrança. Mas o mais provável, eu disse para mim mesma naquele momento, era que não fosse nada além de um acidente desajeitado, uma atitude de *Schlemiel*.

Então, por que eu reconsiderei? Por que voltei? Não é uma pergunta fácil de responder. Se existe uma coisa chamada simpatizar com alguém, não tenho certeza de que eu tenha simpatizado com John, não durante um bom tempo. Não era fácil simpatizar com ele, toda a postura dele diante do mundo era muito fechada, muito defensiva. Acho que a mãe dele devia simpatizar com ele quando era pequeno, devia ter gostado dele, porque para isso é que serve mãe. Mas era difícil imaginar alguém mais fazendo isso.

O senhor não se importa que eu fale francamente, não é? Então, vou completar o quadro. Na época, eu estava com vinte e seis anos e só tinha tido relações carnais com dois homens. Dois. O primeiro, um garoto que eu conheci quando tinha quinze anos. Durante anos, até ele ser convocado para o exército, nós dois éramos grudados como gêmeos. Depois que ele foi embora, chorei durante algum tempo, me fechei, e aí encontrei um novo namorado. Com o novo namorado eu fiquei grudada como gêmea durante todos os anos de estudante; assim que eu me formei, a gente se casou, com a bênção de ambas as famílias. Nos dois casos era tudo ou nada. Minha natureza sempre foi assim: tudo ou nada. Então, aos vinte e seis anos, eu era, sob muitos aspectos, uma ingênua. Não fazia a menor ideia, por exemplo, de como fazer para seduzir um homem.

Não me entenda mal. Não que eu levasse uma vida protegida. Não era possível levar uma vida protegida nos círculos que eu e meu marido frequentávamos. Mais de uma vez, em coquetéis, algum homem, geralmente algum conhecido de negócios do meu marido, me levava para um canto, chegava perto e perguntava em voz baixa se eu não me sentia sozinha no subúrbio, com Mark longe durante tanto tempo, se eu não queria sair um dia na semana seguinte para almoçar. Claro que eu não aceitava o jogo, mas era assim, concluí, que começavam as relações extraconjugais. Um homem estranho convida você para almoçar e depois do almoço leva você até um chalé de praia que pertence a um amigo, do qual ele tem a chave por acaso, ou a um hotel na cidade, e aí se dá a parte sexual da transação. Então, no dia seguinte, o homem telefona para dizer o quanto gostou de ficar com você e se você não quer encontrar com ele de novo na terça-feira. E assim vai, de terça em terça, os almoços discretos, os episódios na cama, até o homem parar de telefonar ou você parar de atender os chamados dele; e o resumo disso tudo se chamava ter um caso.

No mundo dos negócios — daqui a pouco eu falo mais do meu marido e dos negócios dele — havia muita pressão sobre os homens — pelo menos naquela época havia uma pressão — para terem esposas apresentáveis e, consequentemente, sobre as esposas para serem apresentáveis; apresentáveis e tolerantes também, dentro de certos limites. Por isso que, mesmo meu marido ficando chateado quando contei para ele que os colegas estavam me cantando, ele e os colegas mantiveram relações cordiais. Nenhuma demonstração de ofensa, nenhuma briga de socos, nada de duelos ao amanhecer; só, de vez em quando, uns ataques de braveza e mau humor nos limites do lar.

A questão toda de quem estava dormindo com quem, naquele mundinho fechado, me parece agora, quando olho para trás, mais sombria do que qualquer um estava disposto a admitir, mais sombria, mais sinistra. Os homens ao mesmo tempo gostavam e não gostavam que as suas esposas fossem cobiçadas por outros homens. Eles se sentiam ameaçados, mas ficavam excitados ao mesmo tempo. E as mulheres, as esposas, ficavam excitadas também: eu teria de ser cega para não enxergar isso. Excitação para todo lado, um invólucro de excitação libidinosa. Do qual eu decididamente me esquivei. Nas festas que eu mencionei, eu era apresentável conforme o exigido, mas nunca fui tolerante.

A consequência foi que não fiz amigas entre as esposas, que então cochichavam e concluíam que eu era fria e arrogante. E além do mais, faziam de tudo para que essa opinião chegasse até mim. Quanto a mim, eu gostaria de poder dizer que não dava a mínima, mas não é verdade, eu era muito jovem e insegura.

Mark não queria que eu dormisse com outros homens. Ao mesmo tempo, queria que outros homens vissem com que tipo de mulher ele estava casado, e que tivessem inveja dele por isso. Acho que a mesma coisa vale para os amigos e colegas dele: queriam que as esposas dos outros homens caíssem na sua cantada, mas queriam que as próprias esposas continuassem castas — castas e sedutoras. Logicamente não fazia sentido. Como microssistema social era insustentável. Mas eram empresários, o que os franceses chamam de homens de negócios, astutos, espertos (em outro sentido da palavra *esperto*), homens que conheciam sistemas, quais sistemas eram sustentáveis, quais não eram. Por isso que eu digo que o sistema de lícito ilícito de que eles participavam era mais sombrio do que estavam dispostos a admitir. Esse sistema só podia continuar funcionando, a meu ver, com considerável preço psíquico sobre eles, e só na medida em que eles se recusassem a admitir o que, em certo nível, eles deviam saber.

No começo do nosso casamento, meu e de Mark, quando tínhamos tanta segurança um do outro que achávamos que nada poderia nos abalar, fizemos um pacto de que não teríamos segredos um para o outro. De minha parte, esse pacto ainda valia na época de que estou falando. Eu não escondia nada de Mark. Não escondia nada porque não tinha nada para esconder. Mark, por outro lado, tinha transgredido uma vez. Tinha transgredido e confessado essa transgressão, tinha ficado abalado com as consequências. Depois dessa sacudida, ele concluiu, em particular, que era mais conveniente mentir do que contar a verdade.

A área em que Mark trabalhava era serviços financeiros. A empresa dele apontava oportunidades de investimento para os clientes e gerenciava os investimentos para eles. Os clientes eram na maioria sul-africanos ricos que tentavam tirar seu dinheiro do país antes que o país implodisse (palavra que eles usavam) ou explodisse (palavra que eu preferia). Por razões que nunca ficaram claras para mim — afinal, mesmo naquela época, existia uma coisa chamada telefone — o trabalho dele exigia que viajasse uma vez por semana para a filial em Durban, para o que ele chamava de consultoria. Somando os dias, ele passava tanto tempo em Durban quanto em casa.

Um dos colegas para quem Mark fazia consultoria na filial era uma mulher chamada Yvette. Ela era mais velha que ele, africânder, divorciada. No começo, ele falava abertamente dela. Ela chegou a telefonar em casa, uma ou duas vezes, para falar de negócios. De repente, toda menção a ela parou. "Algum problema com a Yvette?", eu perguntei para Mark. "Não", ele disse. "Ela é bonita?" "Não muito — normal."

Por causa dessa atitude evasiva eu adivinhei que estava acontecendo alguma coisa. Comecei a prestar atenção em pequenos detalhes: recados que inexplicavelmente não chegavam até ele, voos perdidos, coisas assim.

Um dia, quando ele voltou de uma dessas ausências prolongadas, eu me confrontei com ele cara a cara. "Não consegui falar com você no hotel ontem à noite", eu disse. "Você estava com a Yvette?"

"Estava", ele respondeu.

"Foi para a cama com ela?"

"Fui", ele respondeu (*desculpe, não posso mentir*).

"Por quê?", eu perguntei.

Ele deu de ombros.

"Por quê?" eu insisti.

"Porque sim", ele respondeu.

"Bom, vá tomar no cu", eu disse, virei as costas para ele e me tranquei no banheiro, onde eu não chorei — a ideia de chorar nem me passou pela cabeça —, mas, ao contrário, sufocando de desejo de vingança, espremi um tubo inteiro de pasta de dentes e um tubo inteiro de musse para cabelo dentro da pia, enchi tudo com água quente, mexi com uma escova de cabelo e mandei tudo embora pelo ralo.

Esse é o quadro geral. Depois desse episódio, quando essa confissão não encontrou a aceitação que ele estava esperando, ele passou a mentir. "Você ainda se encontra com a Yvette?", perguntei depois de mais uma das viagens dele.

"Tenho de encontrar a Yvette, não tenho escolha, nós trabalhamos juntos", ele respondeu.

"Mas você ainda se encontra com ela *daquele* jeito?"

"O que você chama de *aquele jeito* acabou", ele disse. "Só aconteceu uma vez."

"Uma ou duas", eu disse.

"Uma", ele repetiu, consolidando a mentira.

"Na verdade, foi uma bobagem", propus.

"Exatamente. Uma bobagem." — E com isso cessou a troca de palavras entre nós, palavras e tudo o mais, aquela noite.

Cada vez que Mark mentia, ele tomava o cuidado de me olhar diretamente nos olhos. *Encarar Julia*: devia ser o que ele pensava. Era por causa desse olhar direto dele que eu conseguia dizer — infalivelmente — que ele estava mentindo. O senhor não acredita como o Mark era ruim para mentir — como os homens em geral mentem mal. Que pena eu não ter nada sobre o que mentir, pensei. Podia mostrar para o Mark umas coisinhas, em termos de técnica.

Cronologicamente falando, Mark era mais velho que eu, mas não era assim que eu via as coisas. No meu entender, eu era a mais velha da nossa família, seguida pelo Mark, que tinha uns treze anos, seguido da nossa filha Christina, que ia fazer dois no próximo aniversário. No tocante a maturidade, meu marido, portanto, estava mais próximo da nossa filha do que de mim.

Quanto ao Senhor Cutucão, o Senhor Espeto, o homem que despejava areia da carroceria da caminhonete — para voltar a ele —, eu não fazia ideia da idade dele. Por mim, ele podia ser outro de treze anos. Ou podia ser, na verdade, *mirabile dictu*, um adulto. Eu ia ter de esperar para ver.

"Eu errei por um fator de seis", ele disse (ou talvez fosse dezesseis, eu não estava prestando muita atenção). "Em vez de uma tonelada de areia, seis (ou dezesseis) toneladas de areia. Em vez de uma tonelada e meia de brita, dez toneladas de brita. Eu devia estar maluco."

"Maluco", eu disse, para ganhar tempo enquanto pensava.

"Para fazer um erro desses."

"Eu erro nas contas o tempo todo. Ponho a vírgula do decimal no lugar errado."

"É, mas um fator de seis não é a mesma coisa que deslocar a vírgula decimal. A não ser que você seja um sumério. De qualquer forma, a resposta para a sua pergunta é que isto aqui vai demorar uma eternidade."

Qual pergunta?, eu me perguntei. E o que era o *isto aqui* que ia demorar uma eternidade?

"Tenho de ir agora", eu disse. "Tenho uma filha esperando para almoçar."

"Você tem filhos?"

"Tenho, uma filha. Por que não teria? Sou uma mulher adulta com um marido e uma filha que eu tenho de alimentar. Por que a surpresa? Por que mais eu passaria tanto tempo no Pick n Pay?"

"Por causa da música?", ele sugeriu.

"E você? Tem família?"

"Tenho um pai que mora comigo. Ou eu moro com ele. Mas não tenho família no sentido convencional. Minha família já era."

"Esposa? Filhos?"

"Nem esposa, nem filhos. Voltei a ser um filho."

Elas sempre me interessaram, essas conversas entre seres humanos em que as palavras não têm nada a ver com o tráfego de pensamentos pela cabeça. Enquanto ele e eu conversávamos, por exemplo, minha lembrança lançou a imagem visual do estranho realmente repulsivo, com pelos pretos cerrados saindo das orelhas e do colarinho da camisa, que no último churrasco tinha, muito tranquilamente, posto a mão no meu traseiro enquanto eu me servia de salada: não me acariciou nem beliscou, simplesmente segurou a minha nádega com a mãozona. Se essa imagem estava dominando minha mente, o que poderia estar dominando a mente daquele outro homem ali, menos hirsuto? E que sorte a maioria das pessoas, mesmo gente que não era boa em mentir direto, ter competência suficiente ao menos para não revelar o que está acontecendo por dentro, nem pelo menor tremor de voz, nem pela dilatação da pupila!

"Bom, até logo", eu disse.

"Até logo", ele respondeu.

Voltei para casa, paguei a faxineira, dei almoço para a Chrissie e pus a menina para dormir a soneca da tarde, depois assei duas formas de brownies. Quando os brownies ainda estavam quentes, voltei até a casa da rua Tokai. Era um lindo dia sem vento. Seu homem (lembre-se, nessa altura eu ainda não sabia o nome dele) estava no quintal, fazendo alguma coisa com madeira, um martelo e pregos. Despido até a cintura; os ombros vermelhos onde tinham pegado sol.

"Oi", eu falei. "Você devia pôr uma camisa, este sol não vai te fazer bem. Olhe, trouxe uns brownies para você e seu pai. São melhores que aquilo que você compra no Pick n Pay."

Parecendo desconfiado, de fato parecendo bem irritado, ele pôs de lado as ferramentas e pegou o pacote. "Não posso convidar você para entrar, está muito bagunçado", ele disse. Evidentemente, eu não era bem-vinda.

"Não tem problema", falei. "Não posso mesmo ficar, tenho de voltar para a minha filha. Foi só um gesto de boa vizinhança. Será que você e seu pai gostariam de vir jantar em casa uma noite? Um jantar de bons vizinhos?"

Ele deu um sorriso, o primeiro sorriso que eu recebia dele. Não um sorriso atraente, boca muito presa. Ele tinha vergonha dos dentes, que não estavam em bom estado. "Obrigado", ele disse, "mas vou ter de falar com meu pai primeiro. Ele não é de dormir tarde."

"Diga para ele que não seria até tarde", eu falei. "Vocês podem comer e ir embora, não vou me ofender. Seríamos só nós três. Meu marido está viajando."

O senhor deve estar ficando preocupado. *No que eu fui me meter?*, o senhor deve estar se perguntando. *Como essa mulher pode fingir que se lembra perfeitamente de uma conversa tão mun-*

*dana de três ou quatro décadas atrás? E quando ela vai falar do que interessa?* Então, falo com franqueza: quanto ao diálogo, eu estou inventando enquanto falo. O que deve ser permitido, eu suponho, uma vez que estamos falando de um escritor. O que estou contando pode não ser ao pé da letra, mas é fiel ao espírito da coisa, isso eu garanto. Posso continuar?

[Silêncio.]

Eu rabisquei o número do meu telefone na caixa de brownies. "E vou contar meu nome também", falei, "no caso de você estar querendo saber. Meu nome é Julia."

"Julia. Como flui docemente a liquefação das roupas dela."

"É mesmo", eu disse. Não fazia a menor ideia do que ele queria dizer com isso.

Ele veio, conforme o prometido, na noite seguinte, mas sem o pai. "Meu pai não está se sentindo bem", ele disse. "Tomou uma aspirina e foi para a cama."

Comemos na mesa da cozinha, nós dois, com Chrissie no meu colo. "Cumprimente o tio", eu disse para Chrissie. Mas Chrissie não quis nem saber do estranho. Uma criança percebe quando está para acontecer alguma coisa. Sente no ar.

Na verdade, Christina nunca gostou de John, nem nessa hora, nem depois. Em pequena ela era loira, de olhos azuis, como o pai, bem diferente de mim. Vou mostrar uma foto. Às vezes, eu sentia que como ela não tinha me puxado na aparência, nunca ia gostar de mim. Estranho. Eu era a que trabalhava e cuidava de tudo na casa, mas em comparação com Mark eu era a intrusa, a escura, a estranha.

O tio. Foi assim que eu chamei John na frente da menina. Depois, eu me arrependi. É uma coisa meio sórdida fazer um amante passar por membro da família.

Enfim, nós jantamos, conversamos, mas o brilho, a excitação estava começando a desaparecer para mim, a me deixar chateada. A não ser pelo incidente com o papel de embrulho no supermercado, que eu podia ou não ter entendido errado, fui eu que fiz toda a aproximação, que fiz o convite. *Agora chega, basta*, eu disse para mim mesma. *Agora depende dele dar o próximo passo ou não dar o próximo passo*. Por assim dizer.

Na verdade, eu não levo jeito para sedutora. Eu não gostava nem da palavra, com suas insinuações de lingerie de rendinhas e perfume francês. Foi exatamente para não cair no papel de sedutora que eu não vesti nada especial para aquela ocasião. Usei a mesma blusa branca de algodão e calça verde de tergal (é, tergal) que eu tinha usado no supermercado de manhã. O que você vê é o que você leva.

Não ria. Tenho plena consciência do quanto eu estava me portando como um personagem de livro — como uma daquelas mulheres idealistas em Henry James, digamos, decididas, apesar do que lhes diz o instinto, a fazer a coisa moderna, difícil. Principalmente quando as minhas colegas, as esposas dos colegas de Mark na firma, procuravam orientação não em Henry James nem George Eliot, mas na *Vogue*, na *Marie Claire* ou na *Fair Lady*. Mas também, para que servem os livros senão para mudar a nossa vida? O senhor viria até Kingston para ouvir o que eu tenho a dizer sobre o John, se não acreditasse que os livros são importantes?

*Não, não viria.*

Exatamente. E John também não se vestia exatamente com requinte. Uma boa calça, três camisas brancas simples, um par de sapatos: um verdadeiro filho da Depressão. Bem, vou continuar a história.

Para o jantar, eu tinha feito uma lasanha simples. Sopa de ervilha, lasanha, sorvete: era esse o menu, bem molinho para uma criança de dois anos. A lasanha ficou mais líquida do que deveria porque eu fiz com queijo *cottage* em vez de ricota. Eu poderia ter dado mais uma corrida ao supermercado para comprar ricota, mas por princípio não fui, assim como, por princípio, não tinha trocado de roupa.

Do que nós conversamos no jantar? Nada importante. Eu me concentrei em dar comida para Chrissie — não queria que ela se sentisse deixada de lado. E John não era de falar muito, como o senhor sabe.

*Eu não sei. Nunca encontrei com ele pessoalmente.*

Nunca esteve com ele pessoalmente? Para mim é uma surpresa ouvir isso.

*Eu nunca procurei John Coetzee. Nunca me correspondi com ele. Achei que seria melhor eu não ter nenhum compromisso com ele. Me deixaria com mais liberdade para escrever o que eu quisesse.*

Mas o senhor me procurou. Seu livro vai ser sobre ele, mas o senhor escolheu não conhecer John. Seu livro não vai ser sobre mim, mas o senhor pediu para me conhecer. Como explica isso?

*Porque a senhora foi uma figura importante na vida dele. A senhora foi importante para ele.*

Como o senhor sabe?

*Só estou repetindo o que ele disse. Não para mim, mas para uma porção de gente.*

Ele disse que eu fui uma figura importante na vida dele? Fico surpresa. Fico contente. Contente não de ele pensar isso — eu concordo, tive mesmo um grande impacto na vida dele — mas de ele ter dito isso para outras pessoas.

Deixe-me confessar uma coisa. Quando o senhor entrou em contato comigo, eu quase resolvi não falar com o senhor. Achei que era algum intrometido, algum fofoqueiro acadêmico que tinha encontrado uma lista das mulheres de John, das conquistas dele, e agora estava conferindo a lista, eliminando os nomes, querendo sujar o nome dele.

*A senhora não tem os pesquisadores acadêmicos em muito alta estima.*

Não, não tenho. Razão pela qual eu estou tentando deixar claro para o senhor que não fui uma das conquistas dele. Quando muito, ele foi uma das minhas. Mas me diga uma coisa — estou curiosa —, para quem ele disse que eu fui importante?

*Para várias pessoas. Em cartas. Ele não diz seu nome, mas é fácil de identificar. Além disso, ele guardou uma fotografia sua. Que eu encontrei no meio dos papéis dele.*

Uma fotografia! Posso ver? Está aí com o senhor?

*Vou fazer uma cópia e mandar para a senhora.*

Claro, claro. Eu fui importante para ele. Ele estava apaixonado por mim, do jeito dele. Mas existe um jeito importante de ser importante e um jeito sem importância, e eu tenho minhas dúvidas de que eu tenha sido importante num nível importante. Quer dizer, ele nunca escreveu a meu respeito. Nunca me pôs nos livros dele. O que para mim quer dizer que eu nunca cheguei a florescer inteiramente dentro dele, nunca ganhei vida mesmo.

[Silêncio.]

Não vai dizer nada? O senhor leu os livros dele. Onde, nos livros dele, dá para encontrar algum traço de mim?

*Não sei responder essa pergunta. Não conheço a senhora o suficiente para poder dizer. A senhora não se reconhece em nenhum personagem dele?*

Não.

*Talvez a senhora esteja nos livros dele de uma forma mais difusa, que não dá para identificar de imediato.*

Talvez. Mas teriam de me convencer disso. Vamos continuar? Onde eu estava?

*Jantar. Lasanha.*

Isso. Lasanha. Conquistas. Servi uma lasanha para ele e depois completei minha conquista. Quer que eu seja mais explícita? Como ele já morreu, não vai fazer nenhuma diferença para ele uma indiscrição da minha parte. Nós usamos o leito conjugal. Se eu vou profanar meu casamento, pensei, melhor ir até o fim. E uma cama é mais confortável que o sofá ou o chão.

Quanto à experiência em si — quer dizer, a experiência de infidelidade, que foi o que a experiência foi para mim, em primeiro lugar —, foi mais estranha do que eu esperava e terminou antes de eu conseguir me acostumar com a estranheza. Mas foi excitante, sem dúvida que foi, do começo ao fim. Meu coração não parou de bater. Não foi uma coisa que eu vá esquecer, nunca. Voltando a Henry James, há muitas traições em James, mas não me lembro de nada sobre a sensação de excitação, de consciência agudizada, durante o ato em si — o ato de traição, eu digo. O que me sugere que, embora James goste de se mostrar como um grande traidor, ele nunca realmente praticou o ato em si, fisicamente.

Minhas primeiras impressões? Achei esse meu novo amante mais ossudo que meu marido, e mais leve. *Não come direito*, me lembro de ter pensado. Ele e o pai juntos naquele chalezinho miserável na rua Tokai, um viúvo e o filho celibatário, dois incompetentes, dois fracassados da vida, se alimentando com salsicha polonesa, biscoito e chá. Como ele não quis trazer o pai até mim, será que eu ia ter de começar a passar na casa deles com cestas de comida nutritiva?

A imagem que me ficou é dele debruçado em cima de mim, de olhos fechados, acariciando meu corpo, a testa franzida em concentração como se estivesse tentando me guardar na memória só pelo toque. A mão dele subia e descia, para a frente e para trás. Na época, eu estava bem orgulhosa do meu corpo. Corrida, ginástica, regime: se isso não tem nenhuma recompensa na hora que você tira a roupa para um homem, qual é a recompensa que se tem? Posso não ter sido uma beldade, mas pelo menos devo ter sido boa para o toque: gostosa e bem cuidada, um bom pedaço de carne feminina.

Se o senhor acha embaraçoso esse tipo de conversa é só dizer que eu paro de falar. A minha profissão envolve intimidade, então assuntos íntimos não me incomodam contanto que não incomodem o senhor. Não? Sem problema? Quer que eu continue?

Essa foi a primeira vez que ficamos juntos. Interessante, uma experiência interessante, mas nenhum terremoto. Mas também eu não esperava mesmo que fosse ser nenhum terremoto, não com ele.

O que eu estava decidida a evitar era envolvimento emocional. Um casinho passageiro era uma coisa, um caso do coração, outra bem diferente.

De minha parte, eu estava bem segura. Não estava disposta a entregar meu coração a um homem sobre quem eu não sabia praticamente nada. Mas e ele? Será que ele era do tipo que fica pensando sobre o que aconteceu entre nós, transformando numa coisa maior do que foi de fato? Fique atenta, eu disse para mim mesma.

Os dias foram correndo, porém, e nem uma palavra dele. Cada vez que eu passava na frente da casa da rua Tokai, eu ia mais devagar e espiava, mas nunca via o John. Nem no supermercado. Só podia chegar a uma conclusão: ele estava me evitando. De certa forma, isso era um bom sinal; mas mesmo assim me deixava incomodada. Na verdade, me magoava. Escrevi uma carta para ele, uma carta antiquada, selei e joguei na caixa de correio. "Você está me evitando?", escrevi. "O que preciso fazer para garantir para você que quero que sejamos bons amigos, nada mais?" Nenhuma resposta.

O que eu não dizia na carta, e com certeza não iria dizer na próxima vez que me encontrasse com ele, era como eu tinha passado o fim de semana imediatamente depois da visita dele. Mark e eu pulamos um em cima do outro feito dois coelhos, fazendo sexo no leito conjugal, no chão, no chuveiro, em todo lugar, até com a pobre inocente da Chrissie bem acordada, chorando no berço, chamando por mim.

Mark tinha suas próprias ideias sobre as razões daquele meu estado inflamado. Ele achava que eu conseguia sentir o cheiro da namorada dele de Durban e queria provar para ele que a minha — como eu posso dizer? —, que a minha performance era muito melhor que a dela. Na segunda-feira, depois do fim de semana em questão, ele estava com viagem marcada para Durban, mas desistiu — cancelou o voo, telefonou para o escritório, disse que estava doente. E nós voltamos para a cama.

Ele não se cansava de mim. Estava definitivamente deslumbrado com a instituição do casamento burguês e as oportunidades que oferecia a um homem de estar no cio tanto dentro como fora de casa.

Quanto a mim, eu estava — e escolho as palavras deliberadamente —, eu estava insuportavelmente excitada de ter dois homens tão próximos um do outro. Para mim mesma, eu dizia, de um jeito bem chocado: *Você está se portando como uma prostituta! É isso que você é, na sua natureza?* Mas por baixo disso tudo eu estava bem orgulhosa de mim, do efeito que eu podia produzir. Nesse fim de semana, eu tive o primeiro vislumbre da possibilidade de crescimento sem fim no reino do erotismo. Até então eu tinha tido uma visão bem trivial da vida erótica: você chega à puberdade, passa um, dois ou três anos hesitando na beira da piscina, depois mergulha e fica chapinhando até encontrar um parceiro que a satisfaça, e acabou-se, acabou-se a procura. O que eu entendi naquele fim de semana foi que aos vinte e seis anos a minha vida erótica mal tinha começado.

Então, finalmente, chegou uma resposta à minha carta. Um telefonema de John. Primeiro, uma investigação cautelosa: se eu estava sozinha, se meu marido estava viajando. Depois, o convite: se eu gostaria de ir jantar, jantar cedo e se gostaria de levar minha filha.

Cheguei à casa dele com Chrissie no carrinho. John estava esperando na porta, usando um daqueles aventais azuis e brancos de açougueiro. "Venha aqui para os fundos", ele disse, "vamos fazer um *braai*."

Foi quando eu fiquei conhecendo o pai dele. O pai estava sentado curvado em cima do fogo como se estivesse com frio, quando na verdade a tarde estava bem quente. Um pouco enferrujado, ele se levantou para me cumprimentar. Parecia frágil, embora tivesse apenas sessenta e poucos anos, como logo fiquei sabendo. "Prazer em conhecê-la", ele disse, e me deu um lindo sorriso. Ele e eu nos demos bem desde o começo. "E essa é a Chrissie? Boa noite, minha menina! Veio visitar a gente, é?"

Ao contrário do filho, ele falava com um pesado sotaque africânder. Mas seu inglês era perfeitamente passável. Parece que tinha sido criado em uma fazenda no Karoo, com uma porção de parentes. Todos eles aprenderam inglês com uma professora particular — não havia escola próxima —, uma tal de miss Jones ou miss Smith, que era da Terra Mãe.

No condomínio murado onde Mark e eu morávamos, cada residência vinha com um quintal e uma churrasqueira construída. Ali na rua Tokai não havia essas comodidades, apenas uma fogueira com uns tijolos em volta. Parecia uma coisa inacreditavelmente burra fazer uma fogueira aberta quando ia haver uma criança presente, principalmente uma criança como Chrissie, que nem tinha firmeza para andar ainda. Eu fingi tocar a grelha de metal, fingi gritar de dor, sacudi a mão, chupei o dedo. "Quente!", eu disse para Chrissie. "Cuidado! Não encoste!"

Por que eu me lembro desse detalhe? Por causa da chupada. Porque eu percebi o olhar de John para mim e então, de propósito, prolonguei o momento. Eu tinha — desculpe por me gabar —, eu tinha uma linda boca nessa época, boa de beijar. Meu sobrenome era Kiš, que na África do Sul, onde ninguém conhecia os engraçados diacríticos, era escrito K-I-S. *Kiss-kiss*, as meninas na escola cochichavam quando queriam me provocar. *Kiss-kiss* e risos e um estalo molhado dos lábios. Eu não ligava a mínima. Nada de errado com ser boa de beijar, eu pensava. Fim da digressão. Tenho plena consciência de que o senhor quer ouvir falar é de John, não de mim, nem da minha época de escola.

Salsicha grelhada e batata assada: foi esse o menu que esses dois homens elaboraram tão criativamente. Para a salsicha, molho de tomate direto do vidro; para a batata, margarina. Deus sabe que entranhas foram usadas na fabricação da salsicha. Felizmente, eu tinha trazido para a menina uns potinhos de papinha Heinz.

Eu invoquei um apetite de dama e pus uma única salsicha no meu prato. Com Mark longe de casa tanto tempo, eu me vi comendo cada vez menos carne. Minha dieta era principalmente frutas, cereais e salada. Mas para aqueles dois homens era carne e batata. Eles comiam do mesmo jeito, em silêncio, engolindo a comida como se ela fosse ser retirada a qualquer momento. Comedores solitários.

"Como está indo a concretagem?", perguntei.

"Mais um mês e termina, se Deus quiser", disse John.

"Está fazendo uma grande diferença para a casa", disse o pai dele. "Sem a menor dúvida. Muito menos úmido do que era antes. Mas é um trabalhão, não é, John?"

Eu reconheci aquele tom imediatamente, o tom de um pai louco para se gabar do filho. Meu coração bateu mais forte pelo pobre homem. Um filho de mais de trinta anos e nada que se pudesse dizer dele além de que sabia assentar concreto! E que difícil para o filho também, a pressão daquela ânsia do pai, a ânsia de se orgulhar! Se havia uma razão para eu me destacar na escola, era dar aos meus pais, que levavam vidas tão solitárias neste país estranho, uma razão para se orgulharem.

O inglês dele — do pai — era perfeitamente passável, como eu disse, mas ficava claro que não era a sua língua natal. Quando ele falava uma expressão idiomática, como *sem a menor dúvida*, por exemplo, era com um pequeno floreio, como se esperasse ser aplaudido.

Perguntei para ele o que fazia. (*Fazia*: palavra tão sem graça; mas ele entendeu o que eu queria dizer.) Ele me contou que era contador, que trabalhava no centro da cidade. "Deve ser uma chatice ir daqui até a cidade", eu disse. "Não seria melhor se o senhor morasse mais perto?"

Ele resmungou alguma resposta que eu não entendi. Baixou um silêncio. Evidentemente, eu tinha tocado um ponto nevrálgico. Tentei mudar de assunto, mas não adiantou.

Eu não estava esperando muito daquela noite, mas o tédio da conversa, os longos silêncios e mais alguma coisa no ar também, discórdia ou mau humor entre os dois — isso tudo era mais do que eu estava disposta a engolir. A comida tinha sido horrível, o carvão estava virando cinza, eu estava com frio, o escuro tinha começado a baixar, Chrissie estava sendo atacada por mosquitos. Nada me obrigava a participar das tensões familiares de gente que eu mal conhecia, mesmo que em termos práticos um deles fosse, ou tivesse sido, meu amante. Então carreguei Chrissie e a pus de volta no carrinho.

"Não vá ainda", disse John. "Vou fazer café."

"Tenho de ir", eu disse. "Já passou da hora de Chrissie dormir."

No portão, ele tentou me beijar, mas eu não estava a fim.

A história que contei para mim mesma depois dessa noite, a história em que eu me fixei, foi que as infidelidades do meu marido tinham me provocado a tal ponto que eu peguei e pratiquei uma infidelidade também. Agora que estava evidente o erro que havia sido essa infidelidade, pelo menos na escolha do cúmplice, a infidelidade de meu marido aparecia sob uma nova luz, provavelmente como um erro também, e portanto não valia a pena se incomodar com ela.

Quanto aos fins de semana matrimoniais, acho que nesta altura eu devo estender um véu de discrição. Já falei o bastante. Lembro que foi contra o pano de fundo desses fins de semana que as minhas relações com John durante a semana se desenrolaram. Se John ficou mais que intrigado ou mesmo apaixonado por mim, foi porque encontrou em mim uma mulher no pico da sua força feminina, vivendo uma vida sexual intensificada — uma vida que, na verdade, tinha pouco a ver com ele.

Senhor Vincent, eu tenho plena consciência de que o senhor quer ouvir falar de John, não de mim. Mas a única história relativa a John que eu posso contar, ou a única que estou disposta a contar, é esta, ou seja, a história da minha vida e do papel que ele teve nela, o que é bem diferente, outra questão inteiramente, da história da minha vida e do meu papel nela. Minha história, a história de mim, começou muitos anos antes de John entrar em cena, e continuou durante anos depois que ele saiu. Na fase de que eu estou falando hoje, Mark e eu éramos os protagonistas, John e a mulher de Durban faziam parte dos coadjuvantes. Então, o senhor tem de escolher. Vai aceitar o que eu ofereço ou vai deixar passar? Devo encerrar o recital aqui e agora, ou devo continuar?

*Continue.*

Tem certeza? Porque tem mais uma coisa que eu quero dizer. É o seguinte. O senhor vai cometer um erro grave se pensar consigo mesmo que a diferença entre as duas histórias, a história que o senhor queria ouvir e a história que está recebendo, não passa de uma questão de perspectiva — que enquanto do meu ponto de vista a história de John pode ter sido apenas um episódio entre muitos da longa narrativa do meu casamento, por meio de uma virada rápida, de uma rápida manipulação de perspectiva, depois uma edição esperta, que o senhor consegue transformar isso numa história sobre John e uma das mulheres que passaram pela vida dele. Não é assim. Não é assim. Estou avisando com toda sinceridade: se o senhor sair daqui e começar a mexer com o texto, a coisa toda vai virar cinzas em suas mãos. Eu *realmente* fui o personagem principal. John *realmente* foi um personagem menor. Desculpe se parece que estou fazendo um sermão sobre o seu assunto, mas o senhor vai acabar me agradecendo. Entende?

*Estou escutando o que a senhora diz. Não concordo necessariamente, mas estou escutando.*

Bom, não diga que eu não avisei.

Como eu já disse, foi um grande momento para mim, uma segunda lua de mel, mais doce que a primeira e mais duradoura também. Por que mais o senhor acha que eu ia lembrar tão bem? *Realmente, eu estou chegando em mim!*, eu disse para mim mesma. *É isto que uma mulher pode ser; isto que uma mulher pode fazer!*

Estou chocando o senhor? Provavelmente não. O senhor é de uma geração que não se choca. Mas seria chocante para a minha mãe, o que eu estou revelando aqui, se ela estivesse viva para ouvir. Minha mãe nunca nem sonharia em falar com um estranho como eu estou falando agora.

De uma das viagens a Cingapura, Mark voltou com uma câmera de vídeo dos primeiros modelos. E ele armou a câmera no quarto para filmar a gente fazendo amor. *Para registrar*, ele disse. *E para excitar.* Eu não liguei. Deixei ele gravar. Ele provavelmente ainda tem a fita; pode até ser que assista quando fica nostálgico dos velhos dias. Ou talvez esteja guardada numa caixa no sótão e será encontrada depois da morte dele. As coisas que a gente deixa para trás! Imagine só os netos dele, os olhos esbugalhados quando assistirem o vovô jovem rolando na cama com a esposa estrangeira.

*Seu marido...*

Mark e eu nos divorciamos em 1988. Ele casou de novo, logo em seguida. Não conheci a minha sucessora. Eles moram nas Bahamas, acho, ou talvez nas Bermudas.

Então vamos encerrar por aqui? O senhor já ouviu bastante e foi um longo dia.

*Mas esse, sem dúvida, não é o fim da história.*

Ao contrário, é, sim, o fim da história. Pelo menos da parte que interessa.

*Mas a senhora e Coetzee continuaram a se ver. Trocaram cartas durante anos. Portanto, mesmo que a história termine aí, do seu ponto de vista — minhas desculpas, mesmo que esse seja o fim da parte da história que é importante para a senhora — há ainda uma longa trilha a seguir, um vínculo prolongado. Pode me dar alguma ideia dessa trilha?*

Uma trilha breve, não longa. Vou contar para o senhor, mas não hoje. Tenho de cuidar de umas coisas. Volte a semana que vem. Marque uma data com a minha recepcionista.

*Semana que vem eu já fui embora. Podemos nos encontrar de novo amanhã?*

Tudo bem, a coda. Por onde eu começo? Vou começar pelo pai de John. Uma manhã, não muito tempo depois daquele churrasco horrendo, eu estava passando pela rua Tokai de carro quando notei alguém sozinho num ponto de ônibus. Era o Coetzee pai. Eu estava com pressa, mas teria sido muito rude simplesmente passar, então parei e ofereci uma carona para ele.

Ele perguntou como ia a Chrissie. Eu disse que ela estava com saudade do pai, que passava muito tempo fora de casa. Perguntei de John e da concretagem. Ele me deu alguma resposta vaga.

Nenhum de nós dois estava com muita vontade de conversar, mas fiz um esforço. Se ele não se importava que eu perguntasse, perguntei, quanto tempo fazia que a mulher dele tinha morrido? Ele me contou. Da vida dele com ela, se tinha sido feliz ou não, se ele sentia saudade dela, ele não revelou nada.

"E John é seu único filho?", eu perguntei.

"Não, não, ele tem um irmão, um irmão mais novo." Ele parecia surpreso de eu não saber.

"Que curioso", eu disse, "porque John tem cara de ser filho único." Falei com um sentido crítico. Queria dizer que ele se preocupava consigo próprio, parecia não ter nenhuma tolerância com as pessoas a sua volta.

Ele não respondeu nada — não perguntou, por exemplo, que cara teria um filho único.

Perguntei de seu outro filho, onde morava. Na Inglaterra, respondeu o sr. C. Tinha ido embora da África do Sul anos antes e nunca voltara. "O senhor deve ter saudade dele", eu disse. Ele deu de ombros. Era a sua resposta característica: o dar de ombros sem palavras.

Quero dizer que de início achei que havia uma coisa insuportavelmente triste nesse homem. Sentado ao meu lado no carro, de terno escuro, com cheiro de desodorante barato, ele podia parecer a personificação da retidão rígida, mas se ele de repente caísse em prantos, eu não ia ficar nem um pouco surpresa. Solitário a não ser por aquele mosca-morta daquele filho mais velho, marchando toda manhã para o que parecia um trabalho autodestrutivo, voltando à noite para a casa silenciosa — eu senti muita pena dele.

"Bom, a gente sente falta", ele disse afinal, quando achei que não ia responder nada. Falou num sussurro, olhando direto para a frente.

Ele desceu em Wynberg, perto da estação de trem. "Obrigado pela carona, Julia", ele disse, "muita gentileza sua."

Era a primeira vez que ele usava de verdade o meu nome. Eu podia responder, *A gente se vê*. Podia ter respondido, *O senhor e o John têm de vir comer em casa*. Mas não disse nada, só acenei e fui embora.

*Que mesquinha!*, eu ralhei comigo mesma. *Que coração duro!* Por que eu era tão dura com ele, com os dois?

E, de fato, por que eu era, por que eu sou, tão crítica em relação ao John? Ele pelo menos estava cuidando do pai. Pelo menos, se alguma coisa acontecesse, o pai dele tinha um ombro para se apoiar. Era mais do que eu podia dizer de mim mesma. Meu pai — você não deve estar interessado, por que estaria?, mas deixe eu contar mesmo assim —, meu pai estava naquele momento numa clínica particular perto de Port Elizabeth. As roupas dele estavam trancadas, ele não tinha nada para vestir, dia e noite, além do pijama, roupão e chinelos. E estava entupido de tranquilizante até o nariz. Por quê? Simplesmente pela conveniência dos enfermeiros, para ele continuar tratável. Porque quando ele não tomava os comprimidos, ficava agitado e começava a gritar.

[Silêncio.]

*John amava o pai, a senhora acha?*

Meninos gostam das mães, não dos pais. Nunca ouviu falar de Freud? Meninos odeiam os pais, que eles querem suplantar no afeto das mães. Não, claro que John não amava o pai, ele não amava ninguém, ele não tinha constituição para amar. Mas ele sentia culpa pelo pai. Sentia culpa e portanto se comportava devidamente. Com certos lapsos.

Eu estava falando do meu pai. Meu pai nasceu em 1905, então, nessa época de que a gente está falando ele estava com quase setenta anos e a cabeça dele estava falhando. Tinha esquecido quem era, esquecido o inglês rudimentar que havia aprendido quando veio para a África do Sul. Com os enfermeiros ele às vezes falava alemão, às vezes húngaro, e ninguém entendia uma palavra. Ele tinha certeza de que estava em Madagascar, num campo de prisioneiros. Os nazistas tinham tomado Madagascar, ele achava, e transformado em uma *Strafkolonie* para judeus. Ele não lembrava também quem eu era. Numa das minhas visitas, achou que eu era a irmã dele, Trudi, minha tia, que eu não conheci, mas que parecia um pouco comigo. Ele queria que eu fosse procurar o comandante da prisão e falasse em favor dele. "*Ich bin der Erstgeborene*", ele ficava dizendo: eu sou o primogênito. Se *der Erstgeborene* não ia poder trabalhar (meu pai era joalheiro e lapidador de diamantes por profissão), como a família dele ia sobreviver?

Por isso é que eu estou aqui. Por isso é que eu sou terapeuta. Por causa do que eu vi naquela clínica. Para evitar que outras pessoas sejam tratadas como meu pai foi tratado lá.

O dinheiro que sustentava meu pai na clínica era dado pelo meu irmão, filho dele. Meu irmão era quem visitava meu pai religiosamente, toda semana, mesmo só sendo reconhecido por ele intermitentemente. No único sentido que interessa, meu irmão tinha assumido o encargo de cuidar dele. No único sentido que interessa, eu tinha abandonado meu pai. E eu era a favorita dele — eu, a sua amada Julischka, tão bonitinha, tão inteligente, tão afetuosa!

Sabe o que eu mais espero, acima de tudo? Espero que na outra vida a gente tenha a chance, cada um de nós, de pedir nossas desculpas para as pessoas que nós maltratamos. Eu tenho muitas desculpas para pedir, acredite.

Basta de pais. Vamos voltar para a história de Julia e seus atos adúlteros, a história que o senhor veio de longe para ouvir.

Um dia, meu marido comunicou que ia a Hong Kong para se reunir com os sócios estrangeiros da empresa.

"Quanto tempo vai ficar lá?", eu perguntei.

"Uma semana", ele respondeu. "Talvez um ou dois dias mais se as discussões correrem bem."

Não pensei mais no assunto até que, um pouco antes de ele partir, recebi um telefonema da mulher de um dos colegas dele: se eu ia levar vestido de noite na viagem para Hong Kong. Respondi que eu não ia com ele. Ah, ela disse, achei que todas as esposas tinham sido convidadas.

Quando Mark voltou para casa, eu puxei o assunto. "A June acabou de telefonar", eu disse. "Ela falou que vai com Alistair para Hong Kong. Disse que todas as esposas foram convidadas."

"As esposas foram convidadas, mas a empresa não paga a viagem para elas", Mark falou. "Você realmente quer ir para Hong Kong e ficar plantada num hotel com um bando de esposas da firma, reclamando do tempo? Hong Kong parece uma sauna nesta época do ano. E o que você vai fazer com a Chrissie? Quer levar a Chrissie junto também?"

"Não tenho a menor vontade de ir para Hong Kong e ficar plantada num hotel com uma criança chorando", eu disse. "Só quero saber como são as coisas. Para não ter de ser humilhada quando seus amigos telefonam."

"Bom, agora você já sabe como são as coisas", ele disse.

Ele estava errado. Eu não sabia. Mas podia adivinhar. Especificamente, eu podia adivinhar que a namorada de Durban ia estar em Hong Kong também. A partir daquele momento, eu passei a ser fria como gelo com o Mark. *Que isso seja um basta, seu desgraçado, para qualquer ideia que você possa ter de que os seus adultérios me excitam!* Foi isso que eu pensei comigo.

"Isso tudo é por causa de Hong Kong?", ele me perguntou, quando finalmente caiu a ficha. "Se você quer ir para Hong Kong comigo, pelo amor de Deus, é só dizer em vez de ficar andando pela casa feito um tigre com indigestão."

"Dizer o quê?", eu falei. "Pedir *por favor*? Não, eu não quero ir com você para Hong Kong coisa nenhuma. Ia ser uma chatice, como você disse, plantada fofocando com as esposas enquanto os homens estão ocupados resolvendo o futuro do mundo. Vou ficar mais contente em casa, que é o meu lugar, cuidando da sua filha."

As coisas estavam nesse pé no dia em que Mark viajou.

*Espere um pouco, eu estou confuso. Em que momento nós estamos? Quando foi essa viagem para Hong Kong?*

Deve ter sido em algum momento de 1973, no começo de 1973, não sei a data exata.

*Então a senhora e John Coetzee estavam se encontrando...*

Não. Nós não estávamos nos encontrando. O senhor me perguntou no começo como eu conheci John e eu contei. Essa foi a cabeça da história. Agora estamos chegando à coda da história, ou seja, como a nossa relação se desenrolou e depois chegou ao fim.

Mas onde está o corpo da história?, o senhor quer saber. Não tem corpo. Não posso contar o corpo porque não houve corpo nenhum. É uma história sem corpo.

Voltando ao Mark, ao dia fatídico em que ele partiu para Hong Kong. Assim que ele saiu, eu pulei para o carro, fui até a rua Tokai e pus um recado debaixo da porta: "Apareça hoje à tarde, se quiser, por volta das duas".

Perto de duas horas, eu sentia a febre aumentando em mim. Minha filha também sentiu. Ficou inquieta, chorando, agarrada em mim, não queria dormir. Febre, mas que tipo de febre, eu me perguntava? Uma febre de loucura? Uma febre de raiva?

Eu esperei, mas John não apareceu, nem às duas, nem às três. Ele veio às cinco e meia, quando eu já tinha dormido no sofá com a Chrissie, quente e pegajosa, no meu ombro. A campainha da porta me acordou; quando abri a porta ainda estava tonta e confusa.

"Desculpe, não pude vir antes", ele disse, "é que eu dou aula à tarde."

Era tarde demais, claro. Chrissie estava acordada e ciumenta do jeito dela.

John voltou mais tarde, como combinamos, e passamos a noite juntos. Na verdade, enquanto Mark estava em Hong Kong, John passou todas as noites na minha cama, ia embora ao amanhecer para não encontrar com a empregada. O sono que eu perdia eu compensava com uma soneca depois do almoço. Como ele fazia para compensar o sono perdido eu não tenho ideia. Quem sabe as alunas dele, as meninas portuguesas dele — o senhor sabe delas, dessas desgarradas do ex-império português?

Não? Não me deixe esquecer de contar —, quem sabe as meninas dele tenham sofrido com esses excessos noturnos.

Meu alto verão com Mark tinha me dado um novo conceito de sexo: como numa competição, você faz o possível para submeter seu oponente ao seu desejo erótico. Apesar de todos os defeitos, Mark era mais que competente como adversário sexual, embora não tão sutil nem tão duro como eu. Quanto ao meu veredicto sobre John — e chegamos afinal, *afinal*, ao momento que o senhor estava esperando, senhor Biógrafo —, meu veredicto sobre John Coetzee, depois de sete noites de teste, foi que ele não era do meu time, não do jeito que eu era na época.

John tinha o que eu chamaria de uma sintonia sexual, para a qual ele mudava assim que tirava a roupa. Na sintonia sexual ele era capaz de desempenhar o papel masculino perfeitamente bem — adequado, competente, mas, para o meu gosto, muito impessoal. Eu nunca tinha a sensação de que ele estava *comigo*, comigo em toda a minha realidade. Ao contrário, era como se ele estivesse envolvido em alguma imagem erótica de mim dentro da cabeça dele; talvez mesmo com alguma imagem de Mulher com M maiúsculo.

Na época, eu fiquei apenas decepcionada. Agora eu iria mais longe. Acho que no jeito de ele fazer amor havia uma qualidade autista. Digo isso não como crítica, mas como diagnóstico, se o senhor quer saber. É característico que o tipo autista trate os outros como autômatos, autômatos misteriosos. Em troca, ele espera ser tratado como um autômato misterioso também. Se você é autista, apaixonar-se significa transformar algum outro escolhido no objeto inescrutável do seu desejo; estar apaixonado significa ser tratado reciprocamente como o objeto inescrutável do desejo do outro. Dois autômatos inescrutáveis realizando uma transação inescrutável com o corpo do outro: era essa a sensação de estar na cama com John. Duas atividades independentes se desenrolando, a dele e a minha. Qual era a atividade dele eu não sei dizer, era impenetrável para mim. Mas para resumir: sexo com ele não tinha nenhuma vibração.

No meu trabalho não tive muita experiência com pacientes que eu qualificasse de clinicamente autistas. Mesmo assim, quanto à vida sexual deles, o que eu suspeito é que eles preferem a masturbação à coisa de fato.

Como eu acho que já contei para o senhor, John foi apenas o terceiro homem que eu tive. Três homens e eu deixei eles todos para trás em termos sexuais. Uma história triste. Depois dessa história, eu perdi interesse em sul-africanos brancos, em homens sul-africanos brancos. Havia alguma característica que eles tinham em comum que eu achava difícil de identificar, mas que de alguma forma eu ligava àquele brilho evasivo que via nos olhos dos colegas do Mark quando eles falavam do futuro do país — como se houvesse alguma conspiração da qual eles todos fizessem parte para criar um futuro falsificado, um futuro *trompe-l'oeil*, onde antes parecia não haver futuro possível. Como o obturador de uma câmera que se abre um instante para revelar a falsidade do seu cerne.

Claro que eu também era sul-africana, e branca. Nasci entre brancos, fui criada entre eles, vivi entre eles. Mas eu tinha um segundo eu com que podia contar: Julia Kiš, ou, ainda melhor, Kiš Julia, de Szombathely. Na medida em que eu não desertasse de Julia Kiš, na medida em que Julia Kiš não me desertasse, eu podia ver coisas para as quais outros brancos eram cegos.

Por exemplo, os sul-africanos brancos daquela época gostavam de pensar em si mesmos como os judeus da África, ou pelo menos os israelitas da África: ardilosos, inescrupulosos, flexíveis, sempre rente ao chão, odiados e invejados pelas tribos que dominavam. Tudo falso. Tudo bobagem. Precisa ser judeu para conhecer um judeu, assim como é preciso ser mulher para conhecer um homem. Aquela gente não era forte, não era nem esperta, ou suficientemente esperta. E eles com certeza não eram judeus. Na verdade, eram crianças perdidas na floresta. É assim que eu penso neles agora: uma tribo de crianças cuidada por escravos.

John se mexia no sono, tanto que não me deixava dormir. Quando eu não aguentava mais, dava uma sacudida nele. "Você estava tendo um pesadelo", eu dizia. "Eu nunca sonho", ele resmungava em resposta e voltava a dormir imediatamente. Logo estava se mexendo e rolando de novo. Chegou a um ponto que eu estava querendo Mark de volta na minha cama. Pelo menos Mark dormia feito uma tora.

Basta disso. O senhor entendeu o quadro geral. Nenhum idílio sensual. Longe disso. O que mais? O que mais quer saber?

*Me diga o seguinte: a senhora é judia e John não era; havia alguma tensão por causa disso?*

Tensão? Por que haveria tensão? Tensão por parte de quem? Eu não tinha nenhum plano de casar com John, afinal. Não, John e eu nos dávamos perfeitamente bem a esse respeito. Era com gente do norte que ele não se dava bem, principalmente ingleses. Ele dizia que ficava tenso na presença de ingleses, com suas boas maneiras, sua reserva bem-educada. Ele preferia gente pronta a dar mais de si mesma; então, de vez em quando, ele juntava coragem para dar um pouco mais dele mesmo em troca.

Mais alguma pergunta antes de eu continuar?

*Não.*

Uma manhã (eu vou pular para a frente, gostaria de acabar com isto aqui), John apareceu na porta. "Não vou ficar", ele disse, "mas achei que você ia gostar disto." Ele estava com um livro na mão. Na capa: *Dusklands*, de J. M. Coetzee.

Eu fiquei completamente pasma. "Você escreveu isso?", perguntei. Eu sabia que ele escrevia, mas até aí, muita gente escreve; não fazia a menor ideia de que no caso dele era a sério.

"É para você. É um exemplar de prova. Recebi duas provas pelo correio hoje."

Folheei o livro. Alguém reclamando da esposa. Alguém viajando de carro de boi. "O que é?", perguntei. "É ficção?"

"Mais ou menos."

Mais ou menos. "Obrigada", eu disse. "Quero muito ler. Vai render muito dinheiro para você? Vai poder parar de lecionar?"

Ele achou aquilo muito engraçado. Estava alegre, por causa do livro. Não era sempre que eu via aquele lado dele.

"Eu não sabia que seu pai era historiador", falei na próxima vez que nos encontramos. Estava me referindo ao prefácio do livro dele, em que o autor, o escritor, aquele homem na minha frente, dizia que o pai, o homenzinho que saía toda manhã para o seu trabalho de contador na cidade, era também um historiador que vasculhava arquivos e descobria velhos documentos.

"Está falando do prefácio?", ele perguntou. "Ah, aquilo é tudo inventado."

"E o que seu pai acha disso?", perguntei. "De falarem coisas falsas sobre ele, de ser transformado em personagem de livro?"

John pareceu incomodado. O que ele não queria revelar, como eu descobri depois, era que o pai dele nem tinha visto o *Dusklands*.

"E Jacobus Coetzee?", perguntei. "Você inventou o seu respeitável Jacobus Coetzee também?"

"Não, existiu um Jacobus Coetzee de verdade", ele disse. "Pelo menos, existe um documento verdadeiro, de papel e tinta, que pretende ser uma transcrição de uma declaração oral feita por alguém que deu seu nome como Jacobus Coetzee. No pé desse documento há um X que o escrivão atesta que foi feito pela mão desse mesmo Coetzee, um X porque ele era analfabeto. Nesse sentido, eu não inventei o personagem."

"Para alguém iletrado, o seu Jacobus me parece bem literato. Vi que a certa altura ele cita Nietzsche."

"Bom, eles eram sujeitos surpreendentes, esses homens da fronteira do século XVIII. Nunca se sabe o que eles podiam aprontar."

Não posso dizer que gosto de *Dusklands*. Sei que parece antiquado, mas prefiro livros com heróis e heroínas normais, personagens que você possa admirar. Eu nunca escrevi histórias, nunca tive ambições para esse lado, mas desconfio que seja muito mais fácil construir personagens maus — personagens desprezíveis — do que personagens bons. É a minha opinião, se é que vale para alguma coisa.

*A senhora disse isso para Coetzee?*

Se eu falei que achava que ele optava pelo mais fácil? Não. Eu fiquei simplesmente surpresa que esse amante intermitente meu, esse pedreiro amador e professor de meio período tivesse a capacidade de escrever um livro do tamanho de um livro e, além disso, de encontrar um editor para ele, mesmo que só em Johannesburgo. Fiquei surpresa, fiquei gratificada por ele, até um pouco orgulhosa. Glória refletida. No meu tempo de estudante eu tinha andado com uma porção de pretendentes a escritor, mas nenhum tinha realmente publicado um livro.

*Não perguntei ainda: o que a senhora estudou? Psicologia?*

Não, longe disso. Estudei literatura alemã. Como preparação para a minha vida de dona de casa e mãe eu li Novalis e Gottfried Benn. Me formei em literatura e depois disso, durante vinte anos, até Christine crescer e sair de casa, eu fiquei — como posso dizer? — intelectualmente adormecida. Depois voltei para a faculdade. Isso foi em Montreal. Comecei do nada com ciência básica, depois estudei medicina, fiz treinamento como terapeuta. Um longo caminho.

*A relação com Coetzee teria sido diferente, a senhora acha, se tivesse estudado psicologia em vez de literatura?*

Que pergunta curiosa! A resposta é não. Se eu tivesse estudado psicologia na África do Sul dos anos 1960 eu teria mergulhado nos processos neurológicos de ratos e polvos, e John não era nem rato nem polvo.

*Que tipo de animal ele era?*

Que perguntas estranhas o senhor faz! Ele não era nenhum tipo de animal e por uma razão muito específica: a capacidade mental dele e especificamente as suas faculdades de ideação eram superdesenvolvidas, à custa do seu ser animal. Ele era *Homo sapiens*, ou até mesmo *Homo sapiens sapiens*.

O que leva de volta a *Dusklands*. Como obra, eu não diria que *Dusklands* seja desprovido de paixão, mas a paixão por trás dele é obscura. Eu leio esse livro como um livro sobre crueldade, uma exposição sobre a crueldade envolvida em várias formas de conquista. Mas qual é a verdadeira fonte dessa crueldade? Seu *locus*, me parece, se encontra dentro do próprio autor. A melhor interpretação que posso dar para o livro é que escrever aquilo foi um projeto de terapia autorrealizada. O que lança uma certa luz sobre o tempo que passamos juntos, nosso tempo conjunto.

*Acho que não entendi bem. Pode falar mais?*

O que o senhor não entendeu?

*Está dizendo que ele exercia essa crueldade com a senhora?*

Não, longe disso. John nunca se comportou comigo de modo que não fosse o mais gentil possível. Ele era o que se pode chamar de pessoa gentil, um cavalheiro. Em parte era esse o problema dele. O projeto de vida dele era ser gentil. Deixe-me começar de novo. O senhor deve lembrar quanta matança há em *Dusklands* — matança não só de seres humanos, mas de animais. Bom, mais ou menos na época em que o livro saiu, John me revelou que ia virar vegetariano. Não sei por quanto tempo ele persistiu nisso, mas eu interpretei essa mudança como parte de um projeto maior de reforma pessoal. Ele tinha decidido que ia impedir impulsos violentos e cruéis em todos os campos da vida — inclusive sua vida amorosa, pode-se dizer — e direcionar tudo para a escrita, que consequentemente iria se transformar em uma espécie de exercício catártico sem fim.

*Quanto disso era visível para a senhora na época, e quanto a senhora deve a* insights *posteriores como terapeuta?*

Eu via tudo — estava bem na superfície, não era preciso cavar — mas na época eu não tinha a linguagem para descrever isso. Além do mais, estava tendo um caso com ele. Não dá para ser analítico no meio de um caso amoroso.

*Um caso amoroso. A senhora não usou essa expressão antes.*

Então deixe eu me corrigir. Um envolvimento erótico. Porque, jovem e autocentrada como eu era na época, teria sido difícil para mim amar, amar de verdade, alguém tão radicalmente incompleto como John. Então: eu estava no meio de um envolvimento erótico com dois homens, num dos quais eu tinha feito um investimento profundo — tinha casado com ele, era pai da minha filha —, enquanto no outro eu não tinha feito investimento nenhum.

A razão de eu não ter feito nenhum investimento mais profundo em John tem muito a ver, eu desconfio, com esse projeto dele de se transformar no que eu descrevi, um homem gentil, o tipo de homem que não faria nenhum mal, nem mesmo a animais irracionais, nem mesmo a uma mulher. Eu devia ter sido mais clara com ele, eu penso agora: *Se por alguma razão você está se controlando, pare, não é preciso!* Se eu tivesse dito isso a ele, se ele tivesse levado a sério, se ele tivesse se permitido ser um pouquinho mais impetuoso, um pouco mais imperioso, um pouco menos *cauteloso*, então ele talvez pudesse ter realmente me arrancado de um casamento que era ruim para mim naquele momento e que ficaria pior mais tarde. Ele podia ter realmente me salvado, ou salvado os melhores anos da minha vida para mim, que no fim das contas foram desperdiçados.

[Silêncio.]

Eu me perdi. Do que estávamos falando?

*De* Dusklands.

Isso, *Dusklands*. Um alerta. Esse livro foi realmente escrito antes que a gente se conhecesse. Confira a cronologia. Então, não fique tentado a ler como se fosse sobre nós.

*Nem me passou pela cabeça.*

Lembro de ter perguntado a John, depois de *Dusklands*, se ele tinha algum projeto novo no momento. A resposta dele foi vaga. "Tem sempre uma coisa ou outra em que eu estou trabalhando", ele disse. "Se eu ceder à sedução de não trabalhar, o que eu faria comigo mesmo? Que razão haveria para viver? Eu teria de me matar."

Aquilo me surpreendeu — a necessidade dele de escrever, eu digo. Eu não sabia praticamente nada dos hábitos dele, como passava o tempo, mas ele nunca me pareceu um trabalhador obsessivo.

"Está falando sério?", eu perguntei.

"Fico deprimido se não escrever", ele respondeu.

"Então para que essa reforma sem fim?", eu perguntei. "Você podia contratar alguém para fazer a reforma e dedicar a escrever o tempo que economizaria."

"Você não entende", ele disse. "Mesmo que eu tivesse dinheiro para contratar um pedreiro, coisa que não tenho, mesmo assim eu sentiria a necessidade de passar X horas cavando o jardim, carregando pedras ou misturando concreto." E partiu para mais um daqueles discursos dele sobre a necessidade de derrubar o tabu sobre trabalho braçal.

Eu me perguntei se não havia uma certa crítica a mim pairando no ar: que o trabalho pago da minha empregada negra me deixava livre para ter casos com homens estranhos, por exemplo. Mas deixei passar. "Bom", eu disse, "você sem dúvida não entende de economia. O primeiro princípio de economia é que se todos insistíssemos em fabricar nosso próprio fio e ordenhar nossas próprias vacas em vez de empregar outras pessoas para fazer isso por nós, ficaríamos para sempre empacados na Idade da Pedra. Por isso é que nós inventamos uma economia baseada na troca, que por sua vez possibilitou nossa longa história de progresso material. Você paga alguém para assentar o concreto e em troca você consegue tempo para escrever o livro que vai justificar a sua folga e dar sentido à sua vida. Pode até dar sentido à vida do operário que assenta o concreto para você. De forma que nós todos prosperamos."

"Você acredita mesmo nisso?", ele perguntou. "Que livros dão sentido às nossas vidas?"

"Acredito", eu respondi. "Um livro deve ser um machado para abrir o mar congelado dentro de nós. O que mais ele seria?"

"Um gesto de recusa diante da época. Uma aposta na imortalidade."

"Ninguém é imortal. Livros não são imortais. O globo todo em que pisamos vai ser sugado pelo sol e queimado até virar cinzas. E depois disso o próprio universo vai implodir e desaparecer num buraco negro. Nada vai sobreviver, nem eu, nem você, e com toda certeza nem a minoria interessada em livros sobre homens da fronteira imaginários da África do Sul do século XVIII.

"Eu não quis dizer imortal no sentido de existir fora do tempo. Quis dizer sobreviver além da própria morte física."

"Quer que as pessoas leiam seus livros depois que você morrer?"

"Me dá alguma consolação contar com essa perspectiva."

"Mesmo você não estando mais aqui para saber?"

"Mesmo eu não estando mais aqui para saber."

"Mas por que as pessoas do futuro deveriam se dar ao trabalho de ler o livro que você escreve se ele não disser nada a elas, se não ajudar as pessoas a encontrar um sentido para a vida delas?"

"Talvez elas ainda gostem de ler livros que são bem escritos."

"Isso é bobagem. É a mesma coisa que dizer que se eu fizer uma radiovitrola muito boa ela ainda vai estar sendo usada pelas pessoas no século XXV. Mas não vai. Porque uma radiovitrola, por mais benfeita que seja, vai estar obsoleta. Não vai significar nada para as pessoas do século XXV."

"Talvez no século XXV ainda exista uma minoria com curiosidade para saber como soava uma radiovitrola do final do século XX."

"Colecionadores. Gente que tem hobby. É assim que você pretende passar a sua vida: sentado na sua mesa manufaturando um objeto que pode ou não ser preservado como curiosidade?"

Ele deu de ombros. "Tem alguma ideia melhor?"

O senhor acha que eu estou me exibindo. Eu percebo isso. Acha que eu invento diálogos para mostrar como eu sou esperta. Mas eram assim, às vezes, as conversas entre John e mim. Eram divertidas. Eu gostava; sentia falta delas depois, quando parei de encontrar com ele. Na verdade, as nossas conversas talvez fossem do que eu mais sentia falta. Ele foi o único homem que eu conheci que me deixava ganhar uma discussão honesta, que não berrava, nem armava confusão, nem saía bufando quando via que estava perdendo. E eu sempre ganhava dele, ou quase sempre.

A razão é simples. Não que ele não conseguisse argumentar; mas ele conduzia a vida dele seguindo princípios, enquanto eu era pragmática. Pragmatismo sempre ganha de princípios; é assim que as coisas são. O universo se movimenta, o chão se transforma debaixo dos nossos pés; princípios estão sempre um passo atrás. Princípios são matéria de comédia. Comédia é o que se obtém quando princípios se chocam com a realidade. Eu sei que ele tinha fama de ser seco, mas John Coetzee na verdade era bem engraçado. Uma figura de comédia. Comédia seca. Coisa que de uma forma obscura ele sabia, até aceitava. Por isso é que eu ainda penso nele com afeto. Se entende o que quero dizer.

[Silêncio.]

Eu sempre fui boa para discutir. Na escola, todo mundo ficava nervoso comigo, até os professores. *Uma língua que é uma faca*, minha mãe dizia, meio censurando. *Uma moça não devia discutir desse jeito, uma moça devia aprender a ser mais delicada*. Mas outras vezes ela dizia: *Uma moça como você devia ser advogada*. Minha mãe tinha orgulho de mim, do meu espírito, da minha língua afiada. Ela era de uma geração em que uma filha ainda casava e saía da casa do pai direto para a casa do marido, ou do sogro.

Então: "Você tem uma ideia melhor", John perguntava, "uma ideia melhor de como usar a própria vida em vez de escrever livros?"

"Não. Mas tenho uma ideia que pode te dar uma sacudida e ajudar você a dar um rumo na sua vida."

"O quê?"

"Encontre uma boa mulher e case com ela."

Ele olhou para mim, estranhando. "Está me pedindo em casamento?", perguntou.

Eu ri. "Não", eu disse. "Já estou casada, muito obrigada. Encontre uma mulher que combine melhor com você, alguém que tire você de dentro de você mesmo."

*Eu já sou casada, então casar com você seria bigamia*: essa era a parte não dita. Porém, o que tinha de errado na bigamia, pensando bem, além de ser contra a lei? O que fez a bigamia ser crime enquanto o adultério era só um pecado, ou uma diversão? Eu já era uma adúltera; por que não poderia ser bígama também? Estávamos na África, afinal. Se nenhum homem africano era levado ao tribunal por ter duas mulheres, por que seria eu proibida de ter dois esposos, um público e um privado?

"Isto não é, enfaticamente não é, um pedido de casamento", repeti, "mas... só em teoria — se eu fosse livre, você casaria comigo?"

Era só uma pergunta, uma pergunta à toa. Ele, porém, sem dizer uma palavra, me pegou nos braços e me apertou tanto que eu não conseguia respirar. Foi a primeira atitude dele que eu possa lembrar que pareceu vir direto do coração. Claro que eu já tinha visto John estimulado por desejo animal — a gente não ficava na cama discutindo Aristóteles — mas nunca antes tinha visto John nas garras da emoção. *Então*, perguntei a mim mesma um tanto surpresa, *será que este mosca-morta tem sentimentos afinal?*

"O que foi?", perguntei, me soltando do abraço dele. "Tem alguma coisa que você quer me dizer?"

Ele ficou quieto. Estava chorando? Acendi o abajur ao lado da cama e olhei para ele. Nada de lágrimas, mas ele estava com uma cara de grande tristeza. "Se não me disser o que está acontecendo", falei, "não tenho como ajudar."

Depois, quando ele se controlou, nós conversamos para esclarecer o momento. "Para a mulher certa", eu disse, "você seria um marido de primeira. Responsável. Trabalhador. Inteligente. Um bom partido, de fato. Bom de cama também", embora isso não fosse exatamente verdade. "Afetuoso", acrescentei, pesando melhor, embora isso também não fosse verdade.

"E um artista além disso", ele disse. "Esqueceu de dizer isso."

"E um artista além disso. Um artista com as palavras."

[Silêncio.]

Isso é tudo. Uma passagem difícil entre nós dois, que negociamos com habilidade. Meu primeiro indício de que ele nutria sentimentos mais profundos por mim.

*Mais profundos que o quê?*

Mais profundos que os sentimentos que qualquer homem podia nutrir pela esposa atraente do vizinho. Ou pelo boi ou burro do vizinho.

*Está dizendo que ele estava apaixonado pela senhora?*

Apaixonado... Apaixonado por mim ou pela ideia de mim? Não sei. O que eu sei é que ele tinha razões para ser grato a mim. Eu facilitei as coisas para ele. Existem homens que acham difícil cortejar uma mulher. Têm medo de expor seu desejo, de se expor a uma recusa. Por trás desse medo muitas vezes existe uma história de infância. Eu nunca forcei John a se expor. Eu é que fazia a corte. Eu é que fiz a sedução. Eu é que controlei os termos do caso. Fui eu até quem decidiu quando acabar. Então, o senhor me pergunta: Ele estava apaixonado?; e eu respondo: Ele estava agradecido.

[Silêncio.]

Eu sempre me perguntei, depois, o que teria acontecido se em vez de dispensar John eu tivesse correspondido à onda de sentimento dele com uma onda de sentimento minha. Se eu tivesse tido coragem de me divorciar do Mark na época, em vez de esperar mais treze ou catorze anos, e embarcado com o John. Eu teria aproveitado melhor a vida? Talvez. Talvez não. Mas aí eu não seria a ex-amante aqui conversando com o senhor. Eu seria a viúva de luto.

O problema era a Chrissie, a pedra no sapato. Chrissie era muito ligada ao pai e eu estava achando cada vez mais difícil lidar com ela. Não era mais um bebê — estava com quase dois anos — e embora o lento desenvolvimento dela para falar fosse preocupante (no fim, eu não precisava ter me preocupado, ela compensou depois com um jorro), ela estava ficando mais ágil a cada dia — mais ágil e destemida. Tinha aprendido a sair do berço; tive de contratar um marceneiro para colocar um portão no alto da escada para ela não rolar para baixo.

Lembro que uma noite Chrissie apareceu de repente ao lado da minha cama, esfregando os olhos, chorando, confusa. Eu tive a presença de espírito de carregar a menina de volta para o quarto antes de ela registrar que não era o papai ao meu lado na cama; mas e se eu não tivesse essa sorte da próxima vez?

Eu não tinha muita certeza do efeito subjacente que minha vida dupla podia estar tendo em Chrissie. Por um lado, eu dizia para mim mesma que contanto que eu estivesse fisicamente satisfeita e em paz comigo mesma, os efeitos benéficos acabariam passando para ela também. Se isso lhe parece autojustificativa, quero lembrar que naquela época, nos anos 1970, a posição progressista, o jeito *bien-pensant* era que o sexo constituía uma força para o bem, sob qualquer aspecto, com qualquer parceiro. Por outro lado, claro que Chrissie estava intrigada com a alternância de papai e tio John em casa. O que ia acontecer quando ela começasse a falar? E se ela confundisse os dois e chamasse o pai de tio John? Seria um inferno.

Eu sempre achei Sigmund Freud, em grande parte, uma bobagem, a começar pelo complexo de Édipo e, depois, pela sua recusa em ver que as crianças eram abusadas sexualmente nas casas da clientela de classe média dele. Mesmo assim, concordo que as crianças, mesmo as muito novas, passam a maior parte do tempo tentando entender o seu lugar dentro da família. No caso de Chrissie, a família tinha sido até então uma coisa simples: eu, o Sol no centro do universo, mais mamãe e papai, meus planetas servidores. Eu tinha feito um certo esforço para deixar claro que Maria, que aparecia às oito da manhã e desaparecia ao meio-dia, não era parte da família. "A Maria tem de ir embora agora", eu dizia, na frente de Maria. "Diga ta-ta para a Maria. A Maria tem a filhinha dela para cuidar e dar comida." (Eu me referia à menina menor de Maria para não complicar as coisas. Sabia perfeitamente bem que Maria tinha sete filhos para alimentar e vestir, cinco dela e dois herdados de uma irmã que morreu de tuberculose.)

Quanto à família mais distante de Chrissie, a avó do meu lado tinha falecido antes de ela nascer e o avô estava internado numa clínica, como eu contei. Os pais de Mark viviam na zona rural do Cabo Oriental, numa fazenda cercada por uma cerca eletrificada de dois metros de altura. Nunca passavam uma noite fora de casa com medo de que a fazenda pudesse ser saqueada e o gado roubado, de forma que era como se estivessem numa prisão. A irmã mais velha do Mark morava a milhares de quilômetros de distância, em Seattle; meu irmão nunca visitava a Cidade do Cabo. Então Chrissie tinha uma versão de família que era a mais básica possível. A única complicação era o tio que à meia-noite se esgueirava pela porta dos fundos para a cama da mamãe. Quem era esse tio: alguém da família ou, ao contrário, um verme roendo o coração da família?

E Maria — o quanto Maria sabia? Eu não podia ter nenhuma certeza. Trabalho migrante era a norma na África do Sul naquela época, de forma que Maria devia estar bem familiarizada com o fenômeno do marido que dá adeus à mulher e aos filhos e parte para encontrar trabalho na cidade grande. Mas se ela concordava com esposas se divertindo na ausência do marido era uma outra questão. Maria nunca realmente viu o meu visitante noturno, mas é muito pouco provável que ela não tenha percebido nada. Visitas sempre deixam muitos rastros.

Mas como assim? São seis horas da tarde mesmo? Eu não fazia ideia de que era tão tarde. Temos de parar por hoje. Pode voltar amanhã?

*Sinto dizer, mas eu vou embora amanhã. Pego o avião para Toronto e de Toronto para Londres. Seria uma pena se...*

Muito bem, vamos mais depressa. Não falta muita coisa. Eu falo rápido.

Uma noite, John chegou num estado de excitação que não era normal. Estava com um pequeno toca-fitas e pôs um cassete, um quinteto para cordas de Schubert. Não era o que se pudesse chamar de música sexy, nem eu estava muito no clima, mas ele queria fazer amor e, especificamente — perdoe se sou explícita —, queria que a gente coordenasse nossas atividades com a música, com o movimento lento.

Bom, o movimento lento em questão pode ser muito bonito, mas eu achava que estava longe de ser excitante. Some-se a isso que eu não conseguia esquecer a imagem da caixa do cassete: Franz Schubert parecendo não um deus da música, mas um funcionário público vienense arrasado e com gripe.

Não sei se lembra do movimento lento, mas tem uma longa ária de violino com a viola pulsando por baixo, e dava para sentir John tentando manter o mesmo ritmo. A coisa toda me parecia forçada, ridícula. De alguma forma o meu distanciamento passou para John. "Esvazie a mente!", ele sussurrou para mim. "Sinta através da música!"

Bom, não tem nada mais irritante do que dizerem o que você tem de sentir. Eu me afastei dele e esse pequeno experimento erótico desmoronou na hora.

Depois, ele tentou se explicar. Queria me provar alguma coisa sobre a história do sentimento, ele disse. Sentimentos tinham histórias naturais próprias. Eles surgiam no tempo, floresciam por um momento ou não conseguiam florescer, depois morriam ou murchavam. Os sentimentos dos tipos que floresceram na época de Schubert estavam mortos, em sua maioria. O único jeito que nos restava para reexperimentar esses sentimentos era por meio da música da época. Porque a música era o traçado, a inscrição do sentimento.

Tudo bem, eu disse, mas por que nós temos de trepar ouvindo a música?

Porque acontece que o movimento lento do quinteto é sobre trepar, ele respondeu. Se em vez de resistir, eu tivesse deixado a música fluir em mim e me animar, eu teria experimentado vislumbres de alguma coisa bem rara: como era fazer amor na Áustria pós-Bonaparte.

"Como era para o homem pós-Bonaparte ou como era para a mulher pós-Bonaparte?", eu perguntei. "Para o senhor Schubert ou para a senhora Schubert?"

Isso o deixou realmente chateado. Ele não gostava que brincassem com suas teorias favoritas.

"Música não tem nada a ver com trepar", continuei. "Música tem a ver com as preliminares. Tem a ver com a corte. Você canta para a donzela *antes* de ir para a cama com ela, não enquanto está na cama com ela. Você canta para seduzir a moça, para ganhar seu coração. Canta para conseguir levar ela para a cama. Se não está contente comigo na cama, talvez seja porque você não conquistou meu coração."

Eu devia ter parado por aí, mas não parei, fui em frente. "O erro que nós dois cometemos", eu disse, "foi que nós pulamos as preliminares. Não estou pondo a culpa em você, foi culpa minha tanto quanto sua, mas foi um erro mesmo assim. Sexo é melhor quando tem antes uma boa e longa corte. Mais satisfatório emocionalmente. Mais satisfatório eroticamente também. Se você está querendo melhorar a sua vida sexual, não vai conseguir isso me fazendo trepar no ritmo da música."

Eu estava bem preparada para ele reagir, para discutir a questão do sexo musical, mas ele não mordeu a isca. Em vez disso, ficou com uma cara amarrada, derrotada e virou de costas para mim.

Sei que estou contradizendo o que eu disse antes, que ele era boa companhia, bom perdedor, mas dessa vez parecia que eu tinha realmente tocado um ponto frágil.

Então, lá estávamos. Eu tinha tomado a ofensiva, não podia voltar atrás. "Volte para casa e treine a sua corte", eu disse. "Vá. Vá embora. Leve o seu Schubert com você. Volte quando souber fazer melhor as coisas."

Foi cruel, mas ele mereceu, por não revidar.

"Certo — eu vou", ele disse, com uma voz amuada. "Tenho mesmo coisas para fazer." E começou a vestir a roupa.

*Coisas para fazer!* Eu peguei o objeto mais à mão, que por acaso era um pratinho de barro cozido bem bonito, marrom com a borda pintada de amarelo, parte de um conjunto de seis que o Mark tinha comprado na Suazilândia. Por um instante eu ainda consegui enxergar o lado cômico da coisa: a amante de madeixas escuras e seios nus exibindo seu temperamento centro-europeu xingando aos berros e atirando a louça. Aí, joguei o prato.

Bateu no pescoço dele e caiu no chão sem quebrar. Ele encolheu os ombros e virou um olhar perplexo para mim. "Vá!", eu gritei, talvez tenha berrado mesmo, e gesticulei para ele. Chrissie acordou e começou a chorar.

Estranho dizer que não senti nenhum remorso depois. Ao contrário, fiquei animada, excitada, orgulhosa de mim mesma. *Direto do coração!*, eu disse para mim mesma. *Meu primeiro prato!*

[Silêncio.]

*Houve outros?*

[Silêncio.]

*Foi assim, então, que acabou entre a senhora e ele?*

Não exatamente. Houve uma coda. Vou contar a coda, e acabou-se.

Foi uma camisinha que provocou o fim mesmo, uma camisinha amarrada, cheia de esperma morto. O Mark que pescou de debaixo da cama. Eu fiquei pasma. Como eu podia ter esquecido aquilo? Era como se eu quisesse que fosse encontrada, quisesse gritar a minha infidelidade do alto dos telhados.

Mark e eu nunca usamos camisinha, portanto não adiantava mentir. "Quanto tempo faz que isso está acontecendo?", ele perguntou. "Desde dezembro", eu respondi. "Sua puta!", ele disse, "sua puta imunda, mentirosa! E eu confiei em você!"

Ele ia saindo do quarto furioso, mas então pensou melhor, voltou e... desculpe, mas vou colocar um véu sobre o que aconteceu depois, é vergonhoso demais para repetir, uma vergonha. Vou dizer simplesmente que me deixou surpresa, chocada e, acima de tudo, furiosa. "Por isso, Mark, eu nunca vou te perdoar", eu disse quando me recuperei. "Para tudo existe um limite, e você acaba de ultrapassar esse limite. Eu vou embora. E você cuida da Chrissie, para variar."

No momento em que eu pronunciei as palavras *eu vou embora, você cuida da Chrissie*, juro, eu estava falando só que ia sair e que ele podia cuidar da menina durante a tarde. Mas nos cinco passos que levava para chegar na porta, me bateu num relâmpago, que me deixou cega, que aquele podia ser na verdade o momento da libertação, o momento em que eu saía de um casamento frustrante e não voltava mais. As nuvens em cima da minha cabeça, as nuvens dentro da minha cabeça, subiram, evaporaram. *Não pense*, eu disse para mim mesma, *aja apenas!* Sem perder o passo eu virei, subi a escada, enfiei umas roupas de baixo numa sacola e corri para baixo de novo.

O Mark impediu minha passagem. "Onde você pensa que vai?", ele perguntou. "Vai encontrar com *ele*?"

"Vá para o inferno", eu disse. Tentei forçar a passagem, mas ele agarrou meu braço.

"Largue!", eu falei.

Sem grito, sem careta, só uma ordem simples, direta. Sem dizer uma palavra ele me soltou. Era como se tivesse baixado do céu uma coroa e um manto real em cima de mim. Quando saí com o carro, ele ainda estava parado na porta, perplexo.

*Tão fácil!*, eu exultei. *Tão fácil! Por que eu não fiz isso antes?*

O que me deixa intrigada sobre esse momento — que na verdade foi o momento-chave da minha vida —, o que me deixou intrigada na hora e continua me intrigando até hoje é o seguinte: mesmo que alguma força dentro de mim — vamos dizer que o inconsciente, para facilitar as coisas, embora eu tenha minhas reservas com o inconsciente clássico — tivesse me impedido de checar embaixo da cama — tivesse me impedido exatamente para precipitar essa crise matrimonial —, por que diabos Maria tinha deixado aquela prova incriminadora lá — a Maria que definitivamente não fazia parte do meu inconsciente, cujo trabalho era limpar, arrumar, dar um fim nas coisas? Por que Maria tinha deliberadamente deixado escapar a camisinha? Será que ela endireitou o corpo quando viu aquilo e disse para si mesma: *Isto aqui já está indo longe demais! Ou eu defendo a santidade do leito nupcial ou viro cúmplice desse ultraje!*

Às vezes, eu penso em tomar um avião de volta para a África do Sul, a nova, tão esperada, democrática África do Sul, com o único propósito de procurar Maria, se ela ainda estiver viva, para me abrir com ela, pedir uma resposta para essa incômoda pergunta.

Bom, eu com certeza não estava fugindo para encontrar com o *ele* do ciúme raivoso do Mark, mas para onde exatamente estava indo? Porque eu não tinha amigos na Cidade do Cabo, nenhum que não fosse amigo de Mark em primeiro lugar e meu em segundo.

Havia um estabelecimento que eu tinha visto passando por Wynberg, uma mansão antiga e caindo aos pedaços com uma placa na porta: *Canterbury Hotel / Residencial / Pensão completa ou parcial / Aluguel mensal ou semanal.* Resolvi experimentar o Canterbury.

Sim, senhora, disse a mulher no balcão, por acaso temos um quarto vago, eu queria por uma semana ou por mais tempo? Uma semana, eu disse, para começar.

O quarto em questão — tenha paciência, isto não é irrelevante — ficava no térreo. Era espaçoso, uma suíte com um banheirinho bom, uma geladeira compacta e janelas francesas que davam para uma varanda sombreada, coberta por uma trepadeira. "Muito bom", eu disse. "Vou ficar."

"E a sua bagagem?", a mulher perguntou.

"Minha bagagem vem depois", eu disse, e ela entendeu. Tenho certeza de que eu não era a primeira esposa fugida que aparecia na porta do Canterbury. Tenho certeza de que eles contavam com um bom tráfego de esposas indignadas. E contavam também com uma boa vantagenzinha quando aquelas que tinham pagado a semana inteira passavam uma noite e depois, arrependidas, exaustas ou com saudade de casa, iam embora na manhã seguinte.

Bom, eu não estava arrependida e com toda certeza não tinha nenhuma saudade de casa. Me sentia bem-disposta a fazer do Canterbury a minha casa até o encargo de cuidar da criança levar o Mark a entrar com um processo para fazer as pazes.

Houve uma cantilena sobre segurança que eu mal acompanhei — chaves para as portas, chaves para os portões — mais as regras para estacionamento, regras para visitas, regras para isto, regras para aquilo. Eu não ia receber visitas, informei à mulher.

Nessa noite, jantei na lúgubre *salle à manger* do Canterbury e tive um primeiro vislumbre dos residentes meus colegas, saídos diretamente de William Trevor ou Muriel Spark. Mas sem dúvida eu devia parecer a mesma coisa para eles: mais uma afogueada saída de um casamento amargado. Fui para a cama cedo e dormi bem.

Achei que eu ia gostar da solidão. Fui de carro à cidade, fiz umas compras, vi uma exposição na National Gallery, almocei no Gardens. Mas na segunda noite, sozinha no meu quarto depois de um triste jantar de salada murcha e linguado cozido com molho bechamel, fui de repente tomada pela solidão e, pior que a solidão, pela autopiedade. Do telefone público do saguão liguei para John e, aos murmúrios (a recepcionista estava escutando), contei da minha situação.

"Quer que eu vá até aí?", ele perguntou. "Podemos ir à última sessão de cinema."

"Quero", eu disse. "Quero, quero, quero."

Repito com a maior ênfase possível que eu não fugi do meu marido e filha para ficar com John. Não era esse tipo de caso. Na verdade, nem chegava a ser um caso, mais uma amizade, uma amizade extraconjugal com um componente sexual cuja importância, pelo menos da minha parte, era mais simbólica do que substancial. Ir para a cama com John foi o meu jeito de conservar meu autorrespeito. Espero que o senhor entenda isso.

Mesmo assim, *mesmo assim*, minutos depois da chegada dele ao Canterbury, ele e eu estávamos na cama e — o que é mais — nossa relação foi, pela primeira vez, uma coisa que realmente merecia ser registrada. Eu até chorei quando terminamos. "Não sei porque estou chorando", solucei, "estou tão contente."

"É porque você não dormiu nada a noite passada", ele disse, pensando que precisava me consolar. "É porque você está exausta."

Fiquei olhando para ele. *Porque você está exausta*: ele realmente parecia acreditar nisso. Me deixou quase sem fôlego o quanto ele podia ser tapado, insensível. No entanto, no seu jeito atrapalhado, talvez ele tivesse razão. Porque o meu dia de liberdade tinha sido colorido por uma lembrança que ficava voltando, a lembrança daquele enfrentamento humilhante com o Mark, que fez com que eu me sentisse mais como uma criança espancada do que como uma esposa infiel. Não fosse por isso, eu provavelmente nem teria telefonado para John e portanto não teria ido para a cama com ele. Então, sim: eu estava perturbada e por que não? Meu mundo tinha virado de pernas para o ar.

Havia também uma outra fonte para a minha inquietação, ainda mais dura de enfrentar: a vergonha por ter sido descoberta. Porque realmente, se você olhasse minha situação friamente, eu, com o meu sórdido casinho de revanche em Constantiaberg, não estava me portando nada melhor do que Mark, com sua sórdida ligaçãozinha em Durban.

O fato é que eu tinha chegado a algum tipo de limite moral. O ataque de euforia de sair de casa havia evaporado; meu senso de ultraje estava se esgotando; quanto à vida solitária, seu fascínio estava se apagando depressa. Porém, como eu podia reparar o dano senão voltando para Mark com o rabo entre as pernas, pedindo para fazer as pazes e retomando meus deveres como esposa e mãe castigada? E no meio de toda essa confusão de espírito, aquela relação sexual lancinante de doce! O que meu corpo estava tentando me dizer? Que quando baixamos nossas defesas abrem-se as portas do prazer? Que o leito nupcial é um mau lugar para cometer adultério, que hotéis são melhores? O que John sentia eu não fazia a menor ideia, ele nunca foi uma pessoa de se revelar; mas de minha parte eu sabia sem a menor dúvida que aquela meia hora que eu tinha passado iria perdurar como um marco em toda a minha vida erótica. E foi mesmo. Até hoje. Por que mais eu estaria ainda falando aqui a respeito?

[Silêncio.]

Estou contente de ter contado essa história ao senhor. Agora me sinto menos culpada sobre aquela história do Schubert.

[Silêncio.]

Então, eu adormeci nos braços de John. Quando acordei estava escuro e eu não fazia ideia de onde estava. *Chrissie*, eu pensei — *esqueci completamente de dar comida para Chrissie!* Cheguei a estender a mão para acender a luz no lugar errado quando a coisa toda me voltou. Eu estava sozinha (nem sinal de John); eram seis da manhã.

Do saguão, telefonei para Mark. "Alô, sou eu", eu disse na voz mais neutra, mais pacífica. "Desculpe ligar tão cedo, mas como está a Chrissie?"

Por seu lado, porém, o Mark não estava nem um pouco disposto a se reconciliar. "Onde você está?", ele perguntou.

"Estou ligando de Wynberg", eu disse. "Mudei para um hotel. Achei que a gente devia dar um tempo um do outro até as coisas esfriarem. Como está a Chrissie? O que você está pensando fazer esta semana? Tem de ir para Durban?"

"O que eu vou fazer não é da sua conta", ele disse. "Se você quer ficar longe, fique longe."

Mesmo pelo telefone dava para perceber que ele ainda estava com raiva. Quando Mark ficava bravo, ele explodia até para falar: *Não é da sua conta*, com um sopro de ar enfurecido no *c* que fez os meus olhos enrugarem. Lembranças de tudo o que eu desgostava nele voltaram numa onda. "Não seja bobo, Mark", eu disse, "você não sabe cuidar de criança."

"Nem você, sua vagabunda suja!", ele disse, e bateu o telefone.

Essa manhã, mais tarde, quando fui fazer compras, descobri que minha conta bancária estava bloqueada.

Fui até Constantiaberg. Minha chave girou na fechadura, mas a porta estava com outra tranca. Bati e bati. Nenhuma resposta. Nem sinal de Maria também. Dei a volta na casa. O carro do Mark não estava lá, as janelas estavam fechadas.

Telefonei para o escritório dele. "Ele está em nosso escritório de Durban", disse a telefonista.

"Aconteceu uma emergência na casa dele", eu disse. "Pode entrar em contato com Durban e deixar um recado? Peça para ele telefonar para a esposa dele assim que possível, no seguinte número. Diga que é urgente." E dei o número do hotel.

Durante horas eu esperei. Nada de telefonema.

Onde estava Chrissie? Isso era o que eu mais precisava saber. Parecia inacreditável que Mark pudesse ter levado a menina para Durban. Mas se não tivesse, o que tinha feito com ela?

Telefonei diretamente para Durban. Não, disse a secretária, Mark não estava em Durban, não era esperado lá naquela semana. Eu tinha tentado o escritório da Cidade do Cabo?

Quase louca, telefonei para John. "Meu marido pegou a menina e sumiu, desapareceu no nada", eu disse. "Eu não tenho dinheiro. Não sei o que fazer. Você tem alguma sugestão?"

Havia um casal mais velho no saguão, hóspedes, me ouvindo abertamente. Mas eu não me importava mais com quem pudesse saber dos meus problemas. Eu queria chorar, mas acho que dei risada. "Ele fugiu com a minha filha, e por quê?", perguntei. "É por isto?" — fiz um gesto indicando o local onde estava, o interior do Canterbury Hotel (Residencial) — "É por isto aqui que eu estou sendo castigada?". Aí, realmente eu comecei a chorar.

Como estava a quilômetros de distância, John não podia ver o meu gesto, portanto (me ocorreu depois) ele deve ter atribuído um sentido muito diferente às palavras *isto aqui*. Devia parecer que eu estava me referindo a meu caso com ele — que eu descartava nosso caso como indigno de tamanha confusão.

"Você quer ir à polícia?", ele perguntou.

"Não seja ridículo", falei. "Uma pessoa não pode fugir de um homem e depois acusar esse homem de roubar sua filha."

"Quer que eu vá aí buscar você?" Dava para ouvir a cautela na voz dele. E eu entendia. Eu também teria sido cautelosa no lugar dele, com uma mulher histérica na linha. Mas eu não queria cautela, eu queria minha filha de volta. "Não, eu não gostaria que me buscassem", reagi.

"Você pelo menos comeu alguma coisa?", ele perguntou.

"Não quero comer nada", respondi. "Chega desta conversa idiota. Desculpe, não sei por que eu liguei. Tchau." E desliguei o telefone.

Eu não queria comer nada, se bem que não ia achar ruim beber alguma coisa: um uísque puro, por exemplo, e em seguida um sono de morta, sem sonhos.

Eu tinha acabado de me arrastar para o meu quarto e cobrir a cabeça com o travesseiro quando bateram na janela francesa. Era John. Trocamos palavras, que não vou repetir. Para resumir, ele me levou para Tokai e me acomodou no quarto dele. Ele próprio dormiu no sofá da sala. Eu estava meio esperando que ele viesse me procurar durante a noite, mas ele não veio.

Despertei com uma conversa murmurada. O sol estava alto. Ouvi a porta da rua fechar. Um longo silêncio. Eu estava sozinha naquela casa estranha.

O banheiro era primitivo, a privada não estava limpa. Havia no ar um cheiro desagradável de suor masculino e toalhas molhadas. Aonde John tinha ido, quando ia voltar, eu não fazia ideia. Fiz café para mim e explorei um pouco. De cômodo em cômodo o teto era tão baixo que eu sentia que ia sufocar. Era só um chalé de fazenda, eu entendia isso, mas teria sido construído para anões?

Espiei no quarto do Coetzee mais velho. A luz tinha ficado acesa, uma única lâmpada fraca, sem lustre, no centro do teto. A cama estava desarrumada. Em cima da mesa de cabeceira, um jornal dobrado na página de palavras cruzadas. Na parede, uma pintura amadora de uma casa holandesa do Cabo, caiada, e uma fotografia emoldurada de uma mulher de aspecto severo. A janela, que era pequena e coberta com uma treliça de barras de ferro, dava para uma varandinha vazia, a não ser por duas cadeiras dobráveis de lona e uma fileira de vasos de samambaias murchas.

O quarto de John, onde eu tinha dormido, era maior e mais iluminado. Uma estante: dicionários, glossários, aprenda sozinho isto, aprenda sozinho aquilo. Beckett. Kafka. Em cima da mesa, uma confusão de papéis. Um arquivo. Procurei à toa pelas gavetas. Na gaveta de baixo, uma caixa de fotografias, que eu remexi. O que eu estava procurando? Eu não sabia. Alguma coisa que eu só reconheceria quando encontrasse. Mas não estava lá. A maior parte das fotografias era dos seus anos de escola: times esportivos, retratos da classe.

Ouvi barulho na frente da casa e saí. Um belo dia, o céu azul brilhante. John estava descarregando da caminhonete placas de ferro galvanizado para cobertura. "Desculpe se abandonei você", ele disse. "Eu precisava pegar isto aqui e não queria acordar você."

Puxei uma cadeira para um ponto ensolarado, fechei os olhos e me permiti uma pequena divagação. Eu não pretendia abandonar minha filha. Não pretendia sair do meu casamento. No entanto, e se eu saísse? Se eu esquecesse de Mark e de Chrissie, me instalasse naquela casinha feia, me transformasse no terceiro membro da família Coetzee, a adjunta, Branca de Neve e os dois anões, fazendo a comida, a limpeza, lavando a roupa, talvez até mesmo ajudando no reparo do telhado? Quanto tempo até minhas feridas fecharem? E depois, quanto tempo até o meu verdadeiro príncipe aparecer a cavalo, o príncipe dos meus sonhos, que ia me reconhecer pelo que eu era, me carregar para o seu cavalo branco e me levar embora para o pôr do sol?

Porque John Coetzee não era o meu príncipe. Finalmente, eu cheguei a uma conclusão. Se era essa a pergunta que o senhor tinha na cabeça ao vir para Kingston — *Será que essa é mais uma daquelas mulheres que tomaram John Coetzee por seu príncipe secreto?* —, então já tem sua resposta. John não era o meu príncipe. Não só isso: se o senhor está ouvindo com cuidado já deve ter entendido que era muito improvável que ele fosse um príncipe, um príncipe satisfatório, para qualquer donzela da terra.

Não concorda? Pensa diferente? Acha que o defeito é meu, não dele — o defeito, a deficiência? Bom, pense nos livros que ele escreveu. Qual é o tema sempre recorrente de livro para livro? É que a mulher não se apaixona pelo homem. O homem pode amar ou não amar a mulher; mas a mulher nunca ama o homem. O que o senhor acha que esse tema reflete? Meu palpite, meu palpite altamente bem informado, é que isso reflete a experiência de vida dele. As mulheres não se apaixonam por ele — não as mulheres com a cabeça no lugar. Elas inspecionam John, farejam, talvez até experimentem John. Depois seguem em frente.

Seguem em frente como eu segui. Eu podia ter ficado em Tokai, como eu disse, no papel de Branca de Neve. Como ideia não deixava de ter sua sedução. Mas acabei não ficando. John foi um amigo para mim durante um momento duro da minha vida, ele foi uma muleta em que eu me apoiei às vezes, mas nunca ia ser meu amante, nunca no sentido real da palavra. Para amor real você precisa de dois seres humanos completos, e os dois precisam se encaixar, se encaixar um no outro. Como Yin e Yang. Como um plugue elétrico e uma tomada elétrica. Como macho e fêmea. Ele e eu não encaixávamos.

Acredite, ao longo dos anos eu pensei muito sobre John, sobre o tipo dele. O que vou contar agora, ouça com a devida consideração, e espero que sem animosidade. Porque, como eu disse, John foi importante para mim. Ele me ensinou muito. Foi um amigo que continuou amigo mesmo depois que terminei com ele. Quando eu estava para baixo, podia sempre contar com ele para me dizer algo engraçado e me levantar o ânimo. Ele me levou uma vez a inesperadas altitudes eróticas — uma vez só, que pena! Mas o fato é que John não era feito para o amor, não era constituído assim, não era constituído para se encaixar ou ser encaixado. Era como uma esfera. Como uma bola de vidro. Não havia como se conectar com ele. Essa é a minha conclusão, a minha conclusão madura.

Que pode não ser surpresa para o senhor. O senhor deve achar que isso é verdade para artistas em geral, artistas homens: que eles não são constituídos para o que eu estou chamando de amor; que eles não podem ou não querem se entregar inteiramente pela simples razão de que existe neles uma essência secreta que eles precisam preservar em função da sua arte. Estou certa? É isso que o senhor acha?

*Se eu penso que artistas não têm constituição para amar? Não. Não necessariamente. Eu tento manter a cabeça aberta a respeito.*

Bom, não dá para manter a cabeça aberta indefinidamente, não se o senhor quer escrever o seu livro. Pense. Temos aqui um homem que, em suas relações humanas mais íntimas, não consegue conectar, ou só consegue conectar brevemente, intermitentemente. Porém, como ele ganha a vida? Ele faz relatórios escritos vivos, relatórios especializados sobre a experiência humana íntima. Porque é isso que são romances — não? — experiências íntimas. Romances como o contrário de poesia ou pintura. Isso não parece estranho?

[Silêncio.]

Eu fui muito franca, senhor Vincent. Por exemplo, a história do Schubert: eu nunca contei isso para ninguém antes do senhor. Por que não? Porque achei que ia lançar uma luz muito ridícula sobre John. Quem, senão um pateta total, mandaria a mulher por quem deveria estar apaixonado tomar lições de sexo com um compositor morto, um *Bagatellenmeister* vienense? Quando um homem e uma mulher estão apaixonados, eles criam sua própria música, isso vem instintivamente, eles não precisam de lição nenhuma. Mas o que nosso amigo John faz? Ele arrasta uma terceira presença para o quarto. Franz Schubert se transforma no número um, no mestre do amor; John vira o número dois, o discípulo e executante do mestre; e eu viro a número três, o instrumento em que a música sexual será tocada. Isso — me parece — revela tudo o que o senhor precisa saber sobre John Coetzee. O homem que confundiu sua mulher com um violino. Que provavelmente fez a mesma coisa com todas as outras mulheres de sua vida: confundiu a mulher com um ou outro instrumento, violino, fagote, tímpano. Que era tão tapado, tão distante da realidade, que não conseguia distinguir entre tocar uma mulher e amar uma mulher. Um homem que amava por números. Não dá para saber se é para rir ou chorar!

Por isso é que ele nunca foi meu Príncipe Encantado. Por isso é que eu nunca deixei ele me levar no seu cavalo branco. Porque ele não era um príncipe, era um sapo. Porque ele não era humano, não totalmente humano.

Eu disse que ia ser franca e mantive a minha promessa. Vou contar mais uma coisa franca, só mais uma, depois vou parar, e acabou-se.

É sobre a noite que eu tentei descrever para o senhor, a noite no Canterbury Hotel em que, depois de toda a nossa experimentação, nós dois finalmente chegamos à combinação química correta. Como foi que nós conseguimos isso, o senhor pode perguntar — como eu pergunto também —, se John era um sapo e não um príncipe?

Vou dizer agora como eu vejo essa noite fundamental. Eu estava magoada e confusa, como eu disse, e fora de mim de preocupação. John viu ou adivinhou o que estava acontecendo dentro de mim e dessa vez abriu seu coração, o coração que ele normalmente mantinha encerrado em uma couraça. Com os corações abertos, o dele e o meu, nós nos juntamos. Para ele, poderia e deveria marcar uma mudança de maré, essa primeira abertura do coração. Poderia ter marcado o começo de uma nova vida para nós dois juntos. Porém, o que aconteceu de fato? No meio da noite, John acordou e me viu dormindo na cama ao lado dele, sem dúvida com um ar de paz no rosto, até de plenitude, e plenitude é coisa que não se atinge neste mundo. Ele me viu — me viu como eu estava naquele momento —, se assustou, depressa travou de novo a couraça em cima do coração, dessa vez com corrente e duplo cadeado, e fugiu na escuridão.

Acha que foi fácil para mim perdoar John por isso? Acha?

*A senhora está sendo um pouco dura com ele, se me permite dizer.*

Não, não estou. Só estou dizendo a verdade. Sem a verdade, por mais dura que seja, não pode haver cura. Isso é tudo. Aqui termina a minha contribuição para o seu livro. Olhe, são quase oito horas. Hora de o senhor ir embora. Tem de tomar um avião — não tem? — de manhã.

*Só mais uma pergunta, uma pergunta breve.*

Não, absolutamente, nenhuma pergunta mais. Já teve muito tempo. Fim. *Fin*. Vá.

Entrevista realizada em Kingston,
Ontário, maio de 2008

# MARGOT

Vou contar, senhora Jonker, o que tenho feito desde que nos encontramos em dezembro passado. Depois que voltei da Inglaterra, transcrevi as fitas das nossas conversas. Pedi a um colega da África do Sul para conferir se eu tinha traduzido direito as palavras em africânder. Depois, fiz uma coisa bem radical. Cortei as minhas interferências e perguntas e finalizei o texto para ser lido como uma narrativa ininterrupta falada na sua voz.

O que eu gostaria de fazer hoje, se agradar à senhora, é ler o novo texto com a senhora. O que acha?

*Tudo bem.*

Mais uma coisa. Como a história que a senhora contou era bem longa, eu dramatizei aqui e ali, deixei as pessoas falarem com suas próprias vozes. A senhora vai entender o que eu quero dizer assim que a gente começar.

*Tudo bem.*

Então, vamos lá.

Antigamente, na época do Natal, havia grandes reuniões na fazenda da família. De toda parte os filhos e filhas de Gerrit e Lenie Coetzee convergiam para Voëlfontein, trazendo com eles esposas e filhos, mais e mais filhos a cada ano, para uma semana de risos, piadas, lembranças e, acima de tudo, comida. Para os homens era também um momento de caça: aves, antílopes.

Mas agora, nos anos 1970, esses encontros de família diminuíram tristemente. Gerrit Coetzee está morto há muito, Lenie arrasta os chinelos numa casa para idosos no Strand. Dos doze filhos e filhas, os primeiros já se juntaram às multidões de sombras; em momentos privados...

*Multidões de sombras?*

Grandiloquente demais? Eu mudo. Os primeiros tinham já deixado esta vida. Em momentos privados, os sobreviventes têm vislumbres de seu próprio fim e estremecem.

*Não gosto disso.*

Eu corto. Sem problema. Já deixaram esta vida. Entre os sobreviventes, as brincadeiras ficaram mais restritas, as lembranças mais tristes, a comida mais comedida. Quanto às caçadas, não existem mais: ossos velhos se cansam e, de qualquer forma, depois de anos e anos de seca, nada resta no *veld* que possa ser considerado caça.

Da terceira geração, os filhos e filhas de filhos e filhas, a maioria está agora muito absorta em cuidar de seus próprios negócios, ou indiferente demais à família menos próxima. Este ano, apenas quatro dessa geração estão presentes: o primo Michiel, que herdou a fazenda; o primo John, da Cidade do Cabo; a irmã

Carol; e ela própria, Margot. E dos quatro, desconfia ser ela a única a olhar o passado com nostalgia.

*Não entendo. Por que me chama de* ela?

Dos quatro, desconfia ser ela — Margot — a única a olhar o passado com nostalgia... A senhora viu como está confuso. Assim simplesmente não funciona. O *ela* que eu uso é como *eu*, mas não é *eu*. A senhora não gosta mesmo?

*Acho confuso. Mas continue.*

A presença de John na fazenda é fonte de inquietação. Depois de passar anos no estrangeiro — tantos anos que se concluiu que ele havia ido embora para sempre —, John de repente reapareceu entre eles debaixo de uma ou outra nuvem, de alguma desgraça. Uma história que corre é que ele esteve na prisão nos Estados Unidos.

A família simplesmente não sabe como se comportar na presença dele. Nunca tiveram um criminoso — se é isso que ele é, um criminoso — em seu meio. Um falido, sim: o homem que casou com tia Marie, um arrogante que bebia pesadamente e que a família reprovou desde o começo, declarou falência para evitar pagar as dívidas e desde então não mexia nem um dedo para trabalhar, vadiando em casa, vivendo dos ganhos da mulher. Mas falência, mesmo deixando um gosto ruim na boca, não é crime; enquanto ir para a cadeia é ir para a cadeia.

A sensação dela é que os Coetzee deviam se esforçar mais para fazer a ovelha desgarrada se sentir bem-vinda. Há muito ela tem um fraco por John. Quando criança costumavam falar bem abertamente de se casar um com o outro quando crescessem. Achavam que era permitido — por que não seria? Não entendiam por que os adultos sorriam, sorriam e não diziam por quê.

*Eu realmente contei isso?*

Contou. Quer que eu corte? Eu gosto.

*Não, deixe.* (*Ri.*) *Continue.*

Carol, a irmã dela, pensa bem diferente. Carol é casada com um alemão, um engenheiro, que há anos vem tentando tirar os dois da África do Sul para ir para os Estados Unidos. Carol deixou bem claro que ela não quer que apareça em seu dossiê que é parente de um homem que, seja ou não seja tecnicamente um criminoso, é malvisto pela lei norte-americana. Mas a hostilidade de Carol por John é mais profunda que isso. Ela o acha afetado e arrogante. Do alto de sua educação *engelse* [inglesa], diz Carol, John esnoba os Coetzee, todos. Por que ele resolveu despencar em cima deles na época do Natal, ela não consegue imaginar.

Ela, Margot, está incomodada com a atitude da irmã. Sua irmã, ela acredita, ficou mais e mais dura desde que casou e começou a pender para o círculo do marido, um círculo de expatriados alemães e suíços que veio à África do Sul durante os anos 1960 para fazer dinheiro rápido e está se preparando para abandonar o navio agora que o país está atravessando um período tempestuoso.

*Não sei. Não sei se posso deixar o senhor dizer isso.*

Bom, eu vou fazer o que a senhora decidir. Mas foi isso que a senhora me disse, palavra por palavra. E tenha em mente que é pouco provável que sua irmã venha a ler um livro obscuro publicado por uma editora acadêmica da Inglaterra. Onde sua irmã está morando agora?

*Ela e Klaus estão na Flórida, num lugar chamado St. Petersburg. Nunca se sabe, algum amigo dela pode cruzar com o livro e mandar para ela. Mas isso não é o principal. Quando falei com o senhor, tinha a impressão de que o senhor ia simplesmente transcrever a nossa entrevista e manter assim. Não fazia ideia de que ia reescrever tudo.*

Isso não é totalmente justo. Eu não reescrevi, simplesmente reformulei como uma narrativa. Mudar a forma não afeta o conteúdo. Se a senhora acha que estou tomando liberdades com o conteúdo em si é outra questão. Estou tomando liberdades demais?

*Não sei. Alguma coisa soa errado, mas não consigo identificar o que é. Só posso dizer que a sua versão não soa como o que eu contei. Mas vou calar a boca agora. Espero chegar até o fim e depois resolvo. Então, continue.*

Certo.

Se Carol é dura demais, ela própria é sensível demais, ela mesma admite. Ela é aquela que chora quando os gatinhos recém-nascidos têm de ser afogados, que tapa o ouvido quando o carneiro que vai ser abatido berra de medo, berra e berra. Ela antes ficava chateada, quando era mais nova, de rirem dela porque tinha o coração mole; mas agora, em seus trinta e poucos anos, não tem tanta certeza de que deva se envergonhar.

Carol diz não entender por que John veio à reunião, mas para ela a razão é óbvia. Às sombras de sua juventude ele trouxe de volta o pai, que embora não tenha muito mais de sessenta anos parece um velho, parece estar nas últimas — trouxe-o de volta para que ele se renove e fortifique, ou, se não puder se renovar, para que possa fazer suas despedidas. No entender dela, trata-se de um ato de dever filial, um ato que ela aprova inteiramente.

Ela vai procurar John atrás do barracão onde ele está trabalhando em seu carro, ou fingindo trabalhar.

"Algum problema?", ela pergunta.

"Está esquentando demais", diz ele. "Tivemos de parar duas vezes em Du Toit's Kloof para deixar o motor esfriar."

"Você devia pedir para o Michiel dar uma olhada. Ele entende de carros."

"Michiel está ocupado com os convidados. Eu mesmo conserto."

Ela desconfia que Michiel iria adorar qualquer desculpa para escapar dos hóspedes, mas não insiste. Ela conhece homens e a teimosia masculina, sabe que um homem prefere se debater infindavelmente com um problema em vez de pedir ajuda a outro homem.

"É com isso que você roda na Cidade do Cabo?", ela pergunta. Por *isso*, ela quer dizer a caminhonete Datsun de uma tonelada, o tipo de veículo de transporte leve que ela associa a fazendeiros e mestres de obras. "Por que você precisa de uma caminhonete?"

"É útil", ele responde, seco, sem explicar qual uso pode ter.

Ela não pôde deixar de sorrir quando ele chegou à fazenda dirigindo essa mesma caminhonete, ele com sua barba, cabelo maltratado e óculos de coruja, o pai ao lado como uma múmia, duro e envergonhado. Ela queria ter tirado uma fotografia. Ela gostaria também de poder falar com John sobre o cabelo dele. Mas o gelo ainda não se quebrou, conversas íntimas terão de esperar.

"Bom", diz ela, "me mandaram chamar você para o chá, chá e *melktert* que tia Joy preparou."

"Daqui a um minuto eu vou", ele diz.

Eles falam africânder entre si. O africânder dele é hesitante; ela desconfia que ele fala inglês melhor que africânder, embora ela raramente tenha necessidade de falar inglês, vivendo no campo, na *platteland*. Mas eles falam africânder um com o outro desde crianças; ela não vai humilhá-lo se oferecendo para mudar.

Ela põe a culpa da deterioração do africânder dele na mudança para a Cidade do Cabo, nas escolas "inglesas" e na universidade "inglesa", e no mundo estrangeiro, onde não se ouve nem uma palavra de africânder. *In 'n minuut*, diz ele: num minuto. É o tipo de solecismo que Carol pegaria na hora, e faria uma paródia. "*In 'n minuut sal meneer sy tee kom geniet*", Carol diria: num minuto sua alteza virá e partilhará o chá. Ela tem de protegê-lo de Carol, ou ao menos implorar que Carol seja atenciosa com ele no espaço desses poucos dias.

À mesa, essa noite, ela toma o cuidado de sentar-se ao lado dele. Na fazenda, o jantar é simplesmente uma mixórdia dos restos da refeição do meio-dia, a principal do dia: cordeiro frio, arroz requentado e o que se faz passar por uma salada: feijões verdes com vinagre.

Ela observa que ele passa adiante o prato de carne sem se servir.

"Não vai comer o carneiro, John?", Carol pergunta da outra ponta da mesa, num tom de doce preocupação.

"Não, hoje não, obrigado", John responde. "*Ek het my vanmiddag dik gevreet*": comi como um porco esta tarde.

"Então você não é vegetariano. Não virou vegetariano quando estava no estrangeiro."

"Não estritamente vegetariano. *Dis nie 'n woord waarvan ek hou nie. As 'n mens verkies om nie so veel vleis te eet nie...*" Não é uma palavra de que ele goste. Se alguém prefere não comer tanta carne...

"*Ja?*", diz Carol. "*As 'n mens so verkies, dan...?*" Se é isso que você prefere, então... e daí?

Todo mundo agora está olhando para ele. Ele começa a ficar vermelho. É evidente que não faz a menor ideia de como reagir à curiosidade benigna do grupo. E se ele é mais pálido e mais magro do que um bom sul-africano deve ser, a explicação talvez seja, de fato, não que ele se demorou demais nas neves da América do Norte, mas que passou muito tempo sem comer o bom carneiro do Karoo? *As 'n mens verkies...* — o que ele vai dizer em seguida?

Seu rubor aumentou desesperadamnete. Um homem adulto, e fica vermelho como uma menina! Hora de interferir. Ela põe uma mão tranquilizadora no braço dele. "*Jy wil seker sê, John, ons het almal ons voorkeure*", nós todos temos nossas preferências.

"*Ons voorkeure*", ele diz; "*ons fiemies*". Nossas preferências; nossos tolos pequenos caprichos. Ele espeta um feijão verde e põe na boca.

É dezembro e em dezembro não escurece senão bem depois das nove horas. Mesmo a essa hora, tão imaculadamente limpo está o ar sobre o alto platô, que a lua e as estrelas brilham o suficiente para iluminar os passos de alguém. Então, depois do jantar ele e ela saem para dar um passeio, fazendo uma grande volta para evitar o aglomerado de cabanas que abrigam os camponeses da fazenda.

"Obrigado por me salvar", ele diz.

"Você conhece a Carol", diz ela. "Sempre teve olho de lince. Olho de lince e língua afiada. Como está seu pai?"

"Deprimido. Como você deve saber, ele e minha mãe não tiveram um casamento feliz. Mesmo assim, depois da morte dela ele entrou em declínio — entristeceu, não sabe o que fazer da vida. Os homens da geração dele foram criados para ser dependentes. Se não têm uma mulher por perto para cozinhar e cuidar deles, simplesmente se apagam. Se eu não tivesse abrigado meu pai ele teria morrido de fome."

"Ele ainda trabalha?"

"Trabalha, ainda tem o emprego na loja de peças de motor, embora eu ache que estão insinuando que já está na hora de ele se aposentar. E o entusiasmo dele por esportes continua igual."

"Ele não é juiz de críquete?"

"Era, não é mais. A visão dele está piorando."

"E você? Não joga críquete também?"

"Jogo. Na verdade, eu ainda jogo na liga de domingo. O nível é bem amador, o que é bom para mim. Engraçado: ele e eu, dois africânderes dedicados a um jogo inglês no qual não somos muito bons. Imagino o que isso diz de nós."

Dois africânderes. Será que ele realmente se considera um africânder? Ela não conhece muitos africânderes de verdade [*egte*] que o aceitariam como um membro da tribo. Nem mesmo o pai dele passaria pela prova. Para passar por africânder hoje em dia você precisa ao menos votar no Partido Nacional e ir à igreja aos domingos. Ela não consegue imaginar seu primo vestindo terno e gravata e indo à igreja. Nem o pai dele, para falar a verdade.

Chegaram à represa. A represa antes era cheia por uma bomba movida a catavento, mas durante os anos de *boom* Michiel havia instalado uma bomba a diesel e deixado enferrujar o velho catavento, porque era o que todo mundo estava fazendo. Agora que o preço do petróleo está nas alturas, Michiel talvez tenha de repensar. Pode ter de voltar ao vento de Deus, afinal.

"Lembra", ela disse, "quando a gente vinha aqui em criança..."

"Caçar girinos com a peneira", ele pega o fio da história, "e levar para casa num balde de água; no dia seguinte eles estavam mortos e a gente nunca entendia por quê."

"E gafanhotos. A gente pegava gafanhotos também."

Ao falar de gafanhotos, ela se arrependeu. Porque se lembrou do destino dos gafanhotos, ou de um deles. Da garrafa onde tinham prendido o bicho, John tirou o inseto e, diante dos olhos dela, foi puxando com firmeza uma longa perna traseira até ela se soltar do corpo, seca, sem sangue nem nada que se possa considerar como sangue entre gafanhotos. Depois, soltou-o e ficaram observando. Cada vez que ele tentava alçar voo, caía para um lado, as asas roçando a terra, a perna traseira sobrevivente balançando, inutilmente. *Mate ele!*, ela gritou para John. Mas ele não matou, simplesmente se afastou, parecendo enojado.

"Lembra que você uma vez", diz ela, "arrancou a perna de um gafanhoto e deixou para eu matar? Fiquei tão brava com você."

"Me lembro todo dia da minha vida", ele diz. "Todo dia eu peço perdão ao coitado. Eu era só uma criança, digo para ele, uma criança ignorante que não sabia o que estava fazendo. *Kaggen*, eu digo, me perdoe."

"*Kaggen?*"

"*Kaggen*. O nome do louva-a-deus, do deus louva-a-deus. Mas o gafanhoto entende. No além não existe nenhum problema de língua. É como o Éden de novo."

O deus louva-a-deus. Ele a deixa confusa.

O vento da noite geme nas pás do catavento morto. Ela estremece. "Temos de voltar", ela diz.

"Daqui a um minuto. Você leu o livro de Eugène Marais sobre o ano que ele passou observando um bando de babuínos?

Ele conta que ao anoitecer, quando o bando parava de procurar comida e olhava o sol se pôr, ele conseguia perceber nos olhos dos babuínos mais velhos a inquietação da melancolia, o nascimento da primeira consciência da própria mortalidade deles.

"É nisso que o pôr do sol faz você pensar: na mortalidade?"

"Não. Mas não consigo esquecer a primeira conversa que nós dois tivemos, a primeira conversa significativa. Nós devíamos ter seis anos. Não me lembro exatamente as palavras, mas sei que eu estava abrindo meu coração para você, contando tudo a meu respeito, todas as minhas esperanças e desejos. E o tempo todo pensando: *Então é isso que quer dizer estar apaixonado!* Porque — deixe eu confessar — eu estava apaixonado por você. E desde aquele dia, estar apaixonado por uma mulher significou ter liberdade para dizer tudo o que eu tenho no coração."

"Tudo que você tem no coração... O que isso tem a ver com Eugène Marais?"

"Simplesmente que eu entendo o que o velho babuíno macho estava pensando enquanto olhava o sol se pôr, o líder do bando, aquele de quem Marais era mais próximo. *Nunca mais*, ele pensava: *só uma vida e nunca mais. Nunca, nunca, nunca*. É isso que o Karoo faz comigo também. Me enche de melancolia. Me estraga para a vida inteira."

Ela ainda não entende o que os babuínos têm a ver com o Karoo ou com os seus anos de infância, mas não vai insistir no assunto.

"Este lugar me dá um aperto no coração", ele diz. "Me apertou o coração quando eu era criança e nunca mais me acertei depois."

Ele está com o coração apertado. Ela nem desconfiava disso. Antigamente, ela pensa consigo mesma, sem que precisassem dizer, ela sabia o que se passava no coração dos outros. Era seu talento especial: *meegevoel*, sentir-conjunto. Mas não mais, não mais! Ela cresceu; e ao crescer, endureceu, como uma mulher que nunca é tirada para dançar, que passa as noites de sábado esperando em vão num banco no salão da igreja, que no momento em que algum homem se lembra das boas maneiras e lhe estende a mão, perdeu todo o prazer e só quer voltar para casa. Que choque! Que revelação! Aquele primo dela guarda lembranças do quanto a amava! Guardou-as esses anos todos!

[*Geme.*] *Eu disse isso mesmo?*

[Ri.] Disse, sim.

*Que indiscreta!* [*Ri.*] *Não importa, continue.*

"Não conte isso para Carol", ele — John, seu primo — diz. "Não conte para ela, com aquela língua satírica que ela tem, o que eu sinto pelo Karoo. Se contar, ela não vai me deixar em paz."

"Você e os babuínos", ela diz. "Você pode não acreditar, mas Carol também tem coração. Mas não, não vou contar para ela o seu segredo. Está esfriando. Vamos voltar?"

Eles circundam as acomodações dos camponeses mantendo uma distância decente. No escuro, as brasas dos fogões brilham em pontos de vermelho feroz.

"Quanto tempo você vai ficar?", ela pergunta. "Vai ficar aqui para o Ano-Novo?" *Nuwejaar*: para o *volk*, o povo, um dia vermelho na folhinha, bem mais importante que o Natal.

"Não, não posso ficar tanto. Tenho compromissos na Cidade do Cabo."

"Então, não pode deixar seu pai e voltar depois para buscar? Dar um tempo para ele relaxar e recobrar as forças. Ele não parece bem."

"Ele não ficaria. Meu pai tem uma natureza inquieta. Esteja onde estiver, ele sempre quer estar em outro lugar. Quanto mais velho fica, pior. É como uma coceira. Não consegue ficar quieto. Além disso, ele tem de voltar ao trabalho. Ele leva o trabalho muito a sério."

A fazenda está quieta. Eles deslizam pela porta dos fundos. "Boa noite", ela diz, "durma bem."

Em seu quarto, ela vai depressa para a cama. Gostaria de estar dormindo quando sua irmã e cunhado voltassem para dentro, ou ao menos ser capaz de fingir estar dormindo. Ela não gostaria de ser interrogada sobre o que aconteceu no passeio com John. Meia chance basta para Carol arrancar dela a história. *Eu estava apaixonado por você quando tinha seis anos; você estabeleceu o padrão de meu amor por outras mulheres*. Dizer uma coisa dessas! Realmente, que elogio! Mas e ela? O que acontecia no coração de seis anos dela enquanto toda essa paixão prematura ocupava o dele? Ela concordou em se casar com ele, decerto, mas concordou que estavam apaixonados? Se assim foi, ela não tem nenhuma lembrança disso. E agora — o que ela sente por ele agora? A declaração dele certamente fez seu coração se acender. Que figura estranha, esse primo dela! A estranheza dele não vem do lado Coetzee, disso ela tem certeza, ela é, afinal, metade Coetzee também, então deve vir do lado da mãe dele, dos Meyer ou seja lá qual for o nome, os Meyer do Cabo Leste. Meyer ou Meier ou Meiring.

Então ela adormece.

"Ele é metido", diz Carol. "Se tem em alta conta. Não suporta se rebaixar a conversar com gente comum. Quando não está remexendo no carro, fica sentado num canto com um livro. E por que não corta o cabelo? Toda vez que bato os olhos nele, sinto vontade de amarrar os braços dele, enfiar uma tigela de pudim na cabeça dele e cortar fora aqueles horrendos cachos oleosos dele."

"O cabelo dele não é oleoso", ela protesta, "só comprido. Acho que ele lava com sabonete. Por isso é que cai para todo lado. E ele é tímido, não metido. Por isso é que fica isolado. Se você der uma chance, ele é uma pessoa interessante."

"Ele está flertando com você. Todo mundo percebe. E você está correspondendo. Você, prima dele! Devia ter vergonha. Por que ele não casou? É homossexual, você acha? Ele é *moffie*?"

Ela nunca sabe se Carol está falando sério ou simplesmente provocando. Mesmo quando estão na fazenda, Carol usa sempre calça branca moderna, blusas decotadas, sandália de salto alto, pulseiras pesadas. Ela compra roupas em Frankfurt, diz ela, nas viagens de negócios com o marido. Ela, sem dúvida, faz os outros todos parecerem desleixados, muito acomodados, muito "primos-do-campo". Ela e Klaus moram em Sandton, numa mansão de doze cômodos que é dos anglo-americanos, pela qual não pagam aluguel, com estábulos, cavalos de polo e um cavalariço, embora nenhum deles saiba cavalgar. Ainda não têm filhos; vão ter filhos, sim, Carol informa, quando estiverem devidamente instalados. Devidamente instalados significa instalados nos Estados Unidos.

No ambiente de Sandton em que ela e Klaus se movem, ela confidencia, acontecem coisas muito avançadas. Ela não revela o que possam ser essas coisas avançadas, e ela, Margot, não quer perguntar, mas parece ter alguma coisa a ver com sexo.

*Não vou deixar você escrever isso. Não pode escrever sobre Carol.*

É o que a senhora me contou.

*É, sim, mas não pode escrever todas as palavras que eu digo e revelar para o mundo. Com isso eu não concordo. Carol não vai falar comigo nunca mais.*

Tudo bem, eu corto ou abrando o tom, prometo. Só escute até o fim. Posso continuar?

*Continue.*

Carol rompeu completamente com suas raízes. Não guarda nenhuma semelhança com a *plattelandse meisie*, a garota do campo que era antes. Ela parece, por assim dizer, alemã, com a pele bronzeada, o cabelo loiro penteado na cabeleireira, a ênfase no delineador de olhos. Imponente, de busto grande e mal chegada aos trinta anos. Frau dr. Müller. Se frau dr. Müller resolvesse flertar à maneira de Sandton com seu primo John, quanto tempo levaria para John sucumbir? Amor significa abrir o coração para o ser amado, diz John. O que Carol diria disso? Sobre o amor Carol poderia ensinar ao primo umas coisinhas, disso ela tem certeza — pelo menos amor em sua versão avançada.

John não é *moffie*: ela conhece homens o suficiente para saber disso. Mas existe alguma coisa distante ou fria nele, alguma coisa que se não é assexuada, é pelo menos neutra, como uma criança nova é neutra em questões de sexo. Deve ter havido mulheres na vida dele, se não na África do Sul, nos Estados Unidos, embora ele não tenha dito nenhuma palavra sobre elas. Será que suas mulheres americanas conseguiam enxergar seu coração? Se ele faz disso uma prática, abrir o coração, então ele é excepcional: para os homens, na experiência dela, nada é mais difícil que isso.

Ela própria está casada há dez anos. Dez anos atrás ela disse adeus a Carnarvon, onde tinha um emprego de secretária num escritório de advocacia, e mudou para a fazenda do noivo a leste de Middlepos, na Roggeveld, onde, se tiver sorte, se Deus sorrir para ela, vai viver o resto de seus dias.

A fazenda é lar para os dois, lar e *Heim*, mas ela não pode ficar em casa tanto quanto gostaria. Não se ganha mais tanto dinheiro com a criação de ovelhas, não na árida Roggeveld assolada pela seca. Para acertar as finanças, ela teve de voltar a trabalhar, dessa vez como contadora, no único hotel de Calvinia. Quatro noites por semana, de segunda a quinta, ela passa no hotel; às sextas-feiras, o marido vai até o hotel para buscá-la e a deixa de novo em Calvinia ao amanhecer da segunda-feira seguinte.

Apesar dessa separação semanal — que lhe dá dor no coração, ela detesta o desolado quarto de hotel, às vezes não consegue conter as lágrimas, deita a cabeça nos braços e chora —, ela e Lukas têm o que ela chamaria de um casamento feliz. Mais que feliz: afortunado, abençoado. Um bom marido, um casamento feliz, mas sem filhos. Não por determinação, mas por destino: seu destino, sua culpa. Das duas irmãs, uma estéril, a outra *ainda não estabelecida*.

Um bom marido, mas fechado. Será que um coração reservado é uma doença dos homens em geral ou só dos homens sul-africanos? Os alemães — o marido de Carol, por exemplo — são melhores? Naquele momento, Klaus está sentado na varanda com o bando de parentes Coetzee que adquiriu pelo casamento, fumando um charuto (ele oferece generosamente seus charutos, mas seu *rookgoed* é estranho demais, desconhecido demais para os Coetzee), brindando-lhes, em seu ruidoso africânder de bebê do qual não tem a menor vergonha, com histórias do tempo em que ele e Carol foram esquiar em Zermatt. Será que Klaus, na privacidade de sua casa em Sandton, de vez em quando abre seu coração para Carol à sua maneira esquiva fácil, confiante, de europeu? Ela duvida. Ela duvida que Klaus tenha algum coração para mostrar. Ela viu poucas demonstrações de coração. Enquanto dos Coetzee o mínimo que se pode dizer é que têm corações, homens e mulheres. De fato, alguns deles, às vezes coração demais.

"Não, ele não é *moffie*", ela diz. "Converse com ele e você vai ver por si mesma."

"Gostaria de dar uma volta de carro hoje à tarde?", John oferece. "Podíamos fazer um grande giro pela fazenda, só você e eu."

"No quê?", ela pergunta. "Na sua Datsun?"

"É, na minha Datsun. Está consertada."

"Consertada de um jeito que não vai quebrar no meio do nada?"

Claro que é uma piada. Voëlfontein já é no meio do nada. Mas não é só uma piada. Ela não faz ideia do tamanho da fazenda, medido em quilômetros quadrados, mas sabe que não dá para ir a pé de um lado a outro num único dia, a não ser que você caminhe mesmo a sério.

"Não vai quebrar", ele diz. "Mas vou levar água de reserva só por precaução."

Voëlfontein fica na região de Koup, e no Koup não choveu nem uma gota nos últimos dois anos. O que pode ter inspirado vovô Coetzee a comprar terra aqui, onde todo fazendeiro batalha para manter vivo o gado?

"Que palavra é essa, *Koup*?", ela pergunta. "É inglês? O lugar que ninguém consegue domar [*cope*]?"

"É khoi", ele diz. "Hotentote. *Koup*: lugar seco. É um substantivo, não um verbo. Dá para saber pelo *p* final."

"Onde você aprendeu isso?"

"Nos livros. Nas gramáticas compostas pelos missionários antigamente. Não restam mais falantes das línguas khoi, não na África do Sul. As línguas estão, em termos práticos, mortas. Na África do Sul ainda tem um punhado de velhos que fala nama. É o saldo. O que resta."

"E xhosa? Você fala xhosa?"

Ele sacode a cabeça. "Meu interesse é pelas coisas que nós perdemos, não pelas coisas que conservamos. Por que eu deveria falar xhosa? Milhões de pessoas já falam. Não precisam de mim."

"Pensei que as línguas existissem para a gente poder se comunicar com os outros", ela diz. "Para que falar hotentote se ninguém mais fala?"

Ele a brinda com o que ela está começando a achar que é o seu sorrisinho secreto, indicando que ele tem resposta para a pergunta dela, mas como ela vai ser burra demais para entender, ele não vai gastar seu fôlego revelando a ela. É sobretudo esse sorriso de Senhor Sabe Tudo que deixa Carol furiosa.

"Depois de ter aprendido hotentote nos seus velhos livros de gramática, com quem você pode falar?", ela repete.

"Quer que eu conte?", ele pergunta. O sorrisinho se transformou em alguma outra coisa, alguma coisa tensa e não muito boa.

"Quero, conte. Responda."

"Com os mortos. Dá para falar com os mortos. Que de outra forma" — ele hesita, como se as palavras pudessem ser demais para ela e mesmo para ele —, "que de outra forma são lançados no silêncio eterno."

Ela queria uma resposta e agora tem uma. Mais que suficiente para calar sua boca.

Eles rodam durante meia hora, para a fronteira mais ocidental da fazenda. Lá, para surpresa dela, ele abre a porteira, atravessa, fecha a porteira depois de passar e sem uma palavra roda por uma esburacada estrada de terra. Por volta de quatro e meia chegam à cidade de Merweville, onde ela não pisa há anos.

Diante do Apollo Café ele para o carro. "Gostaria de um café?", ele pergunta.

Entram no café com meia dúzia de crianças descalças seguindo ao lado deles, a mais nova quase um bebê. Mevrou, a proprietária, está com o rádio ligado, tocando canções pop em africânder. Eles se sentam, abanam as moscas. As crianças se juntam em torno da mesa, olhando com curiosidade indisfarçada. "*Middag, jongens*", John diz. "*Middag, meneer*", diz a mais velha.

Pedem café e recebem uma versão de café: pálido Nescafé com leite longa vida. Ela toma um gole do dela e afasta a xícara. Ele bebe, distraído.

Uma mãozinha se estende e fisga o cubo de açúcar do pires dela. "*Toe, loop!*", ela diz: fora daqui! A criança sorri alegremente para ela, desembrulha o açúcar e lambe.

Não é, de forma nenhuma, o primeiro indício que ela tem de como caíram as velhas barreiras entre brancos e negros. Os sinais são mais óbvios ali que em Calvinia. Merweville é uma cidade menor e em declínio, tamanho declínio que deve estar correndo o risco de sumir do mapa. Não deve restar mais que algumas centenas de pessoas. Metade das casas pelas quais passaram parece desocupada. O prédio com o letreiro *Volkskas* [Banco do Povo] escrito com seixos brancos cravados no estuque acima da porta abriga não um banco, mas uma oficina de solda. Embora o pior calor da tarde tenha passado, a única presença viva na rua principal se constitui de dois homens e uma mulher estendidos, ao lado de um cachorro esquelético, à sombra de um jacarandá florido.

*Eu contei tudo isso? Não me lembro.*

Acrescentei um ou outro detalhe para dar mais vida à cena. Não contei para a senhora, mas como Merweville aparece tanto na sua história, fui realmente visitar a cidade para conferir.

*O senhor foi a Merweville? E o que achou da cidade?*

Bem como a senhora descreveu. Mas não existe mais Apollo Café. Não existe mais nenhum café. Posso continuar?

John diz: "Você sabia que, entre outras realizações, nosso avô foi prefeito de Merweville?".

"Sabia, sabia, sim." O avô mútuo metia a colher em muitos assuntos. Era — ocorre a ela a expressão inglesa — um *go-getter* [um descolado] numa terra com poucos descolados, um homem com muita — outra palavra inglesa — *spunk* [energia, vigor], mais energia provavelmente do que todos os seus filhos juntos. Mas talvez esse seja o destino dos filhos de pais fortes: ficar com uma medida menos que completa de energia. Assim como os filhos, também as filhas: um pouco retraídas as mulheres Coetzee, dotadas de muito pouco do que venha a ser o equivalente feminino de energia.

Ela tem apenas tênues lembranças do avô deles, que morreu quando ela ainda era menina: um velho curvado, ranzinza, com a barba por fazer. Depois da refeição do meio-dia, ela se lembra, a casa inteira congelava-se em silêncio: vovô estava tirando sua soneca. Mesmo naquela idade ela ficava surpresa de ver como o medo do velho podia fazer as pessoas rastejarem como camundongos. No entanto, sem aquele velho, ela não estaria ali, nem John: não só aqui na terra, mas no Karoo, em Voëlfontein ou em Merweville. Se toda a vida dela, do berço ao túmulo, foi e ainda é determinada pelas subidas e descidas do mercado de lã e carne de carneiro, isso é obra de seu avô: um homem que começou como *smous*, vendedor ambulante de tecidos de algodão estampados, panelas e tigelas e remédios patenteados para o povo do interior, depois, quando tinha economizado dinheiro suficiente, comprou uma cota de um hotel, depois vendeu o hotel e comprou terra, estabeleceu-se logo como um cavalheiro criador de cavalos e de ovelhas.

"Você não perguntou o que estamos fazendo aqui em Merweville", diz John.

"Muito bem: o que estamos fazendo em Merweville?"

"Quero te mostrar uma coisa. Estou pensando em comprar uma casa aqui."

Ela mal consegue acreditar no que ouve. "Você quer comprar uma casa? Quer morar em Merweville? Em *Merweville*? Vai querer ser prefeito também?"

"Não, não morar aqui, só passar algum tempo aqui. Moro na Cidade do Cabo, venho aqui para os fins de semana e feriados. Não é impossível. Merweville fica a sete horas da Cidade do Cabo se você vem de carro sem paradas. Com mil rands dá para comprar uma casa — uma casa de quatro cômodos e meio *morgen** de terra com pessegueiros, abricoteiros e laranjeiras. O que mais se pode querer no mundo por uma pechincha dessas?"

"E seu pai? O que seu pai acha desse seu plano?"

"É melhor que um asilo de velhos."

"Não entendo. O que é melhor que um asilo de velhos?"

"Morar em Merweville. Meu pai pode ficar aqui, mudar para cá; eu fico instalado na Cidade do Cabo e venho regularmente para ver se ele está bem."

"E o que o seu pai vai fazer durante o tempo em que estiver sozinho? Sentar na varanda e ficar esperando passar um carro por dia? É por uma razão simples que você consegue comprar uma casa em Merweville a troco de nada, John: porque ninguém quer morar aqui. Não entendo você. Por que esse súbito entusiasmo por Merweville?"

* Medida de superfície sul-africana correspondente a quase dois ares (1 morgen = 200 $m^2$). (N. T.)

"Fica no Karoo."

*Die Karoo is vir skape geskape!* O Karoo foi feito para carneiros! Ela tem de morder a língua para não falar a frase. *Ele está falando sério! Fala do Karoo como se fosse o paraíso!* E de repente, lembranças daquelas reuniões de Natal de antigamente voltam como uma onda, quando eram crianças vagando pelo *veld* livres como animais. "Onde você quer ser enterrada?", ele perguntou para ela um dia, e sussurrou, sem esperar resposta: "Eu quero ser enterrado aqui". "Para sempre?", ela perguntou, ela, ela em criança — "Quer ser enterrado para sempre?" "Só até eu voltar", ele replicara.

*Até eu voltar*. Ela lembra de tudo, lembra das palavras em si.

Em criança, consegue-se dispensar explicações. Ninguém exige que tudo faça sentido. Mas ela lembraria dessas palavras dele se não a tivessem intrigado na época e, lá no fundo, se ainda não a intrigassem esses anos todos? *Voltar*: será que seu primo realmente acreditava, realmente acredita, que a pessoa volta do túmulo? Quem ele pensa que é: Jesus? E o que ele pensa que é aquele lugar, aquele Karoo: a Terra Santa?

"Se você pensa em mudar para Merweville vai ter de cortar o cabelo primeiro", ela diz. "A boa gente da cidade não vai admitir que um maluco se instale em seu meio para corromper seus filhos e filhas."

Atrás do balcão, Mevrou emitiu sinais inconfundíveis de que queria fechar o local. Ele paga e continuam rodando. A caminho da cidade, ele diminui a velocidade diante de uma casa com uma placa de *TE KOOP* no portão: À venda. "Era essa a casa em que eu estava pensando", ele diz. "Mil rands mais a papelada. Dá para acreditar?"

A casa é um cubo anônimo com cobertura de chapa corrugada, uma varanda sombreada tomando toda a frente e uma íngreme escada de madeira que leva ao segundo andar. A pintura está num estado lamentável. Na frente da casa, num canteiro de pedras imundo, duas babosas lutam para se manter vivas. Será que ele realmente pretende enfiar o pai ali, naquela casa sem graça naquele povoado esgotado? Um velho, trêmulo, a comer direto das latas, dormindo em lençóis sujos?

"Gostaria de dar uma olhada?", ele diz. "A casa está trancada, mas podemos dar a volta por trás."

Ela estremece. "Outro dia", diz. "Hoje não estou com vontade."

De que ela está com vontade hoje, ela não sabe dizer. Mas seu humor deixa de ser importante uns vinte quilômetros além de Merweville, quando o motor começa a tossir e John franze a testa, desliga a chave e vai para o acostamento. Um cheiro de borracha queimada invade a cabine. "Está superaquecendo de novo", ele diz. "Não demora nada."

Pega na carroceria uma lata de gasolina cheia de água. Abre a tampa do radiador, liberando um jato de fumaça, e enche o radiador. "Isso deve bastar para a gente chegar em casa", diz ele. Tenta dar partida ao motor. O motor gira em seco e não pega.

Ela conhece os homens o suficiente para jamais questionar sua competência com máquinas. Não dá nenhum conselho, toma cuidado para não parecer impaciente, nem sequer suspirar. Durante uma hora, enquanto ele mexe com mangueiras, grampos e suja a roupa, tentando insistentemente fazer o motor pegar, ela mantém um estrito e benigno silêncio.

O sol começa a mergulhar no horizonte; ele continua a batalhar no que já é quase escuro.

"Tem uma lanterna?", ela pergunta. "Quem sabe eu possa segurar uma lanterna para você."

Mas não, ele não trouxe lanterna. Além disso, como não fuma, não tem nem fósforos. Não é um escoteiro, apenas um menino de cidade, um menino de cidade desprevenido.

"Vou andar até Merweville para pedir ajuda", ele diz afinal. "Ou podemos ir nós dois."

Ela está usando sandálias leves. Não vai tropeçar de sandália pelo *veld* durante vinte quilômetros no escuro.

"Na hora que você chegar a Merweville já vai ser meia-noite", ela diz. "Não conhece ninguém lá. Não tem nem mecânico. Como você vai fazer para convencer alguém a vir consertar sua caminhonete?"

"Então o que você sugere que a gente faça?"

"A gente espera aqui. Se tivermos sorte, passa alguém. Senão, Michiel vem procurar por nós de manhã."

"Michiel não sabe que íamos a Merweville. Eu não falei para ele."

Ele tenta dar partida uma última vez. Quando vira a chave há um clique surdo. A bateria arriou.

Ela desce e, a uma distância decente, esvazia a bexiga. Começou a soprar um ventinho. Está frio e vai ficar mais frio. Na caminhonete não há nada com que se cobrir, nem uma lona impermeável. Se vão passar a noite esperando, terá de ser encolhidos dentro da cabine. E então, quando voltarem à fazenda, os dois vão ter de se explicar.

Ela ainda não está arrasada; ainda se mantém suficientemente distanciada da situação deles para achar tudo sinistramente divertido. Mas isso logo vai mudar. Não têm nada para comer, nada para beber além da água da lata, com cheiro de gasolina. Frio e fome irão corroer seu frágil bom humor. A falta de sono também, em seu devido momento.

Ela fecha a janela. "Vamos simplesmente esquecer", diz ela, "que somos um homem e uma mulher e não sentir vergonha de nos mantermos quentes? Porque senão vamos congelar."

Nos trinta e tantos anos em que se conhecem, de vez em quando se beijaram do jeito que primos se beijam, quer dizer, no rosto. Se abraçaram também. Mas hoje uma intimidade de natureza bem diferente está em questão. De alguma forma, naquele banco duro, com o câmbio entre eles, vão ter de se deitar juntos, ou se amontoar para darem calor um ao outro. Se Deus for bom e eles conseguirem dormir, podem além do mais ter de sofrer a humilhação de roncar ou ouvir o ronco do outro. Que teste! Que provação!

"E amanhã", diz ela, permitindo-se um único momento ácido, "quando voltarmos à civilização, talvez você possa providenciar um conserto de verdade dessa caminhonete. Tem um bom mecânico em Leeuw Gamka. Michiel é cliente dele. É só uma sugestão de amiga."

"Sinto muito. A culpa é minha. Eu tento fazer sozinho quando na verdade devia deixar essas coisas em mãos mais competentes. É por causa do país em que vivemos."

"O país em que vivemos? Por que é culpa do país a sua caminhonete quebrar a toda hora?"

"Por causa da nossa longa história de mandar os outros fazerem nosso serviço para nós enquanto nós ficamos sentados na sombra, assistindo."

Então é por isso que estão ali no frio, no escuro, à espera de algum passante para resgatá-los. Para assumir uma posição, ou seja, que os brancos devem consertar seus próprios veículos. Que cômico.

"O mecânico em Leeuw Gamka é branco", ela diz. "Não estou sugerindo que você leve seu carro a um nativo." Ela gostaria de acrescentar: *Se você quer fazer seus próprios consertos, pelo amor de Deus, vá para um curso de manutenção de automóveis primeiro*. Mas ela morde a língua. "Qual outro tipo de trabalho você insiste em fazer", pergunta em vez disso, "além de consertar carros?" *Além de consertar carros e escrever poemas.*

"Faço jardinagem. Consertos na casa. No momento, estou refazendo o encanamento. Pode parecer engraçado para você, mas para mim não é piada. Estou tomando uma atitude. Estou tentando quebrar o tabu do trabalho braçal."

"Tabu?"

"É. Igual na Índia, onde é tabu gente de casta superior limpar — como podemos chamar? — detritos humanos, neste país também, se um branco toca numa picareta ou numa pá, ele se torna imediatamente impuro."

"Que bobagem você está falando! Simplesmente não é verdade! Isso é puro preconceito antibrancos!"

Ela lamenta a palavra assim que a pronuncia. Foi longe demais, encurralou-o. Agora vai ter de lidar com o ressentimento daquele homem, além do tédio e do frio.

"Mas entendo sua posição", ela prossegue, ajudando-o, uma vez que ele não parece capaz de safar-se sozinho. "Você tem razão, em certo sentido: nós ficamos muito acostumados a manter nossas mãos limpas, nossas mãos brancas. Devíamos estar mais prontos a sujar nossas mãos. Concordo inteiramente. Fim do assunto. Não está com sono ainda? Eu não estou. Tenho uma sugestão. Para passar o tempo, por que não contamos histórias?"

"Você conta uma história", ele diz, rígido. "Eu não sei muitas histórias."

"Me conte uma história dos Estados Unidos", ela diz. "Pode inventar, não precisa ser verdade. Qualquer história."

"Dada a existência de um Deus pessoal", ele diz, "com uma barba branca, quá-quá-quá-quá, fora do tempo, sem extensão, que do alto da apatia divina nos ama profundamente, quá-quá-quá-quá, com algumas exceções."

Ele para. Ela não tem a menor ideia do que ele está falando.

"Quá-quá-quá-quá", ele faz.

"Eu desisto", diz ela. Ele se cala. "Minha vez", diz ela. "Aqui vai a história da princesa e o grão de ervilha. Era uma vez uma princesa tão delicada que mesmo quando dorme em cima de uma pilha de dez colchões de plumas tem a certeza de sentir uma ervilha, uma daquelas ervilhinhas secas, duras, debaixo do último colchão. Ela vira e revira a noite inteira — *Quem pôs uma ervilha aí? Por quê?* — e a consequência é que não prega os olhos. Ela desce para o café da manhã parecendo cansada. Para seus pais, o rei e a rainha, ela reclama: 'Não consegui dormir, e tudo por culpa daquela maldita ervilha!'. O rei manda uma criada remover a ervilha. A mulher procura e procura e não consegue encontrar nada.

"'Não quero mais ouvir falar de ervilhas', diz o rei a sua filha. 'Não tem ervilha nenhuma. A ervilha está só na sua imaginação.'

"À noite, a princesa escala a sua montanha de colchões de plumas. Tenta dormir, mas não consegue, por causa da ervilha, a ervilha está ou sob o colchão embaixo de todos ou na sua imaginação, não importa onde, o efeito é o mesmo. Ao nascer do dia, ela está tão exausta que não consegue nem tomar o desjejum. 'Tudo culpa da ervilha!', lamenta.

"Exasperado, o rei manda um batalhão de criadas caçar a ervilha e quando elas voltam, dizendo que não há ervilha nenhuma, ele manda decapitar todas. 'Agora está satisfeita?', ele berra para a filha. 'Vai dormir agora?'"

Ela faz uma pausa para respirar. Não tem ideia do que vai acontecer em seguida nessa história de ninar, se a princesa vai conseguir adormecer ou não; mas estranhamente está convencida de que, quando abrir a boca, as palavras certas virão.

Mas não há necessidade de mais palavras. Ele está dormindo como uma criança, aquele espinhoso, opiniático, incompetente, ridículo primo dela adormeceu com a cabeça em seu ombro. Dormindo profundamente, sem nenhuma dúvida: dá para sentir ele se mexendo. Nenhuma ervilha debaixo dele.

E ela? Quem vai lhe contar histórias que a transportem para a terra do sono? Nunca se sentiu tão desperta. É assim que vai passar a noite: aborrecida, agitada, sustentando o peso de um homem adormecido?

Ele diz que existe um tabu sobre brancos fazerem trabalho braçal, mas e o tabu sobre primos do sexo oposto passarem a noite juntos? O que os Coetzee lá na fazenda vão dizer? Verdade, ela não sente por John nada que possa ser chamado de físico, nem o menor tremor de reação feminina. Será que isso é suficiente para absolvê-la? Por que não há nenhuma aura masculina nele? A culpa disso será dele?; ou, ao contrário, será dela, que absorveu tão absolutamente o tabu que não consegue pensar nele como homem? Se ele não tem mulher, será porque não sente nada por mulheres, e, portanto, as mulheres, ela inclusive, reagem não sentindo nada por ele? Seu primo será, se não um *moffie*, um eunuco?

O ar na cabine está ficando viciado. Com cuidado para não acordá-lo, ela abre uma fresta na janela. Qualquer presença em torno deles — mato, árvores, talvez até animais — ela sente na pele mais do que enxerga. De algum lugar vem o grilar de um grilo solitário. *Fique comigo esta noite*, ela sussurra para o grilo.

Mas talvez exista um tipo de mulher que sinta atração por um homem assim, a quem baste ouvir, sem contradizer, enquanto ele ventila suas opiniões e que depois as tome como suas, mesmo as evidentemente tolas. Uma mulher indiferente à tolice masculina, indiferente mesmo ao sexo, simplesmente em busca de um homem para prender a si, para cuidar e proteger contra o mundo. Uma mulher que aguente o subtrabalho de cuidar da casa porque o que interessa não é as janelas fecharem e as fechaduras funcionarem, mas sim que seu homem tenha espaço para viver a ideia que faz de si mesmo. E que depois, na surdina, contrate uma pessoa, alguém que seja bom com as mãos, para arrumar a bagunça.

Para uma mulher assim, o casamento pode muito bem ser sem paixão, mas não precisa ser sem filhos. Então toda a parentada pode sentar em torno da mesa uma noite, o dono e senhor à cabeceira, a esposa e colaboradora ao pé dele, os filhos saudáveis, bem-comportados de ambos os lados; e por sobre a sopa do jantar, o senhor pode discorrer a respeito da santidade do trabalho. *Que homem o meu parceiro!*, a mulher sussurra para si mesma. *E que consciência desenvolvida ele tem!*

Por que ela é tão amarga em relação a John, e ainda mais amarga em relação a essa esposa que conjurou do nada para ele? A resposta simples: porque devido à vaidade e à falta de jeito dele, ela está desgarrada numa estrada de Merweville. Mas a noite é longa, há muito tempo para desenrolar uma hipótese mais generosa e depois inspecioná-la para ver se tem alguma virtude. A resposta mais generosa: ela sente amargura porque esperava muito de John e ele falhou com ela.

O que esperava de seu primo?

Que ele fosse redimir os homens Coetzee?

Por que ela desejava a redenção dos homens Coetzee?

Porque os homens Coetzee são muito *slapgat*.

Por que tinha depositado suas esperanças em John particularmente?

Porque dos homens Coetzee ele foi abençoado com as melhores oportunidades. Ele foi abençoado com as melhores oportunidades e não fez bom uso delas.

*Slapgat* é uma palavra que ela e sua irmã usam com bastante facilidade, talvez porque tenha sido usada em torno delas com bastante facilidade quando eram crianças. Só depois que saiu de casa é que ela notou a inquietação que o mundo provocava e começou a usar a palavra com mais cautela. Um *slap gat*: um reto, um ânus, sobre o qual a pessoa tem menos que controle total. Portanto *slapgat*: frouxo, molenga.

Os tios dela acabaram *slapgat* porque os pais deles, avós dela, os criaram assim. Enquanto o pai deles trovejava e rugia e os fazia tremer nas calças, a mãe andava na ponta dos pés como um ratinho. O resultado foi que quando eles saíram para o mundo não tinham toda a fibra, não tinham espinha, não tinham confiança neles mesmos, não tinham coragem. Os caminhos que escolheram para si mesmos eram, sem exceção, caminhos fáceis, caminhos da menor resistência. Hesitantes, experimentaram a maré, depois nadaram a favor dela.

O que fazia dos Coetzee tão camaradas e, portanto, não *gesellig*, tão boa companhia, era precisamente a sua preferência pelo caminho mais fácil possível; e a sua *gesellígheid* era precisamente o que tornava as reuniões de Natal tão divertidas. Eles nunca discutiam, nunca batiam boca entre si. Eram famosos pelo quanto se davam bem, todos eles. Foi a geração seguinte, a geração dela, que teve de pagar pela camaradagem deles. Porque os filhos deles saíram para o mundo esperando que o mundo fosse apenas outro lugar *slap*, *gesellige*, Voëlfontein em escala maior. E, vejam só!, não era.

Ela não tinha filhos. Não conseguia conceber. Mas se tivesse sido abençoada com filhos, tomaria como seu primeiro dever remover deles o sangue Coetzee. Como remover sangue *slap* das pessoas ela não sabe assim de cara, senão levando a pessoa ao hospital para que removam o sangue dela e substituam com o sangue de algum doador vigoroso; mas talvez um rigoroso treino em autoafirmação, iniciado à idade mais tenra possível, resolvesse a questão. Porque se há uma coisa que ela sabe do mundo em que a criança do futuro terá de crescer, é que não haverá lugar para *slap*.

Mesmo Voëlfontein e o Karoo não são mais a Voëlfontein e o Karoo que costumavam ser. Olhe aquelas crianças no Apollo Café. Olhe o time de trabalho do primo Michiel, que com toda certeza não é o *plaasvolk* de antigamente. Na atitude das pessoas de cor em geral para com os brancos há uma dureza nova e inquietante. Os mais novos olham a gente com um olhar frio, se recusam a chamar a gente de *Baas* ou *Miesies*. Homens estranhos giram pela terra de um assentamento para outro, de *lokasie* em *lokasie*, e ninguém os denuncia como nos velhos tempos. A polícia está achando cada vez mais difícil levantar informações em que possa confiar. As pessoas não querem mais ser vistas falando com a polícia; as fontes secaram. Para os fazendeiros, as convocações de missão de comando são cada vez mais frequentes e mais duradouras. Lukas reclama disso o tempo todo. Se é assim que as coisas estão na Roggeveld, com certeza devem estar assim no Koup.

Os negócios estão mudando de cara também. Para conseguir se dar bem nos negócios não basta mais ser amigo de todo mundo, fazer favores e receber favores em troca. Não, hoje em dia é preciso ser duro como aço e implacável também. Que chance têm homens *slapgat* de se manter de pé num mundo desses? Não é de admirar que seus tios Coetzee não estejam prosperando: gerentes de banco desperdiçando os anos em amortecidas cidades da *platteland*, funcionários públicos empacados na escada de promoções, fazendeiros avarentos, mesmo no caso do pai de John, um advogado em desgraça, sem banca.

Se ela tivesse filhos, não só faria o impossível para extirpar deles a herança Coetzee, ela pensaria seriamente em fazer o que Carol está fazendo: tirar os filhos do país, dar-lhes um novo começo nos Estados Unidos, na Austrália ou na Nova Zelândia, lugares em que se pode esperar um futuro decente. Mas como mulher sem filhos ela é poupada de tomar essa decisão. Tem outro papel preparado para si: dedicar-se inteiramente a seu marido e à fazenda; viver a melhor vida que o momento permitir, a melhor, mais justa e mais honesta.

A esterilidade que escancara a boca diante de Lukas e dela — não é uma nova fonte de dor, não, volta de quando em quando como uma dor de dentes, a ponto de agora ter começado a deixá-la chateada. Ela gostaria de se livrar disso e conseguir dormir um pouco. Como é que aquele primo dela, cujo corpo consegue ser ao mesmo tempo esquelético e mole, não sente o frio, enquanto ela, que está inegavelmente mais que uns poucos quilos acima de seu melhor peso, começou a tremer? Em noites frias, ela e o marido dormem apertados e quentes um junto ao outro. Por que o corpo de seu primo não consegue aquecê-la? Não só não a aquece como parece sugar o calor do corpo dela. Será que ele é por natureza tão sem calor como é sem sexo?

Uma onda de raiva verdadeira passa por ela; e como se sentisse isso, aquele ser masculino a seu lado se mexe. "Desculpe", ele resmunga, e endireita o corpo.

"Desculpe o quê?"

"Eu não acompanhei."

Ela não faz ideia do que ele está falando e não vai perguntar. Ele solta o corpo e dentro de um momento está dormindo de novo.

Onde está Deus em tudo isso? Com Deus Pai ela acha mais difícil tratar. A fé que um dia teve n'Ele e em Sua providência, ela agora perdeu. Ateísmo: sua herança dos Coetzee ateus, sem dúvida nenhuma. Quando ela pensa em Deus, tudo o que consegue visualizar é uma figura barbuda com voz tonitruante e modos grandiloquentes que mora em uma mansão no alto do morro com hordas de criados correndo ansiosamente, fazendo as coisas para ele. Como boa Coetzee, ela prefere manter distância de gente assim. Os Coetzee olham com desconfiança gente que faz pose, fazem piadas *sotto voce* a respeito deles. Ela pode não ser tão boa nas piadas como o resto da família, mas acha mesmo Deus um tanto incômodo, um tanto chato.

*Agora eu tenho de protestar. O senhor realmente está indo longe demais. Eu não disse nada nem de longe parecido com isso aí. Está pondo suas palavras na minha boca.*

Desculpe, acho que me deixei levar. Eu conserto isso. Abrando o tom.

Piadas *sotto voce*. Mesmo assim, será que Deus em Sua infinita sabedoria tem planos para ela e Lukas? Para a Roggeveld? Para a África do Sul? As coisas que hoje parecem apenas caóticas, caóticas e sem sentido, se revelarão, em alguma data futura, parte de algum vasto e benigno projeto? Por exemplo: existirá uma explicação mais abrangente para o fato de uma mulher no auge de sua vida passar quatro noites por semana dormindo sozinha num deprimente quarto do Grand Hotel de Calvinia, mês após mês, talvez até ano após ano, sem nenhum fim à vista; ou para o fato de seu marido, um fazendeiro nato, ter de passar a maior parte do tempo transportando de caminhão o gado dos outros para os abatedouros de Paarl e Maitland — uma explicação mais abrangente do que o fato de que a fazenda iria à falência sem o rendimento oriundo desses trabalhos de acabar com a alma? E existe uma explicação mais abrangente para o fato de que a fazenda que os dois se escravizam para manter à tona irá, com o tempo, passar não aos cuidados de um filho de suas entranhas, mas a algum sobrinho ignorante de seu marido, se não for antes engolida pelo banco? Se no vasto e benigno projeto de Deus nunca houve a intenção de que nessa parte do mundo — a Roggeveld, o Karoo — houvesse agricultura, então qual é exatamente a intenção d'Ele? Será que é para a fazenda voltar às mãos do *volk* que passará, como nos tempos muito, muito antigos, a vagar de distrito em distrito com seus magros rebanhos em busca de pasto, pondo abaixo cercas, enquanto gente como ela e o marido expiram em algum canto esquecido, deserdados?

Inútil fazer esse tipo de pergunta aos Coetzee. *Die boer saai, God maai, maar waar skuil die papegaai?*, dizem os Coetzee, e riem. Palavras sem sentido. Uma família sem sentido, avoada, sem substância, palhaços. *'n Hand vol vere*: um punhado de penas. Mesmo o único membro pelo qual nutria alguma ligeira esperança, aquele ao lado dela que tinha despencado direto para a terra dos sonhos, acabou se mostrando peso-pena. Que fugiu para o grande mundo e agora volta se arrastando para o mundo miúdo, com o rabo entre as pernas. Fugitivo fracassado, mecânico de automóvel fracassado também, por cujo fracasso ela está, no momento, tendo de sofrer. Filho fracassado. Sentado naquela empoeirada varanda de uma casa em Merweville olhando a rua vazia, ensolarada, batendo um lápis nos dentes, tentando pensar versos. *O droë land, o barre kranse*... Ó terra crestada, ó penhascos estéreis... E depois? Alguma coisa sobre *weemoed* claro, melancolia.

Ela acorda quando os primeiros laivos de violeta e laranja começam a se estender no céu. No sono, ela de alguma forma girou o corpo e se esticou mais no banco, de forma que seu primo, ainda dormindo, está reclinado não em seu ombro, mas em seu quadril. Irritada ela se solta. Os olhos pastosos, os ossos rangendo, está com uma sede voraz. Abre a porta e sai.

O ar está frio e parado. Diante de seus olhos, espinheiros e tufos de mato, tocados pela primeira luz, emergem do nada. É como se ela estivesse presente ao primeiro dia da criação. *Meu Deus*, murmura; sente o impulso de se pôr de joelhos.

Há um ruído próximo. Ela se vê olhando diretamente nos olhos escuros de um antílope, um pequeno *steenbok* a menos de vinte passos, olhando diretamente para ela, alerta mas não temeroso, não ainda. *My kleintjie!*, diz ela, meu pequenino. Mais do que tudo ela quer abraçá-lo, despejar em sua testa aquele amor súbito; mas antes que consiga dar o primeiro passo, o pequenino se vira e corre embora com cascos trovejantes. Uns cem metros adiante ele para, vira-se, inspeciona-a de novo, depois trota a passo menos urgente pela planície e para dentro do leito seco de um rio.

"O que é aquilo?", vem a voz de seu primo. Ele acordou, finalmente; desce da caminhonete devagar, boceja, se espreguiça.

"Um *steenbok* pequeno", ela diz apenas. "O que nós vamos fazer agora?"

"Vou para Merweville", diz ele. "Você espera aqui. Devo estar de volta às dez horas, onze no máximo."

"Se passar um carro e eu conseguir uma carona, vou pegar", diz ela. "Para qualquer lado, eu pego."

Ele está com péssima aparência, o cabelo despenteado e a barba espetada para todos os lados. *Graças a Deus não tenho de acordar com você na minha cama toda manhã*, ela pensa. *Isso não é homem. Um homem de verdade se comportaria melhor*, sowaar!

O sol está surgindo acima do horizonte; ela já consegue sentir seu calor na pele. O mundo pode ser o mundo de Deus, mas o Karoo pertence em primeiro lugar ao Sol. "É melhor você ir", diz ela. "Vai ser um dia quente." E fica olhando ele se afastar, a lata de gasolina vazia pendurada no ombro.

Uma aventura: talvez seja o melhor jeito de pensar na coisa. Ali naquele fim de mundo ela e John estão vivendo uma aventura. Durante anos e anos os Coetzee vão relembrar isso. *Lembra aquela vez que o carro de Margot e John quebrou naquela estrada desolada de Merweville?* Enquanto isso, enquanto ela espera sua aventura terminar, que divertimento tem? O manual de instruções desmantelado da Datsun; mais nada. Nenhum poema. Rotatividade de pneus. Manutenção da bateria. Dicas para economia de gasolina.

A caminhonete, voltada para o sol nascente, está ficando sufocante de quente. Ela se abriga na sombra do veículo.

Na crista da estrada, uma aparição: na névoa de calor emerge primeiro o torso de um homem, depois, aos poucos, um burro e uma carroça. No vento, ela consegue até escutar o clip-clop dos cascos do burro.

A figura fica mais nítida. É Hendrik de Voëlfontein, e atrás dele, sentado na carroça, está seu primo.

Risos e saudações. "Hendrik estava visitando a filha dele em Merweville", John explica. "Vai nos dar uma carona de volta até a fazenda, quer dizer, se o burro concordar. Ele disse que podemos amarrar a Datsun na carroça e ele reboca."

Hendrik fica alarmado. "*Nee, meneer!*", diz ele.

"*Ek jok maar net*", diz o primo dela. É brincadeira.

Hendrik é um homem de meia-idade. Como resultado de uma operação de catarata malograda, perdeu a visão de um olho. Há algo de errado com os pulmões dele também, de forma que o menor esforço físico o deixa chiando. Como trabalhador, não é de grande utilidade na fazenda, mas o primo Michiel o mantém porque as coisas são assim por aqui.

Hendrik tem uma filha que mora com o marido e filhos nos arredores de Merweville. O marido tinha um emprego na cidade, mas parece que perdeu; a filha trabalha como doméstica. Hendrik deve ter saído da casa deles antes de clarear o dia. Em torno dele há um tênue aroma de vinho doce; quando ele desce da carroça, ela nota que cambaleia. Bêbado no meio da manhã: que vida!

O primo lê seus pensamentos. "Tem água aqui", ele diz, e ergue a lata de gasolina cheia. "Está limpa. Enchi numa bomba de catavento."

Então partem para a fazenda, John sentado ao lado de Hendrik, ela atrás, segurando um velho saco de juta em cima da cabeça para se proteger do sol. Passa um carro, numa nuvem de poeira, na direção de Merweville. Se o tivesse visto a tempo, ela o teria parado, pedido uma carona até Merweville e de lá telefonado a Michiel para vir buscá-la. Por outro lado, embora a estrada seja esburacada e a viagem desconfortável, ela gosta da ideia de chegar à fazenda no carro de burro de Hendrik, gosta cada vez mais: os Coetzee reunidos na varanda para o chá da tarde, Hendrik tirando o chapéu para eles, trazendo de volta o filho errante de John, sujo, queimado de sol, castigado. "*Ons was so bekommerd!*", vão ralhar com o sem-vergonha. "*Waar was julle dan? Michiel wou selfs die polisie bel!*" Da parte dele, nada além de resmungos. "*Die arme Margie! En wat het die bakkie geword?*" Ficamos tão preocupados! Onde vocês estavam? Michiel estava a ponto de telefonar para a polícia! Coitada da Margie! E onde está a caminhonete?

A estrada tem trechos tão íngremes que eles precisam descer e andar. No restante, o burrico dá conta de sua tarefa, sem nada além de um toque do chicote no traseiro de vez em quando para lembrar quem é que manda. Que figura delgada, que cascos delicados, no entanto, quanta firmeza, que capacidade de resistência! Não é de admirar que Jesus tivesse carinho pelos burros.

Dentro dos limites da Voëlfontein, eles param em uma represa. Enquanto o burro bebe, ela conversa com Hendrik sobre a filha em Merweville, depois sobre a outra filha, a que trabalha na cozinha de um lar de idosos em Beaufort West. Discreta, não pergunta sobre a esposa mais recente de Hendrik, com quem ele se casou quando ela não passava de um criança e que fugiu assim que pôde com um homem da ferrovia em Leeuw Gamka.

Hendrik acha mais fácil conversar com ela do que com seu primo, ela percebe isso. Ela e ele têm uma mesma língua, enquanto o africânder que John fala é duro e erudito. Metade do que John fala provavelmente escapa a Hendrik. *O que você acha que é mais poético, Hendrik: o sol nascendo ou o sol se pondo? Um cabrito ou um carneiro?*

"*Het Katryn dan nie vir padkos gesorg nie?*", ela brinca com Hendrik: sua filha não mandou um almoço para nós?

Hendrik percorre os estágios do embaraço, desvia o olhar, arrasta os pés: "*Ja-nee, mies*", ele chia. Um *plaashotnot* dos velhos tempos, um camponês hotentote.

Afinal, a filha de Hendrik tinha mesmo providenciado *padkos*. De um bolso do paletó, Hendrik retira, embrulhados em papel pardo, uma coxa de galinha e duas fatias de pão branco com manteiga, que a vergonha impede que divida com eles, mas impede igualmente que devore diante deles.

"*In Godsnaam eet, man!*", ela ordena. "*Ons is glad nie honger nie, ons is ook binnekort tuis*": nós não estamos com fome e logo logo vamos estar em casa. E ela arrasta John para dar uma volta na represa para que Hendrik, de costas para eles, possa engolir apressado sua refeição.

*Ons is glad nie honger nie*: mentira, claro. Ela está morta de fome. O mero cheiro da galinha fria a deixou com água na boca.

"Sente na frente, ao lado do cocheiro", John sugere. "Para a nossa volta triunfal." E ela senta. Ao se aproximarem dos Coetzee, reunidos na varanda exatamente como ela previra, ela toma o cuidado de exibir um sorriso e até acenar, numa paródia de realeza. A reação é uma salva de palmas em saudação. Ela desce: "*Dankie, Hendrik, eerlik dankie*", ela diz: obrigada, sinceramente. "*Mies*", Hendrik fala. Mais tarde, ela irá até a casa dele e lhe dará algum dinheiro: para Katryn, dirá, para comprar roupas para as crianças, embora ela saiba que o dinheiro irá para a bebida.

"*En toe?*", diz Carol, na frente de todo mundo. "*Sê vir ons: waar was julle?*" Onde você esteve?

Por um segundo faz-se silêncio, e naquele segundo ela se dá conta de que a pergunta, aparentemente apenas um convite para que ela saia com alguma resposta irreverente e divertida, é para valer. Os Coetzee realmente querem saber onde ela e John estiveram; querem ter a garantia de que nada de realmente escandaloso ocorreu. Ela fica sem ar, a audácia daquilo. Aquela gente que a conheceu e amou a vida inteira chegar a pensar que ela fosse capaz de agir mal. "*Vra vir John*", ela responde, seca — pergunte ao John — e marcha para dentro da casa.

Quando ela volta meia hora depois, o clima ainda é desconfortável.

"Aonde foi o John?", ela pergunta.

John e Michiel, ela fica sabendo, saíram faz um momento na caminhonete de Michiel para buscar a Datsun. Vão rebocá-la até Leeuw Gamka para ser devidamente consertada pelo mecânico.

"Ficamos acordados até tarde essa noite", diz a tia Beth. "Esperando, esperando. Depois concluímos que você e John deviam ter ido até Beaufort e estavam passando a noite lá porque a rodovia Nacional é tão perigosa nesta época do ano. Mas vocês não telefonaram e isso nos preocupou. Hoje de manhã, Michiel telefonou para o hotel de Beaufort e disseram que não tinham visto vocês. Ele telefonou para Fraserbug também. Nem pensamos que vocês tivessem ido a Merweville. O que estavam fazendo em Merweville?"

Realmente, o que estavam fazendo em Merweville? Ela se volta para o pai de John. "John disse que o senhor e ele estão pensando em comprar uma propriedade em Merweville", ela diz. "É verdade, tio Jack?"

Cai um silêncio chocado.

"É verdade, tio Jack?", ela insiste. "É verdade que vocês vão se mudar para Merweville?"

"Se você me pergunta desse jeito", diz Jack — o espírito brincalhão dos Coetzee desapareceu, ele é todo cautela —, "não, ninguém vai mudar mesmo para Merweville. John está pensando — não sei até que ponto é realista — em comprar uma daquelas casas abandonadas e reformar como casa de veraneio. Foi só até esse ponto que nós conversamos."

Uma casa de veraneio em Merweville! Quem já ouviu falar de uma coisa dessas! Justo em Merweville, com seus vizinhos xeretas e o *deaken* [diácono] batendo na porta, infernizando as pessoas para irem à igreja! Como pode Jack, em seu tempo o mais animado e mais irreverente deles todos, estar planejando mudar para Merweville?

"Você devia procurar em Koegenaap primeiro, Jack", diz seu irmão Alan. "Ou em Pofadder. Em Pofadder o grande dia do ano é a visita do dentista de Upington que vai lá arrancar dentes. Chamam de *Groot Trek*, a Grande Viagem."

Assim que a sua tranquilidade é ameaçada, os Coetzee correm a fazer piadas. Uma família recolhida a uma pequena *laager* cerrada para manter a distância o mundo e suas tristezas. Mas por quanto tempo as piadas continuarão operando sua mágica? Um dia desses, a grande maligna em pessoa estará batendo à porta, a Inexorável Ceifadeira, afiando a sua foice, chamando-os um a um. Aí, que poder terão as piadas?

"Pelo que diz John, o senhor vai mudar para Merweville enquanto ele permanece na Cidade do Cabo", ela insiste. "Tem certeza que vai conseguir se cuidar sozinho, tio Jack, sem carro?"

Uma pergunta séria. Os Coetzee não gostam de perguntas sérias. "*Margie word 'n bietjie* negativa", eles dirão entre eles: Margie está ficando um pouco negativa. *Seu filho está planejando despachar o senhor para o Karoo e abandonar o senhor*, ela está perguntando, *e se é isso que vem pela frente, por que o senhor não levanta a voz para protestar?*

"Não, não", Jack replica. "Não vai ser assim como você diz. Merweville vai ser só um lugar sossegado para relaxar. Se der certo. É só uma ideia, sabe, uma ideia do John. Não está nada definido."

"É um esquema para ele se livrar do pai", diz sua irmã Carol. "Ele quer enfiar o pai no meio do Karoo e lavar as mãos. Depois vai sobrar para Michiel cuidar dele. Porque Michiel vai ser o mais próximo."

"Coitado do John!", ela replica. "Você sempre pensa o pior dele. E se ele estiver falando a verdade? Ele promete que vai visitar o pai em Merweville todo fim de semana, e passar com ele os feriados escolares também. Por que não dar a ele o benefício da dúvida?"

"Porque eu não acredito em nem uma palavra do que ele diz. O plano todo me parece suspeito. Ele nunca se deu bem com o pai."

"Ele cuida do pai na Cidade do Cabo."

"Ele mora com o pai, mas só porque não tem dinheiro. Tem trinta e tantos anos e nenhuma perspectiva. Ele fugiu da África do Sul para escapar do exército. Depois foi expulso dos Estados Unidos porque desrespeitou a lei. Agora não consegue encontrar trabalho direito porque é muito metido. Os dois vivem com o salário patético que o pai dele ganha no ferro-velho onde trabalha."

"Mas não é verdade!", ela protesta. Carol é mais nova que ela. Houve tempo em que Carol era a seguidora e ela, Margot, a líder. Agora é Carol que segue à frente, enquanto ela acompanha ansiosamente atrás. Como isso aconteceu? "John dá aula num colégio", ela diz. "Ele ganha seu próprio dinheiro."

"Não foi o que eu soube. O que eu soube é que ele prepara para o vestibular alunos que largaram a escola e recebe por hora.

É trabalho de meio período, o tipo de coisa que estudantes fazem para ganhar uns trocados. Pergunte diretamente a ele. Pergunte em que escola ele dá aula. Pergunte quanto ele ganha."

"Não é só salário alto que conta."

"Não é só questão de salário. É uma questão de falar a verdade. Ele que conte por que ele quer de verdade comprar essa casa em Merweville. Ele que conte quanto vai pagar pela casa, ele ou o pai. Ele que conte o que está planejando para o futuro." E então, quando ela não revela nada: "Ele não contou? Não contou o que está planejando?".

"Ele não está planejando nada. Ele é um Coetzee, os Coetzee não fazem planos, não têm ambições, eles só têm vagos desejos. Ele tem um vago desejo de morar no Karoo."

"A ambição dele é ser poeta, poeta em tempo integral. Esse esquema de Merweville não tem nada a ver com o bem-estar do pai. Ele quer um lugar no Karoo onde possa ir quando for conveniente para ele, quando puder ficar sentado com a mão no queixo, para contemplar o pôr do sol e escrever poemas."

John e seus poemas de novo! Ela não consegue evitar e rola de rir. John sentado na varanda daquela casinha desolada inventando poemas! Com uma boina na cabeça, sem dúvida, e um copo de vinho ao lado. E as criancinhas de cor reunidas em torno dele, infernizando com perguntas. *Wat maak oom? — Nee, oom maak gedigte. Op sy ou ramkiekie maak oom gedigte. Die wêreld is ons woning nie...* O que o senhor está fazendo? — O senhor está fazendo poemas. Com seu velho banjo o senhor está fazendo poemas. Este mundo não é nossa morada...

"Vou perguntar para ele", ela diz, ainda rindo. "Vou pedir que me mostre seus poemas."

Ela pega John na manhã seguinte, quando ele está saindo para uma de suas caminhadas. "Vou com você", ela diz. "Me dê um minuto para calçar um sapato adequado."

Eles seguem o caminho que vai para leste, partindo da fazenda ao longo da margem do leito do rio coberto de mato, na direção da represa cuja parede se rompeu na enchente de 1943 e nunca foi consertada. Nas águas rasas da represa, um trio de gansos brancos flutua pacificamente. O ar ainda está fresco, não há névoa, dá para enxergar até as montanhas Nieuweveld.

"*God*", ela diz, "*dis darem mooi. Dit raak jou siel aan, nè, dié ou wêreld.*" Não é lindo? Toca a alma da gente, essa paisagem.

Eles estão entre uma minoria, uma minúscula minoria, os dois, de almas que se comovem com essas grandes, desoladas vastidões. Se houve alguma coisa que os manteve ligados ao longo dos anos, foi isso. Aquela paisagem, aquele *kontrei* — dominou o coração dela. Quando ela morrer e for enterrada, se dissolverá naquela terra tão naturalmente que será como se nunca tivesse tido uma vida humana.

"Carol disse que você ainda escreve poemas", ela fala. "É verdade? Você mostra para mim?"

"Sinto muito decepcionar Carol", ele responde, duro, "mas não escrevo um poema desde que era adolescente."

Ela morde a língua. Esqueceu-se: não se pede a um homem que mostre seus poemas, não na África do Sul, não sem garantir a ele previamente que está tudo bem, que ninguém vai caçoar dele. Que país, em que a poesia não é atividade varonil, mas território de crianças e *oujongnooiens* [solteironas] — *oujongnooiens* de ambos os sexos! Como foi que Totius ou Louis Leipoldt conseguiram, ela não consegue imaginar. Não é de admirar que Carol escolha atacar o fato de John escrever poemas, Carol com seu faro para as fraquezas dos outros.

"Se você desistiu há tanto tempo, por que Carol acha que você ainda escreve?"

"Não faço ideia. Talvez ela tenha me visto corrigindo trabalhos dos alunos e tirou a conclusão errada."

Ela não acredita nele, mas não vai insistir mais. Se ele quer se esquivar dela, que se esquive. Se a poesia é uma parte da vida de que sente timidez ou vergonha de falar, que assim seja.

Ela não pensa que John seja *moffie*, mas continua intrigada por ele não ter mulher. Um homem sozinho, especialmente um homem Coetzee, parece-lhe um barco sem remo, sem leme, sem vela. E agora dois deles, dois homens Coetzee, vivendo como um casal! Quando Jack tinha a tremenda Vera a seu lado, ele trilhava um rumo mais ou menos direito; mas agora que ela se fora, ele parecia bem perdido. Quanto ao filho de Jack e Vera, ele bem que precisava de alguma orientação equilibrada. Mas qual mulher com algum senso iria querer se devotar ao infeliz John?

Carol estava convencida de que John não merecia confiança; e o restante da família Coetzee, apesar do bom coração, provavelmente concordava. O que deixa a ela, Margot, apartada do resto. O que mantém sua confiança em John perigosamente à tona é, estranhamente, o jeito como ele e o pai se comportam um com o outro: se não com afeição, o que talvez fosse dizer demais, ao menos com respeito.

Os dois costumavam ser os piores inimigos um do outro. A má vontade entre Jack e seu filho mais velho foi assunto de muito balançar de cabeças. Quando o filho desapareceu no estrangeiro, os pais vestiram a melhor cara que puderam. Ele tinha ido em busca de uma carreira científica, proclamava a mãe. Durante anos, ela sustentou a história de que John estava trabalhando como cientista na Inglaterra, mesmo quando ficou claro que ela não fazia ideia de para quem ele trabalhava ou de que trabalho fazia. *Sabem como é o John*, dizia o pai: *sempre muito independente. Independente*: o que queria dizer isso? Não sem razão, os Coetzee passaram a achar que queria dizer que ele havia renegado seu país, sua família, seus próprios pais.

Então Jack e Vera começaram a contar uma nova história: que John não estava na Inglaterra, afinal, mas nos Estados Unidos, em busca de qualificações ainda mais altas. O tempo passou; na ausência de notícias sólidas, o interesse em John e seus feitos minguou. Ele e seu irmão mais novo eram apenas dois entre milhares de jovens brancos que tiveram de fugir para escapar ao serviço militar, deixando para trás uma família envergonhada. Ele havia quase desaparecido da memória coletiva quando o escândalo de sua expulsão dos Estados Unidos abateu-se sobre eles.

*Que guerra terrível*, disse seu pai: era tudo culpa de uma guerra na qual rapazes norte-americanos estavam sacrificando a própria vida em favor de asiáticos que pareciam não sentir nenhuma gratidão. Não era de admirar que os americanos comuns estivessem revoltados. Não era de admirar que fossem para as ruas. John tinha sido pego arbitrariamente num protesto de rua, continuava a história; o que acontecera em seguida fora apenas um terrível mal-entendido.

A desgraça do filho e as inverdades que ele tinha de contar como consequência é que tinham transformado Jack em um homem vacilante, prematuramente envelhecido? Como ela se atrevia a perguntar isso?

"Você deve estar contente de ver o Karoo de novo", ela disse a John. "Não está aliviado de ter resolvido não ficar nos Estados Unidos?"

"Não sei", ele responde. "Claro, no meio disso tudo" — ele não faz o gesto, mas ela sabe o que quer dizer: este céu, este espaço, o vasto silêncio a envolver os dois — "me sinto abençoado, um privilegiado. Mas em termos práticos, que futuro eu tenho neste país, onde nunca me encaixei? Talvez um começo do nada fosse melhor, afinal. Se libertar do que se ama e esperar as feridas cicatrizarem."

Uma resposta franca. Graças a Deus por isso.

"Tive uma conversa com seu pai ontem, John, enquanto você e Michiel não estavam lá. Sério mesmo, não acho que ele entenda inteiramente o que você está planejando. Estou falando de Merweville. Seu pai não é mais jovem e não está bem. Você não pode enfiar o velho numa cidade estranha e esperar que ele se defenda sozinho. E não pode esperar que o resto da familia vá cuidar dele se as coisas derem errado. Só isso. Era o que eu queria dizer."

Ele não responde. Tem na mão um pedaço de arame farpado velho que pegou do chão. Balançando com petulância o arame para a esquerda e a direita, arrancando os topos da relva ondulante, ele desce a encosta da parede erodida da represa.

"Não fique assim!", ela grita, trotando atrás dele. "Fale comigo, pelo amor de Deus! Diga que eu estou errada! Diga que estou cometendo um erro!"

Ele para e dirige a ela um olhar de fria hostilidade. "Deixe eu te informar sobre a situação do meu pai", ele diz. "Meu pai não tem economias, nem um centavo, e não tem seguro nenhum. Tem apenas a pensão do Estado à espera dele: 43 rands por mês na última vez que conferi. Então, apesar da idade dele, apesar da saúde comprometida, ele tem de continuar trabalhando. Juntos, nós dois ganhamos por mês o que ganha um vendedor de carros por semana. Meu pai pode parar de trabalhar se mudar para um lugar onde a despesa de subsistência seja mais baixa que na cidade."

"Mas por que ele tem de se mudar? E por que para Merweville, para uma ruína decadente?"

"Meu pai e eu não podemos viver juntos indefinidamente, Margie. Isso nos deixa arrasados, a nós dois. Não é natural. Pais e filhos não devem repartir a mesma casa."

"Seu pai não me parece uma pessoa difícil de conviver."

"Talvez: mas eu sou uma pessoa difícil de conviver. Minha dificuldade consiste em não querer viver com outras pessoas."

"Então é isso que quer dizer essa história de Merweville: você quer viver sozinho?"

"É. É e não é. Eu quero poder ficar sozinho quando eu quiser."

Estão todos reunidos na varanda, todos os Coetzee, tomando o chá da manhã, conversando, olhando, preguiçosos, os três filhos pequenos de Michiel a jogar críquete no *werf* aberto.

No horizonte distante, materializa-se uma nuvem de poeira e fica suspensa no ar.

"Deve ser o Lukas", diz Michiel, que tem os olhos mais agudos. "Margie, é o Lukas!"

Lukas, fica-se sabendo, está na estrada desde o amanhecer. Está cansado, mas mesmo assim bem-humorado, cheio de energia. Mal tem tempo de cumprimentar sua esposa e a família dela e é fisgado para o jogo dos meninos. Ele pode não ser bom no críquete, mas adora estar com crianças e as crianças o adoram. Ele seria o melhor dos pais: ela sente o coração apertado por ele ter de ficar sem filhos.

John vai jogar também. Ele é melhor que Lukas no críquete, mais experiente, dá para ver na hora, mas as crianças não se entusiasmam com ele. Nem os cachorros, ela observou. Ao contrário de Lukas, ele não é um pai por natureza. Um *alleenloper*, como são certos animais: um solitário. Talvez seja melhor ele não ter casado.

O contrário de Lukas; e no entanto, há coisas que ela revela a John e que nunca revelaria a Lukas. Por quê? Por causa do tempo de infância que passaram juntos, o mais precioso dos tempos, quando abriam o coração um para o outro como ninguém consegue fazer mais tarde, nem mesmo para um marido, nem mesmo para um marido que ela adora mais do que todos os tesouros do mundo.

*Melhor se afastar do que se ama* — ele dissera durante a caminhada —, *libertar-se e esperar que as feridas cicatrizem*. Ela o entende perfeitamente. É isso que eles têm em comum acima de tudo: não apenas o amor por aquela fazenda, aquele *kontrei*, aquele Karoo, mas um entendimento que acompanha o amor, um entendimento de que o amor pode ser demais. Para ele e para ela foi permitido passar os verões da infância em um espaço sagrado. Essa glória não pode ser nunca recuperada; melhor não assombrar velhos lugares e depois ir embora deles lamentando o que desapareceu para sempre.

Evitar amar demais não é algo que faça sentido para Lukas. Para Lukas, o amor é simples, integral. Lukas se entrega a ela de todo o coração, e em troca ela se entrega a ele inteiramente: *Com este corpo eu te adoro*. Através do seu amor, seu marido faz emergir o que há de melhor nela: agora mesmo, sentada ali a tomar chá, olhando-o jogar, ela sente o corpo todo aquecer por ele. Com Lukas ela aprendeu o que pode ser o amor. Enquanto seu primo... Ela não consegue imaginar seu primo se entregando por inteiro a ninguém. Sempre um tanto contido, reservado. Não é preciso ser um cachorro para perceber isso.

Seria bom se Lukas pudesse tirar uma folga, se ela e ele pudessem passar uma ou duas noites ali em Voëlfontein. Mas não, amanhã é segunda-feira, eles têm de estar de volta a Middelpos ao anoitecer. Então, depois do almoço eles se despedem de tias e tios. Quando John aparece, ela o abraça apertado e sente o corpo dele tenso e resistente contra o seu. "*Totsiens*", ela diz: Até logo. "Vou te escrever uma carta e quero que você responda." "Até logo", ele diz. "Dirija com cuidado."

Ela começa a carta prometida na mesma noite, sentada de camisola e chinelos à mesa da cozinha, na cozinha que ela ganhou por casamento e veio a amar, com seu imenso fogão antigo e sua sempre fresca despensa sem janelas, cujas estantes ainda estão vergadas de frascos de geleia e conservas que ela armazenou no último outono.

*Caro John*, ela escreve, *fiquei tão chateada com você quando o carro quebrou na estrada de Merweville — espero que não tenha ficado muito visível, espero que você me perdoe. Todo aquele mau humor agora desapareceu, sem deixar traço. Dizem que não se conhece direito uma pessoa até se passar uma noite com ela (ou ele). Estou contente de ter tido a oportunidade de passar uma noite com você. No sono nossas máscaras caem e somos vistos como realmente somos.*

*A Bíblia espera o dia em que o leão possa deitar ao lado do cordeiro, em que não precisemos mais estar em guarda porque não teremos mais razão para ter medo. (Pode ficar tranquilo, você não é o leão, nem eu o cordeiro.)*

*Quero mais uma vez falar da questão Merweville.*

*Nós todos envelhecemos um dia e o jeito como tratamos nossos pais com certeza é o jeito como seremos tratados também. Tudo o que vai, volta, como dizem. Tenho certeza de que é difícil para você viver com seu pai quando está acostumado a viver sozinho, mas Merweville não é a solução correta.*

*Você não está sozinho em suas dificuldades, John. Carol e eu enfrentamos o mesmo problema com nossa mãe. Quando Klaus e Carol forem para os Estados Unidos, essa carga cairá inteiramente sobre mim e Lukas.*

*Sei que não tem fé, então não vou sugerir que reze por orientação. Eu também não tenho muita fé, mas rezar é uma coisa boa. Mesmo que não haja ninguém lá em cima para ouvir, ao menos se põem para fora as palavras, o que é melhor do que refrear as coisas.*

*Quisera ter mais tempo para conversarmos. Lembra-se como costumávamos conversar quando éramos crianças? É tão preciosa para mim a lembrança daqueles dias. Que triste quando chegar a nossa vez de morrer, que a nossa história, a história de nós dois, tenha de morrer também.*

*Nem sei dizer a ternura que sinto por você neste momento. Você sempre foi meu primo favorito, mas é mais do que isso. Tenho vontade de proteger você do mundo, mesmo você não precisando talvez de proteção (estou supondo). Difícil saber o que fazer com sentimentos assim. Acabou ficando uma relação tão antiquada, não é?, primos. Logo, todas as regras que tivemos de memorizar sobre quem pode casar com quem, primos-irmãos e primos em segundo grau, em terceiro, será apenas antropologia.*

*Mesmo assim, fico contente de não termos observado nossos votos de infância (lembra-se?) e casado um com o outro. Você provavelmente fica contente também. Teríamos sido um casal impossível.*

*John, você precisa de alguém em sua vida, alguém que cuide de você. Mesmo que você escolha alguém que não seja necessariamente o amor de sua vida, a vida de casado será melhor do que a vida que você leva agora, apenas seu pai e você. Não é bom dormir sozinho noite após noite. Desculpe por dizer isso, mas falo por amarga experiência.*

*Eu devia rasgar esta carta, tão embaraçosa, mas não vou. Digo a mim mesma que nos conhecemos há tanto tempo que você certamente me perdoará por invadir território que não devia invadir.*

*Lukas e eu somos felizes de todas as maneiras possíveis. Eu me ponho de joelhos todas as noites (por assim dizer) para agradecer que o caminho dele tenha cruzado com o meu. Queria que você tivesse a mesma coisa!*

Como se tivesse sido chamado, Lukas entra na cozinha, curva-se sobre ela, aperta os lábios em sua cabeça, desliza as mãos por baixo da camisola, colhe os seus seios. "*My skat*", ele diz: meu tesouro.

*Não pode escrever isso. Não pode. Está inventando essas coisas.*

Eu vou cortar. Aperta os lábios em sua cabeça. "*My skat*", ele diz, "quando vem para a cama?" "Agora", ela fala, e pousa a caneta. "Agora."

*Skat*: um termo de ternura de que ela não gostava até ouvir na boca dele. Agora, quando ele sussurra a palavra, ela derrete. O tesouro daquele homem, no qual ele pode mergulhar sempre que quiser.

Deitam-se abraçados. A cama range, mas ela pouco se importa, estão em casa, podem fazer a cama ranger o quanto quiserem.

*Outra vez!*

Prometo, assim que eu terminar, entrego o texto à senhora, o texto inteiro, e deixo que corte tudo o que quiser.

"Era uma carta para John que você estava escrevendo?", pergunta Lukas.

"Era. Ele está tão infeliz."

"Talvez seja a natureza dele mesmo. Um tipo melancólico."

"Mas ele não era assim. Ele era tão alegre antigamente. Se ele ao menos encontrasse alguém capaz de fazer ele sair de dentro de si mesmo!"

Mas Lukas está dormindo. É a natureza dele, o seu tipo: ele dorme de imediato, como uma criança inocente.

Ela gostaria de acompanhá-lo, mas o sono demora para vir. É como se o fantasma do primo ainda pairasse, chamando-a de volta à cozinha escura para completar o que estava escrevendo para ele. *Tenha confiança em mim*, ela sussurra. *Prometo que vou voltar.*

Mas quando ela acorda é segunda-feira e não há tempo para escrever, não há tempo para intimidades, eles têm de partir imediatamente para Calvinia, ela para o hotel, Lukas para o pátio de transporte. No escritoriozinho sem janelas atrás da mesa da recepção ela trabalha com o registro atrasado de faturas; à noite, está exausta demais para continuar a carta que estava escrevendo, e de alguma forma perdeu o contato com aquele sentimento. *Estou pensando em você*, escreve ao pé da página. Nem isso é verdade, ela não pensou em John nem uma vez o dia inteiro, não teve tempo. *Muito amor*, ela escreve. *Margie*. Endereça o envelope e sela. Pronto. Está feito.

Muito amor, mas exatamente quanto? O suficiente para salvar John, numa pitada? O suficiente para tirá-lo de si mesmo, da melancolia do seu tipo? Ela duvida. E se ele não quiser ser tirado? Se o seu grande plano for passar fins de semana na varanda da casa em Merweville, escrevendo poemas ao sol, martelando o telhado corrugado, com seu pai tossindo no quarto dos fundos; ele pode precisar de toda a melancolia de que for capaz.

Esse é o seu primeiro momento de apreensão. O segundo momento vem quando ela está para enviar a carta, o envelope tremendo já na boca da caixa de correio. O que ela escreveu, o que seu primo estará fadado a ler se ela soltar a carta, é realmente o melhor que pode oferecer a ele? *Você precisa de alguém em sua vida*. Que tipo de ajuda é ouvir isso? *Muito amor*.

Mas então ela pensa: *Ele é um homem adulto, por que cabe a mim a salvação dele?*, e dá um empurrão no envelope.

Tem de esperar dez dias por uma resposta, até a sexta-feira da semana seguinte.

*Cara Margot,*

*Obrigado por sua carta, que estava à nossa espera quando voltamos de Voëlfontein, e muito obrigado pelo bom, embora impraticável, conselho referente a casamento.*

*Nossa volta de Voëlfontein na caminhonete foi sem incidentes. O amigo mecânico de Michiel fez um trabalho de primeira classe. Peço desculpas outra vez pela noite que fiz você passar ao relento.*

*Você escreve sobre Merweville. Eu concordo, nossos planos não estavam devidamente pensados, e agora que estamos de volta à Cidade do Cabo, começam a parecer um tanto loucos. Uma coisa é comprar uma cabana de fim de semana no litoral, mas quem em seu juízo perfeito iria gostar de passar as férias de verão em uma cidade quente do Karoo?*

*Espero que esteja tudo bem na fazenda. Meu pai manda seu amor a você e a Lukas, assim como eu.*

*John.*

Só isso? O frio formalismo da resposta a deixa chocada, traz um corado de fúria a suas faces.

"O que foi?", Lukas pergunta.

Ela dá de ombros. "Nada", diz, e passa a carta a ele. "Uma carta de John."

Ele lê a carta toda, depressa. "Então vão desistir dos planos de Merweville", diz. "Fico aliviado. Por que ficou tão zangada?"

"Nada", diz ela. "É só o tom."

Estão estacionados, os dois, em frente ao correio. É isso que fazem nas tardes de sexta-feira, é parte da rotina que criaram para eles: a última coisa, depois de terem feito as compras e antes de voltarem para a fazenda, eles pegam a correspondência e a examinam, sentados lado a lado na picape. Embora possa pegar a correspondência a qualquer dia da semana, ela não pega. Ela e Lukas o fazem juntos, como fazem juntos tudo o que podem.

No momento, Lukas está absorto numa carta do Land Bank, com um longo anexo, páginas de números, muito mais importante do que meros assuntos familiares. "Não se apresse, eu vou dar uma volta", ela diz. Desce e atravessa a rua.

O correio é recém-construído, atarracado e pesado, com tijolos de vidro em lugar de janelas e uma pesada grade de ferro sobre a porta. Ela não gosta do prédio. Parece, a seus olhos, uma delegacia. Ela se lembra com ternura do velho correio que foi demolido para dar lugar a este, o prédio que um dia foi a casa Truter.

Nem metade de sua vida se passou e ela já anseia pelo passado!

Nunca foi apenas uma questão de Merweville, de John e seu pai, de quem ia viver onde, na cidade ou no campo. *O que estamos fazendo aqui?*, essa era a pergunta não formulada o tempo todo. Ele sabia disso e ela sabia disso. Sua carta, por mais covarde, tinha ao menos insinuado a questão: *O que estamos fazendo nesta parte árida do mundo? Por que estamos passando nossas vidas em árduo trabalho se nunca foi para viver gente aqui, se todo o projeto de humanizar este lugar foi equivocado desde o início?*

*Esta parte do mundo*. A parte de que ela fala não é Merweville nem Calvinia, mas todo o Karoo, talvez o país inteiro. De quem foi a ideia de abrir estradas e ferrovias, construir cidades, trazer gente e depois prendê-las a este lugar, prendê-las com rebites no coração para elas não conseguirem ir embora? *Melhor me libertar e esperar que as feridas cicatrizem*, ele disse quando estavam andando pelo *veld*. Mas como cortar os rebites assim?

Passou há muito a hora de fechar. O correio está fechado, as lojas estão fechadas, a rua está deserta. Meyerowitz Joalheiro. Babes in the Wood — Vendas a crédito. Cosmos Café. Foschini Moda.

O Meyerowitz ("Diamantes são para sempre") está ali desde que ela se lembra. Babes in the Wood era antes a Jan Harmse Slagter. O Cosmos Café era a Leiteria Cosmos. Foschini Moda era antes Winterberg Algemene Handelaars. Toda essa mudança, todo esse movimento! O *droewige land*! Ó terra tristonha! Foschini Moda tem confiança a ponto de abrir uma filial em Calvinia. O que seu primo, o imigrante fracassado, o poeta da melancolia, pode pretender saber sobre o futuro desta terra que Foschini não sabe? Seu primo que acredita que até mesmo babuínos, quando espreitam no *veld*, são tomados por *weemoed*.

Lukas está convencido de que haverá uma acomodação política. John pode alegar que é liberal, mas Lukas é um liberal mais prático do que John jamais será, e mais corajoso também. Se escolherem, Lukas e ela, *boer* e *boervrou*, marido e mulher, podem ganhar a vida com sua fazenda. Podem ter de apertar o cinto em dois ou três furos, mas sobreviveriam. Se Lukas escolhe em vez disso dirigir caminhões para a Coop, se ela continua fazendo a contabilidade para o hotel, não é porque a fazenda seja um empreendimento condenado, mas porque ela e Lukas decidiram muito tempo atrás que iam acomodar seus funcionários devidamente e pagar a eles salários decentes, garantir que os filhos deles fossem à escola e sustentar esses mesmos trabalhadores depois, quando ficarem velhos e enfermos; e porque toda essa decência e apoio custa dinheiro, mais dinheiro do que a fazenda como fazenda pode render ou jamais renderá, no futuro previsível.

Uma fazenda não é um negócio: essa era a premissa sobre a qual ela e Lukas tinham concordado desde muito tempo atrás. A fazenda Middelpos é lar não apenas deles dois com os fantasmas de seus filhos não nascidos, mas também de treze outras almas. Para trazer dinheiro para manter toda essa pequena comunidade, Lukas tem de passar dias seguidos na estrada e ela passar sozinha suas noites em Calvinia. Isso é o que *ela* quer dizer quando diz que Lukas é um liberal: ele tem um coração generoso, um coração liberal; e inspirada por ele ela aprendeu a ter um coração liberal também.

*E qual é o problema disso, como meio de vida?* Essa é a pergunta que ela gostaria de fazer a seu primo inteligente, aquele que primeiro fugiu da África do Sul e agora fala de se libertar. Do que ele pretende se libertar? Do amor? Do dever? *Meu pai manda seu amor, assim como eu.* Que tipo de amor morno é esse? Não, ela e John podem ter o mesmo sangue, mas seja o que for que ele sente por ela, não é amor. Como também não ama o pai dele, não de verdade. Não ama nem a si mesmo. E qual a função, afinal, de se libertar de tudo e todos? O que ele vai fazer com sua liberdade? *O amor começa em casa* — não é assim o ditado inglês? Em vez de fugir sempre, ele devia encontrar uma mulher decente, olhar direto nos olhos dela e dizer: *Quer casar comigo? Quer casar comigo e receber meu pai idoso em nossa casa e cuidar dele lealmente até ele morrer? Se você for capaz de aceitar esse encargo, eu vou me empenhar em amar você e ser fiel a você, em encontrar um emprego adequado e trabalhar duro, trazer dinheiro para casa, ser mais alegre e parar de reclamar das* droewige vlaktes, *as planícies lamentosas.* Ela queria que ele estivesse ali naquele momento, na Kerkstraat, Calvinia, para ela poder *raas* com ele, entupir os ouvidos dele como dizem os ingleses: está a fim disso.

Um assobio. Ela se volta. É Lukas debruçado para fora da janela da picape. *Skattie, hoe mompel jy dan nou?*, ele grita, rindo. O que você está resmungando aí sozinha?

Nada mais de cartas entre ela e o primo. Pouco depois, ele e seus problemas deixaram de ter qualquer lugar em seus pensamentos. Surgiram preocupações mais urgentes. Chegaram os vistos que Klaus e Carol estavam esperando, os vistos para a Terra Prometida. Com ágil eficiência eles estão se preparando para a mudança. Um de seus primeiros passos é trazer de volta para a fazenda a mãe dela, que estava morando com eles e que Klaus chama de *Ma*, embora ele tenha uma mãe própria muito boa em Düsseldorf.

Eles rodam os 1600 quilômetros desde Johanesburgo em doze horas, se revezando à direção do BMW. Esse feito dá muita satisfação a Klaus. Ele e Carol completaram cursos de direção avançados e têm diplomas para mostrar; estão à espera de dirigir nos Estados Unidos, onde as estradas são muito melhores do que na África do Sul, embora, é claro, não tão boas como as *Autobahnen* alemãs.

Ma não está nada bem: ela, Margot, percebe isso assim que a ajudam a sair do banco de trás. Seu rosto está inchado, ela não respira com facilidade, reclama que as pernas estão doloridas. Carol explica que o problema, em última análise, é de coração: ela vem consultando um especialista em Johanesburgo e tem de tomar uma nova combinação de comprimidos três vezes por dia sem falta.

Klaus e Carol passam a noite na fazenda, depois partem para a cidade. "Assim que ela melhorar, você e Lukas têm de levar Ma para nos visitar nos Estados Unidos", diz Carol. "Nós ajudamos a pagar as passagens." Klaus a abraça e beija em ambas as faces ("É mais caloroso assim"). A Lukas ele dá um aperto de mão.

Lukas detesta o cunhado. Não existe a menor possibilidade de Lukas ir visitá-los nos Estados Unidos. Quanto a Klaus, ele nunca se constrangeu de externar seu veredicto sobre a África do Sul. "Belo país", diz ele, "belas paisagens, ricos recursos, mas muitos, muitos problemas. Como vocês vão resolver, eu não consigo enxergar. Na minha opinião, as coisas pioram em vez de melhorar. Mas é só a minha opinião."

Ela gostaria de acertar o olho dele, mas não faz isso.

Sua mãe não pode ficar sozinha na fazenda durante a semana enquanto ela e Lukas não estão, isso está fora de questão. Então ela manda colocar uma segunda cama em seu quarto no hotel. É inconveniente, significa o fim de toda privacidade para ela, mas não há alternativa. Cobram pensão completa da mãe, embora, de fato, a mãe coma como um passarinho.

Estão na segunda semana desse novo regime quando um funcionário da limpeza do hotel encontra sua mãe caída num sofá no saguão vazio do hotel, inconsciente e com o rosto azulado. Ela é levada às pressas para o hospital distrital e ressuscitada. O médico de plantão sacode a cabeça. O coração dela está muito fraco, diz ele, precisa de cuidados mais urgentes e mais especializados do que se pode obter em Calvinia; Upington é mais próximo, mas seria preferível que ela fosse para a Cidade do Cabo.

Uma hora depois, ela, Margot, fechou o escritório e está a caminho da Cidade do Cabo apertada na parte de trás da ambulância, segurando a mão da mãe. Com elas vai uma jovem enfermeira de cor chamada Aletta, de uniforme fresco, engomado e cujo ar alegre logo a põe à vontade.

Aletta, por sinal, nasceu não longe dali, em Wuppertal, na Cederberg, onde seus pais ainda vivem. Ela perdeu a conta de quantas vezes fez a viagem à Cidade do Cabo. Revela que na semana passada mesmo tiveram de levar às pressas um homem de Loeriesfontein para o Groote Schuur Hospital, com três dedos embalados numa caixa de gelo, dedos que ele perdeu num acidente com uma serra de fita.

"Sua mãe vai ficar bem", diz Aletta. "O Groote Schuur é disparado o melhor."

Em Clanwilliam, param para pôr gasolina. O motorista da ambulância, que é ainda mais novo que Aletta, trouxe uma garrafa térmica de café. Ele oferece uma xícara a ela, Margot, mas ela recusa. "Estou cortando o café", diz (é mentira), "não me deixa dormir."

Ela gostaria de oferecer a eles dois um café na lanchonete, gostaria de sentar com eles de um jeito amigo, normal, mas claro que não se podia fazer isso sem provocar uma confusão. *Que chegue logo o tempo, ó Senhor*, ela reza para si mesma, *em que toda essa besteira do* apartheid *esteja enterrada e esquecida*.

Retomam seus lugares na ambulância. Sua mãe está dormindo. Está com uma cor melhor, respirando mais tranquila com a máscara de oxigênio.

"Quero que vocês saibam o quanto eu agradeço o que você e Johannes estão fazendo por nós", ela diz para Aletta. Aletta retribui com um sorriso dos mais amigáveis, sem nem o menor traço de ironia. Ela espera que suas palavras sejam entendidas no sentido mais amplo, com todo o sentido que, por vergonha, ela não consegue expressar: *Quero que saibam o quanto sou grata pelo que você e seu colega estão fazendo por uma velha branca e sua filha, duas estranhas que nunca fizeram nada por você, ao contrário, participaram de sua humilhação nesta terra de seu nascimento, dia após dia após dia. Sou grata pela lição que você me ensina através dos seus atos, nos quais vejo apenas bondade humana, e acima de tudo por esse seu adorável sorriso.*

Chegam à Cidade do Cabo no pico da hora do *rush*. Embora o caso deles não seja, em termos estritos, um caso de emergência, Johannes mesmo assim liga a sirene enquanto costura tranquilamente pelo tráfego. No hospital, ela acompanha a mãe que é levada de maca para a unidade de emergência. Quando volta para agradecer a Aletta e Johannes, eles tinham ido embora, tomado a longa estrada de volta ao norte do Cabo.

*Quando eu voltar!*, ela promete a si mesma, querendo dizer: *Quando eu voltar a Calvinia vou ser uma pessoa melhor, isso eu juro!* Ela pensa também: *Quem era o homem de Loeriesfontein que perdeu os três dedos? Será que só nós, brancos, somos levados às pressas para um hospital — só o melhor! — onde cirurgiões bem treinados costuram de volta nossos dedos ou nos dão um coração novo, conforme o caso, e tudo isso sem custo? Que não seja assim, ó Senhor, que não seja assim!*

Quando vê sua mãe de novo, ela está em um quarto sozinha, acordada, numa cama branca e limpa, usando a camisola que ela, Margot, teve o bom-senso de trazer. Perdeu sua cor alterada, é capaz até de empurrar de lado a máscara e resmungar umas palavras: "Que confusão!".

Ela leva aos lábios a mão da mãe, delicada, na realidade bem infantil. "Bobagem", diz. "Agora, Ma tem de descansar. Eu vou estar bem aqui se Ma precisar de mim."

Ela planeja passar a noite ao lado da cama da mãe, mas o médico de plantão a convence do contrário. Sua mãe não corre perigo; seu estado está sendo monitorado pelas enfermeiras; ela tomará um comprimido para dormir e dormirá até de manhã. Ela, Margot, é uma filha dedicada, já passou por muita coisa, melhor se tiver uma boa noite de sono. Não tem onde ficar?

Ela tem um primo na Cidade do Cabo, replica, pode ficar com ele.

O médico é mais velho que ela, com a barba por fazer, olhos escuros, velados. Disseram-lhe o nome dele, mas ela não guardou. Pode ser judeu, mas pode ser muitas outras coisas também. Ele tem cheiro de fumaça de cigarro; há um maço de cigarros azul espiando para fora do bolso do peito. Ela acredita quando ele diz que sua mãe não corre perigo? Acredita, sim; mas ela sempre teve a tendência de confiar em médicos, de acreditar no que dizem mesmo quando sabe que estão chutando; portanto, ela desconfia da própria confiança.

"Tem certeza absoluta de que ela não corre perigo, doutor?", pergunta.

Ele assente com a cabeça, cansado. Positivamente, sim! O que quer dizer *positivamente* em questões humanas? "Para poder cuidar de sua mãe, a senhora precisa cuidar de si mesma", ele diz.

Ela sente aflorarem as lágrimas, aflorar a autopiedade também. *Cuide de nós duas!*, ela quer pedir. Gostaria de cair nos braços desse estranho, de ser abraçada e confortada. "Obrigada, doutor", ela diz.

Lukas está na estrada em algum lugar do norte do Cabo, impossível de contatar. Ela telefona ao primo John de um telefone público. "Vou buscar você já", diz John. "Fique conosco quanto tempo quiser."

Faz anos que ela esteve na Cidade do Cabo pela última vez. Nunca esteve em Tokai, o subúrbio onde moram ele e o pai. A casa deles fica atrás de uma alta cerca de madeira, com forte cheiro de umidade e óleo de motor. A noite está escura, o caminho de entrada depois do portão não tem iluminação; ele pega no braço dela para conduzi-la. "Quero avisar que está tudo um pouco bagunçado", ele diz.

Na porta de entrada, o tio a espera. Ele a cumprimenta distraído; está agitado, de um jeito que ela reconhece nos Coetzee, falando depressa, passando os dedos pelo cabelo. "Ma está bem", ela garante a ele, "foi um incidente apenas." Mas ele prefere não ser tranquilizado, está a fim de drama.

John a leva para dar uma volta na propriedade. A casa é pequena, mal iluminada, abafada; tem cheiro de jornal molhado e bacon frito. Se estivesse no comando, ela removeria as cortinas lúgubres e substituiria por alguma coisa mais leve e colorida; mas é claro que nesse mundo masculino ela não está no comando.

Ele a leva para o quarto que será dela. Ela sente o coração apertar. O carpete está pintalgado com o que parecem manchas de óleo. Junto à parede há uma cama de solteiro, e ao lado dela uma escrivaninha com livros e papéis empilhados em confusão. Ofuscante no teto, há o mesmo tipo de lâmpada de néon que havia no escritório do hotel antes de ela mandar retirar.

Tudo ali parece ter a mesma tonalidade: um marrom que numa direção beira ao amarelo sem graça e na outra a um cinza desbotado. Ela se pergunta se a casa foi limpa, limpa de verdade, nos últimos anos.

Normalmente, aquele é o quarto dele, John explica. Ele trocou os lençóis da cama; vai esvaziar as gavetas para ela usar. Do outro lado do corredor, estão as instalações necessárias.

Ela explora as instalações necessárias. A banheira está encardida, a privada manchada, com cheiro de urina velha.

Desde que saiu de Calvinia ela não comeu nada além de uma barra de chocolate. Está morrendo de fome. John oferece o que ele chama de torrada francesa, pão branco molhado com ovo e frito, e ela come três fatias. Ele lhe dá também chá com leite, que por sinal está azedo (mas ela bebe mesmo assim).

O tio entra na cozinha, com a parte de cima do pijama em cima da calça. "Vim dizer boa noite, Margie", diz ele. "Durma bem. Não deixe as pulgas te morderem." Ele não diz boa-noite ao filho. Perto do filho ele parece nitidamente hesitante. Será que estiveram brigando?

"Estou inquieta", ela diz para John. "Vamos dar uma volta a pé? Passei o dia inteiro apertada dentro de uma ambulância."

Ele a leva numa caminhada sem rumo pelas ruas bem iluminadas do suburbano Tokai. As casas pelas quais passam são maiores e melhores que a dele. "Isto aqui era terra arável não faz muito tempo", ele explica. "Depois foi subdividida e vendida em lotes. Nossa casa era um chalé de camponês. Por isso é tão mal construída. Tudo vaza: o telhado, as paredes. Eu passo todo meu tempo livre arrumando as coisas. Sou igual àquele menino com o dedo no dique."

"É, começo a perceber a atração de Merweville. Pelo menos em Merweville não chove. Mas por que não comprar uma casa melhor aqui no Cabo? Escreva um livro. Escreva um best-seller. Ganhe um monte de dinheiro."

É só uma piada, mas ele escolhe levar a sério. "Eu não saberia escrever um best-seller", diz. "Não conheço o suficiente das pessoas e de suas fantasias. De qualquer forma, não foi esse o meu destino."

"Qual destino?"

"O destino de ser um escritor rico e bem-sucedido."

"Então qual é o seu destino?"

"Exatamente o meu presente. Viver com um pai velho numa casa num subúrbio de branco e com telhado que pinga."

"Isso é bobagem, conversa *slap*. É o Coetzee falando em você. Você poderia mudar seu destino amanhã se pusesse isso na cabeça."

Os cachorros do bairro não recebem bem estranhos passeando pelas ruas à noite, a discutir. O coro de latidos fica clamoroso.

"Queria que você ouvisse o que está dizendo, John", ela mergulha de cabeça. "Quanta bobagem! Se você não tomar jeito vai acabar um homem azedo feito uma ameixa seca, que só quer ficar sossegado no seu canto. Vamos voltar. Eu tenho de levantar cedo."

Ela dorme mal no colchão duro, incômodo. Antes da primeira luz da manhã está de pé, fazendo café e torradas para os três. Às sete horas, estão a caminho do Groote Schuur Hospital, apertados na cabine da Datsun.

Ela deixa Jack e o filho na sala de espera, mas não consegue localizar a mãe. A mãe sofreu outro incidente durante a noite, informam no balcão da enfermagem, e está de volta à unidade de tratamento intensivo. Ela, Margot, deve voltar à sala de espera, onde um médico irá falar com ela.

Ela se junta a Jack e John. A sala de espera já está ficando cheia de gente. Uma mulher, uma estranha, está caída numa cadeira à frente deles. Na cabeça, cobrindo um olho, ela amarrou uma malha de lã endurecida de sangue. Está usando uma saia minúscula e sandálias de borracha; tem cheiro de lençóis mofados e vinho doce; está gemendo baixinho para si mesma.

Ela faz o que pode para não olhar, mas a mulher está louca por uma briga. "*Waarna loer jy?*", ela fuzila: O que está olhando? "*Jou moer!*"

Ela baixa os olhos, recolhe-se ao silêncio.

Sua mãe, se sobreviver, fará sessenta e oito anos no mês seguinte. Sessenta e oito anos irrepreensíveis, irrepreensíveis e contentes. Uma boa mulher no final das contas: boa mãe, boa esposa do tipo distraído, avoado. O tipo de mulher que os homens acham fácil de amar porque precisa tão claramente ser protegida. E agora jogada naquele inferno! *Jou moer!* — boca suja. Ela tem de tirar sua mãe dali o mais depressa possível, para um hospital particular, independentemente do custo.

*Meu passarinho*, era como o pai costumava chamá-la: *my tortelduifie*, minha pombinha. O tipo de pássaro que prefere não sair da gaiola. Ao crescer, Margot se sentira grande e desajeitada ao lado da mãe. *Será que alguém vai gostar de mim?*, ela perguntava a si mesma. *Será que alguém vai me chamar de pombinha?*

Alguém toca seu ombro. "Senhora Jonker?" Uma enfermeira jovem e animada. "Sua mãe está acordada, perguntando pela senhora."

"Venha", ela diz. Jack e John a acompanham.

A mãe está consciente, calma, tão calma que parece um pouco ausente. A máscara de oxigênio foi trocada por um tubo dentro do nariz. Seus olhos perderam a cor, viraram seixos cinzentos opacos. "Margie?", ela sussurra.

Ela aperta os lábios na testa da mãe. "Estou aqui, Ma", diz.

O médico entra, o mesmo médico de antes, com os óculos de aro escuro. *Kiristany*, diz o crachá em seu jaleco. De plantão ontem à tarde, ainda de plantão esta manhã.

A mãe dela teve um ataque cardíaco, fala o doutor Kiristany, mas agora está estável. Está muito fraca. O coração está sendo estimulado por eletricidade.

"Eu gostaria de levar minha mãe para um hospital particular", ela diz, "algum lugar mais sossegado que aqui."

Ele sacode a cabeça. Impossível, diz. Ele não pode permitir. Talvez dentro de alguns dias, se ela reagir bem.

Ela recua. Jack inclina-se sobre a irmã, murmurando palavras que ela não consegue ouvir. Os olhos da mãe estão abertos, seus lábios se movem, ela parece estar respondendo. Dois velhos, dois inocentes, nascidos no tempo antigo, deslocados no lugar barulhento e raivoso em que este país se transformou.

"John?", ela diz. "Quer falar com Ma?"

Ele sacode a cabeça. "Ela não vai me reconhecer", ele diz.

[Silêncio.]

*E?*

Acabou.

*Acabou? Mas por que parar aí?*

Parece um bom ponto. *Ela não vai me reconhecer*: uma boa frase.

[Silêncio.]

Bom, qual o seu veredicto?

*Meu veredicto? Ainda não entendi: se é um livro sobre John, por que você está colocando tanta coisa a meu respeito? Quem vai querer ler sobre mim — sobre mim e Lukas, minha mãe, Carol e Klaus?*

A senhora faz parte de seu primo. Ele faz parte da senhora. Isso, sem dúvida, está bem claro. O que eu pergunto é, pode ficar como está?

*Como está não. Quero rever tudo outra vez, como o senhor prometeu.*

Entrevistas realizadas em Somerset West, África do Sul,
dezembro de 2007 e junho de 2008.

# ADRIANA

*Senhora Nascimento, a senhora é de nacionalidade brasileira, mas passou muitos anos na África do Sul. Como foi que isso aconteceu?*

Fomos de Angola para a África do Sul, meu marido, eu e nossas duas filhas. Em Angola, meu marido trabalhava num jornal e eu tinha um trabalho no Balé Nacional. Mas aí, em 1973, o governo decretou estado de emergência e fechou o jornal dele. Queriam que ele fosse convocado para o exército também — estavam convocando todos os homens com menos de quarenta e cinco anos, mesmo os que não eram cidadãos. Não podíamos voltar para o Brasil, ainda era muito perigoso, não víamos futuro para nós em Angola, então fomos embora, tomamos um navio para a África do Sul. Não fomos os primeiros a fazer isso, nem os últimos.

*Por que a Cidade do Cabo?*

Por que a Cidade do Cabo? Nenhuma razão especial, a não ser que tínhamos um parente aqui, um primo de meu marido, dono de uma loja de frutas e verduras. Quando chegamos ficamos com ele e a família, foi difícil para todos nós, nove pessoas em três cômodos, enquanto esperávamos nossos documentos de residência. Então meu marido conseguiu um trabalho como guarda de segurança e pudemos mudar para um apartamento nosso. Foi num lugar chamado Epping. Uns meses depois, pouco antes da desgraça que acabou com tudo, nós mudamos de novo, para Wynberg, mais perto da escola das crianças.

*A que desgraça a senhora se refere?*

Meu marido estava trabalhando no turno da noite, como vigia de um armazém perto do cais. Era o único guarda. Houve um assalto — uma gangue invadiu. Ele foi atacado, bateram nele com um machado. Talvez fosse um facão, mas é mais provável que tenha sido um machado. Um lado do rosto dele afundou. Ainda acho difícil falar disso. Um machado. Atacar um homem no rosto com um machado porque ele está trabalhando. Não consigo entender.

*O que aconteceu com ele?*

Ele teve danos cerebrais. Morreu. Levou um longo tempo, quase um ano, mas ele morreu. Foi terrível.

*Sinto muito.*

É. Durante algum tempo, a empresa onde ele trabalhava continuou pagando o salário. Depois, o dinheiro parou de entrar. Ele não era mais responsabilidade deles, disseram, era responsabilidade do Serviço Social. Serviço Social! O Serviço Social nunca nos deu um tostão. Minha filha mais velha teve de sair da escola. Arrumou um emprego de empacotadora de supermercado. Isso nos dava 120 rands por semana. Eu arrumei um trabalho também, mas não consegui encontrar nada referente a balé, não estavam interessados no meu tipo de dança, então tive de dar aula num estúdio de dança. Latino-americana. A América Latina era popular na África do Sul naquela época. Maria Regina ficou na escola. Ela ainda tinha o resto daquele ano e o ano seguinte até prestar o vestibular. Maria Regina, minha filha mais nova. Eu queria que ela tivesse um diploma, para não ficar igual à irmã, no supermercado, arrumando latas nas prateleiras para o resto da vida. Ela era a inteligente. Adorava livros.

Em Luanda, meu marido e eu tínhamos nos esforçado para falar um pouco de inglês na mesa do jantar, um pouco de francês também, só para as meninas lembrarem que Angola não era o mundo, mas elas não aprenderam de verdade. Na escola na Cidade do Cabo, inglês era a disciplina mais fraca de Maria Regina. Então, eu matriculei minha filha num curso de inglês extracurricular. A escola tinha cursos extra à tarde, para crianças como ela, recém-chegadas. Foi aí que eu comecei a ouvir falar de mr. Coetzee, o homem sobre quem o senhor está perguntando, que, por sinal, não era um dos professores regulares, não, de jeito nenhum, era contratado pela escola para dar esses cursos extracurriculares.

Esse mr. Coetzee me parece africânder, eu disse para Maria Regina. Será que sua escola não tem dinheiro para contratar um professor de inglês de verdade? Quero que você aprenda inglês bem, com um inglês nato.

Eu nunca simpatizei com africânderes. Conhecia uma porção de africânderes em Angola, trabalhando nas minas ou como mercenários no exército. Eles tratavam os negros como lixo.

Eu não gostava disso. Na África do Sul, meu marido aprendeu umas palavras de africânder — teve de aprender, na empresa de segurança eram todos africânderes — mas quanto a mim, eu não gostava nem de ouvir a língua. Graças a Deus a escola não fez as meninas aprenderem africânder, teria sido demais.

Mr. Coetzee não é africânder, me disse Maria Regina. Ele usa barba. Escreve poesia.

Africânderes também têm barba, eu disse, não precisa ter barba para escrever poesia. Quero ver pessoalmente esse mr. Coetzee, não gosto do que ele parece ser. Fale para ele vir aqui ao apartamento. Fale para ele vir tomar chá conosco e mostrar que é um professor de verdade. Que poesia é essa que ele escreve?

Maria Regina começou a ficar nervosa. Ela estava numa idade em que as crianças não gostam que a gente interfira com sua vida escolar. Mas eu disse para ela, se eu estou pagando um curso extracurricular vou interferir o quanto eu quiser. Que tipo de poesia esse homem escreve?

Não sei, ela disse. Ele faz a gente recitar poesia. Faz a gente aprender de cor.

O que ele faz vocês decorarem?, perguntei. Me diga.

Keats, ela falou.

O que é Keats?, perguntei (nunca tinha ouvido falar de Keats, não conhecia nenhum desses escritores ingleses antigos, a gente não estudava a obra deles quando eu fui à escola).

Um letárgico torpor domina meus sentidos, Maria Regina recitou, como se cicuta eu tivera tomado. Cicuta é veneno. Ataca o sistema nervoso.

É isso que esse mr. Coetzee faz vocês aprenderem?, perguntei.

Está no livro, ela disse. É um dos poemas que a gente tem de aprender para o exame.

Minhas filhas estavam sempre reclamando que eu era muito rigorosa com elas. Mas eu não cedia nunca. Só vigiando as duas como um gavião eu podia evitar que tivessem problemas naquele país estranho, onde elas não estavam em casa, num continente para onde a gente não devia ter ido nunca. Joana era mais fácil, Joana era a boa menina, a quietinha. Maria Regina era mais inquieta, mais pronta a me desafiar. Eu tinha de manter Maria Regina com rédea curta, Maria com sua poesia e seus sonhos românticos.

Havia a questão do convite, do jeito certo de redigir um convite para o professor da filha visitar a casa dos pais para tomar chá. Falei com o primo de Mario por telefone, mas ele não ajudou nada. Então, acabei tendo de pedir à recepcionista do estúdio de dança para escrever a carta para mim. "Caro mr. Coetzee", ela escreveu, "sou mãe de Maria Regina Nascimento, que está no seu curso de inglês. O senhor está convidado a tomar chá em nossa residência" — dei o endereço — "no dia tal às tantas horas. O transporte da escola será providenciado. RSVP. Adriana Teixeira Nascimento."

Transporte era Manuel, o filho mais velho do primo de Mario, que costumava levar Maria Regina de carona para casa à tarde com a perua dele, depois que acabava as entregas. Seria fácil para ele pegar o professor também.

*Mario era seu marido.*

Mario. Meu marido, que morreu.

*Por favor, continue. Eu só queria ter certeza.*

Mr. Coetzee foi a primeira pessoa que convidamos para vir ao nosso apartamento — a primeira que não era da família do

Mario. Ele era apenas um professor — nós conhecemos muitos professores em Luanda e, antes de Luanda, em São Paulo; eu não sentia nenhuma estima especial por eles — mas para Maria Regina e mesmo para Joana professores eram deuses e deusas e eu não via razão para desiludir as duas. Na noite da véspera da visita, as meninas fizeram um bolo, cobriram com glacê e até escreveram em cima (elas queriam escrever *Welcome Mr. Coetzee*, mas eu mandei escreverem "St. Bonaventure 1974"). Elas fizeram também bandejas de biscoitinhos que no Brasil nós chamamos de *brevidades*.

Maria Regina estava muito excitada. *Volte para casa cedo, por favor, por favor!*, ouvi ela insistindo com a irmã. *Diga para a supervisora que você está doente!* Mas Joana não estava preparada para isso. Não era tão fácil conseguir dispensa, ela disse, eles descontam do salário se a gente não completa o turno.

Então Manuel trouxe mr. Coetzee ao nosso apartamento e eu logo vi que ele não era nenhum deus. Estava com seus trinta e poucos anos, eu calculei, malvestido, com o cabelo mal cortado e barba, quando não devia usar barba porque tinha a barba rala. Ele também me pareceu imediatamente, não sei dizer por que, um *célibataire*. Quer dizer não só solteiro, mas também não adequado ao casamento, como um homem que passou a vida no sacerdócio e perdeu a virilidade, ficou inapto para as mulheres. O comportamento dele também não era muito bom (estou falando das minhas primeiras impressões). Ele parecia pouco à vontade, louco para ir embora. Não tinha aprendido a esconder os sentimentos, o que é o primeiro passo para ter maneiras civilizadas.

"Quanto tempo faz que o senhor é professor, mr. Coetzee?", eu perguntei.

Ele se remexeu na cadeira, disse alguma coisa que eu não lembro mais sobre os Estados Unidos, sobre dar aula nos Estados

Unidos. Então, depois de mais algumas perguntas, veio à tona o fato de que ele nunca tinha dado aula em escola antes daquela, e — o que é pior — nem tinha diploma de professor. Claro que eu fiquei surpresa. "Se o senhor não tem diploma, como pode ser professor da Maria Regina?", perguntei. "Não entendo."

A resposta, que mais uma vez custou muito a sair, foi que para disciplinas como música, balé e línguas estrangeiras, as escolas podiam contratar pessoas que não tinham qualificações, ou pelo menos que não tinham diplomas de licenciatura. Essas pessoas não qualificadas não recebiam o mesmo salário que professores de verdade, eram pagas pela escola com dinheiro recolhido com pais como eu.

"Mas o senhor não é inglês", eu disse. Dessa vez não era uma pergunta, era uma acusação. Ali estava ele, contratado para ensinar a língua inglesa, pago com o meu dinheiro e o dinheiro de Joana, só que não era professor e, além do mais, era um africânder, não inglês.

"Concordo que não sou de ascendência inglesa", ele disse. "Mas falo inglês desde muito cedo e fui aprovado nos exames da universidade em inglês, portanto, acredito que possa ensinar inglês. Não há nada de especial com o inglês. É só uma língua entre muitas outras."

Foi isso que ele disse. Que inglês era apenas uma língua entre muitas. "Minha filha não vai ser como um papagaio que mistura línguas, mr. Coetzee", eu falei. "Quero que ela aprenda a falar inglês direito e com uma pronúncia inglesa adequada."

Felizmente para ele, foi nesse momento que Joana voltou para casa. Joana tinha já vinte anos na época, mas na presença de um homem ela ainda ficava tímida. Comparada com a irmã, ela não era uma beldade — olhe, esta foto é dela com o marido e os filhinhos deles, tirada algum tempo depois que a gente voltou para o Brasil, como o senhor pode ver, não é uma beldade, a beleza foi toda para a irmã — mas era uma boa moça e eu sempre soube que ela seria uma boa esposa.

Joana entrou na sala onde nós estávamos sentados, ainda com a capa de chuva no corpo (eu me lembro daquela capa comprida dela). "Minha irmã", Maria Regina falou, como se estivesse explicando quem era aquela nova pessoa, e não fazendo uma apresentação. Joana não disse nada, só pareceu intimidada, e quanto a mr. Coetzee, o professor, ele quase derrubou a mesinha de centro ao tentar levantar.

*Por que Maria Regina está embasbacada com esse homem bobo? O que ela vê nele?* Era uma pergunta que eu fazia a mim mesma. Não era nada difícil adivinhar o que um *célibataire* solitário podia ver na minha filha, que estava se transformando em uma autêntica beldade de olhos escuros, embora ainda fosse apenas uma criança, mas o que fazia Maria Regina decorar poemas para esse homem, coisa que ela nunca tinha feito para outros professores? Será que ele tinha sussurrado palavras que viraram a cabeça dela? Seria essa a explicação? Havia alguma coisa entre os dois que ela estava escondendo de mim?

Agora, se esse homem ficasse interessado em Joana, pensei comigo, seria outra história. Joana podia não ter cabeça para poesia, mas ao menos tinha os pés no chão.

"Este ano, Joana está trabalhando no Clicks", eu disse. "Para ganhar experiência. No ano que vem ela vai fazer um curso de gerência. Para ser gerente."

Mr. Coetzee fez que sim com a cabeça, distraído. Joana não disse nada.

"Tire o casaco, minha filha", eu disse, "e tome um chá." Normalmente nós não tomávamos chá, tomávamos café. Joana tinha trazido o chá no dia anterior para aquele nosso hóspede, chá Earl Grey se chamava, muito inglês, mas não muito gostoso, eu me perguntava o que íamos fazer com o resto do pacote.

"Mr. Coetzee é da escola", repeti para Joana, como se ela não soubesse. "Ele está nos contando que não é inglês, mas mesmo assim é professor de inglês."

"Não sou exatamente o professor de inglês", mr. Coetzee interrompeu, se dirigindo a Joana. "Sou o professor de inglês extracurricular. Isso quer dizer que fui contratado pela escola para ajudar alunos que estão com dificuldades no inglês. Tento fazer com que passem no vestibular. Então, sou uma espécie de treinador para o exame. O que seria uma descrição melhor do que eu faço, um nome melhor para mim."

"Temos de falar da escola?", disse Maria Regina. "É tão chato."

Mas o que nós estávamos falando não era nada chato. Doloroso, talvez, para mr. Coetzee, mas não chato. "Continue", eu disse a ele, ignorando Maria Regina.

"Não pretendo continuar como treinador para vestibular o resto da minha vida", ele disse. "É uma coisa que estou fazendo neste momento, uma coisa que por acaso estou qualificado a fazer, para ganhar a vida. Mas não é minha vocação. Não é o que fui chamado a fazer no mundo."

*Chamado a fazer no mundo*. Mais e mais estranho.

"Se quiser que eu explique minha filosofia de ensino, posso explicar", ele disse. "É bem breve, breve e simples."

"Continue", eu disse, "vamos ouvir sua breve filosofia."

"O que eu chamo de minha filosofia de ensino é, de fato, uma filosofia de aprendizado. É de Platão, modificada. Antes que o verdadeiro aprendizado possa ocorrer, eu acredito, tem de haver no coração do estudante um certo anseio pela verdade, um certo fogo. O verdadeiro estudante arde de desejo de aprender. No professor, ele reconhece, ou percebe, a pessoa que chegou mais perto da verdade do que ele próprio. Tanto ele deseja a verdade incorporada no professor, que está preparado a queimar sua antiga identidade para obter a verdade. De sua parte, o professor identifica e encoraja o fogo do estudante e reage a ele queimando com uma luz mais intensa. Assim, os dois juntos atingem um âmbito superior. Por assim dizer."

Ele fez uma pausa, sorrindo. Agora que tinha falado, parecia mais tranquilo. *Que homem estranho e vaidoso!*, pensei. *Ela se queimar! Quanta bobagem ele fala! E coisas perigosas! De Platão! Ele está gozando da gente?* Mas Maria Regina, eu percebi, estava inclinada para a frente, devorando o rosto dele com os olhos. Maria Regina não achava que ele estava brincando. *Isso não está bom!*, eu disse comigo.

"Isso não me parece filosofia, mr. Coetzee", eu disse, "me parece alguma outra coisa, não vou dizer o quê, uma vez que o senhor é nosso convidado. Maria, sirva o bolo agora. Joana, vá ajudar; e tire essa capa. Minhas filhas fizeram um bolo ontem à noite, em homenagem à sua visita."

No momento em que as meninas saíram da sala, fui direto ao assunto, falando baixinho para elas não escutarem. "Maria ainda é uma criança, mr. Coetzee. Estou pagando para ela aprender inglês e conseguir um bom diploma. Não estou pagando para o senhor brincar com os sentimentos dela. Está entendendo?" As meninas voltaram, trazendo o bolo. "Está entendendo?", repeti.

"Nós aprendemos o que queremos mais profundamente aprender", ele replicou. "Maria quer aprender — não quer, Maria?"

Maria ficou vermelha e sentou.

"Maria quer aprender", ele repetiu, "e ela está progredindo bastante. Tem facilidade para línguas. Talvez possa ser escritora algum dia. Que bolo maravilhoso!"

"É bom quando uma moça sabe cozinhar", eu disse, "mas é ainda melhor quando ela sabe falar bem inglês e tira boas notas no exame de inglês."

"Boa elocução, boas notas", ele disse. "Entendo perfeitamente o que a senhora deseja."

Depois que ele foi embora, depois que as meninas foram para a cama, sentei e escrevi para ele uma carta no meu inglês ruim, não tinha como evitar, não era o tipo de carta que pudesse mostrar para a minha amiga no estúdio.

*Respeitado Mr. Coetzee*, escrevi, *repito o que eu disse ao senhor durante sua visita. Foi empregado para ensinar inglês para minha filha, não para brincar com os sentimentos dela. Ela é uma criança, o senhor um adulto. Se deseja demonstrar seus sentimentos, demonstre fora da sala de aula. Atenciosamente,* ATN.

Foi o que eu disse. Pode não ser do jeito que se fala em inglês, mas é como se fala em português — sua intérprete vai entender. *Demonstre seus sentimentos fora da sala de aula* — não era um convite para ele vir atrás de mim, era um alerta para ele não ir atrás da minha filha.

Fechei a carta num envelope e escrevi o nome dele, *Mr. Coetzee / Saint Bonaventure*, e na segunda-feira de manhã coloquei na mala de Maria Regina. "Entregue para mr. Coetzee", falei, "entregue na mão dele."

"O que é?", Maria Regina perguntou.

"É um bilhete de um pai para o professor da filha, não é para você ler. Agora vá, senão perde o ônibus."

Claro que cometi um erro, não devia ter dito *não é para você ler*. Maria Regina tinha passado da idade em que, quando a mãe dá uma ordem, a gente obedece. Tinha passado dessa idade, mas eu ainda não sabia. Eu estava vivendo no passado.

"Entregou o bilhete para mr. Coetzee?", perguntei quando ela voltou para casa.

"Entreguei", ela disse, e mais nada. Não pensei que teria de perguntar: *Você abriu em segredo e leu antes de entregar para ele?*

No dia seguinte, para minha surpresa, Maria Regina trouxe um bilhete desse professor dela, não uma resposta ao meu, mas um convite: se nós todas gostaríamos de ir a um piquenique com ele e o pai. De imediato, eu ia recusar. "Pense um pouco", eu disse para Maria Regina, "você quer mesmo que as suas amigas na escola fiquem com a impressão de que você é a queridinha do professor? Quer mesmo que elas cochichem pelas suas costas?" Mas isso não pesou nada para ela, ela *queria* ser a queridinha do professor. Ela insistiu e insistiu e eu aceitei; Joana ficou do lado dela, então, afinal, eu disse sim.

Houve uma grande excitação em casa, prepararam uma porção de coisas, e Joana trouxe coisas do supermercado, de forma que quando mr. Coetzee veio nos buscar no domingo de manhã tínhamos conosco um cesto cheio de bolos, biscoitos e doces, suficiente para alimentar um exército.

Ele não veio nos buscar de carro, ele não tinha carro, não, ele veio de picape, do tipo aberto atrás, que no Brasil nós chamamos de caminhonete. Então as meninas, com suas roupas bonitas, tiveram de sentar atrás junto com a lenha, enquanto eu sentava na frente com ele e o pai.

Foi a única vez que encontrei o pai dele. O pai dele já era bem velho e trôpego, suas mãos tremiam. Achei que ele podia estar tremendo porque se viu sentado ao lado de uma mulher estranha, mas depois percebi que as mãos dele tremiam o tempo todo. Quando ele foi apresentado para a gente, ele disse "como vai?" muito gentilmente, muito cortês, mas depois se calou. O tempo todo que rodamos ele não falou, nem comigo, nem com o filho. Um homem muito quieto, muito humilde, ou talvez só assustado com tudo.

Rodamos para as montanhas — tivemos de parar para as meninas vestirem os casacos, porque elas estavam ficando com frio —, até um parque, não me lembro o nome agora, onde havia pinheiros e locais entre eles onde as pessoas podiam fazer piqueniques, só brancos, claro — um lugar bonito, quase vazio porque era inverno. Assim que escolhemos o nosso lugar, mr. Coetzee se pôs a descarregar a caminhonete e acender uma fogueira. Eu achei que Maria Regina ia ajudar, mas ela desapareceu, disse que queria explorar. Não era um bom sinal. Porque se as relações fossem *comme il faut* entre eles, só de professor com aluna, ela não teria tido vergonha de ajudar. Mas foi Joana quem se prontificou, Joana era muito boa naquilo, muito prática e eficiente.

Então lá estava eu, deixada para trás com o pai dele como se nós dois fôssemos os velhos, os avós! Eu achei difícil conversar com ele, como eu disse, ele não conseguia entender meu inglês e era tímido também com uma mulher; ou talvez ele simplesmente não entendesse quem era eu.

E então, antes mesmo de o fogo ter pegado bem, apareceram nuvens, escureceu e começou a chover. "É só uma pancada, já vai passar", disse mr. Coetzee. "Por que vocês três não entram na caminhonete?" Então, as meninas e eu nos abrigamos na caminhonete e ele e o pai se encolheram debaixo de uma árvore, esperamos a chuva passar. Mas é claro que não passou, continuou chovendo e aos poucos as meninas perderam a animação. "Por que tinha de chover *justo* hoje?", Maria Regina choramingou como um bebê. "Porque é inverno", eu disse a ela: "porque é inverno e gente inteligente, gente que tem os pés no chão não sai para fazer piquenique no meio do inverno".

O fogo que mr. Coetzee e Joana tinham acendido apagou. Toda a madeira agora estava molhada, de forma que jamais conseguiríamos assar nossa carne. "Por que não oferece os biscoitos que você fez?", falei para Maria Regina. Porque eu nunca tinha visto nada mais triste do que aqueles dois holandeses, pai e filho, sentados juntos, lado a lado, debaixo de uma árvore, tentando fingir que não estavam molhados e com frio. Uma coisa triste e engraçada também. "Ofereça os biscoitos e pergunte o que nós vamos fazer agora. Pergunte para eles se não gostariam de nos levar para dar um mergulho na praia."

Eu disse isso para fazer Maria Regina sorrir, mas só consegui fazer com que ficasse mais irritada; então, no fim, foi Joana quem saiu na chuva, conversou com eles e voltou com o recado de que logo ia parar de chover, nós voltaríamos para a casa deles e eles fariam chá para nós. "Não", eu disse a Joana. "Volte lá e diga para mr. Coetzee que não, não podemos ir tomar chá, ele tem de nos levar de volta direto para o apartamento, amanhã é segunda-feira e Maria Regina tem lição de casa que ela nem começou a fazer."

Claro que foi um dia infeliz para mr. Coetzee. Ele esperava causar uma boa impressão em mim; talvez quisesse também exibir para o pai as três lindas damas brasileiras que eram amigas dele; e em vez disso tudo o que ele conseguiu foi uma caminhonete cheia de gente molhada rodando debaixo de chuva. Mas para mim foi bom para Maria Regina ver como era o herói dela na vida real, aquele poeta que não conseguia nem acender uma fogueira.

Então essa é a história da nossa expedição às montanhas com mr. Coetzee. Quando finalmente voltamos a Wynberg, eu disse a ele, na frente do pai, na frente das meninas, o que eu tinha esperado o dia inteiro para dizer. "Foi muita gentileza sua nos convidar para sair, mr. Coetzee, o senhor foi muito cavalheiro", eu disse, "mas talvez não seja uma boa ideia um professor favorecer uma das meninas da classe entre todas as outras só porque ela é bonita. Não estou ralhando com o senhor, só pedindo que pense nisso."

Usei essas palavras: *Só porque ela é bonita*. Maria Regina ficou furiosa comigo por falar assim, mas quanto a mim, não me importava, contanto que ele entendesse.

Mais tarde, essa noite, quando Maria Regina já estava pronta para ir para a cama, Joana veio ao meu quarto. "*Mamãe*, você precisa ser tão dura com a Maria?", ela perguntou. "Sinceramente, não tem nada de ruim acontecendo."

"Nada de ruim?", eu perguntei. "O que você sabe do mundo? O que você sabe de ruindade? O que você sabe do que os homens fazem?"

"Ele não é um homem mau, *mamãe*", ela disse. "Você com certeza enxerga isso."

"Ele é um homem fraco", eu disse. "Um homem fraco é pior do que um homem ruim. Um homem fraco não sabe onde parar. Um homem fraco é incapaz diante dos próprios impulsos, vai aonde eles mandarem."

"*Mamãe*, nós todos somos fracos", disse Joana.

"Não, você está errada, eu não sou fraca", eu disse. "Onde nós estaríamos, você, Maria Regina e eu, se eu me permitisse ser fraca? Agora vá deitar. E não conte nada disso para Maria Regina. Nem uma palavra. Ela não vai entender."

Eu esperava que isso encerrasse o assunto mr. Coetzee. Mas não, um ou dois dias depois, chegou uma carta dele, não via Maria Regina dessa vez, mas pelo correio, uma carta formal, datilografada, o envelope datilografado também. Nela, ele primeiro se desculpava pelo fracasso do piquenique. Ele queria falar comigo em particular, disse, mas não tinha tido chance. Poderia vir me ver? Poderia vir ao apartamento, ou eu preferia encontrar com ele em algum outro lugar, talvez almoçarmos juntos? A questão que pesava para ele não era Maria Regina, ele queria deixar claro. Maria era uma moça inteligente, com bom coração; era um privilégio ser professor dela; eu podia ficar tranquila que ele nunca, *nunca* trairia a confiança que eu tinha depositado nele. Inteligente e bonita, sim — ele esperava que eu não me importasse de ele dizer isso. Porque beleza, beleza de verdade, era mais profunda, era a alma a se revelar através da carne; e de onde Maria Regina podia ter herdado sua beleza senão de mim?

[Silêncio.]

*E?*

Só isso. Era esse o conteúdo. Se podíamos nos encontrar sozinhos.

Claro que eu me perguntei de onde ele havia tirado a ideia de que eu ia querer me encontrar com ele, ou mesmo receber uma carta dele. Porque eu nunca disse uma palavra de encorajamento para ele.

*Então o que a senhora fez? Foi encontrar com ele?*

O que eu fiz? Não fiz nada e esperei que me deixasse em paz. Eu era uma mulher de luto, embora meu marido não estivesse morto, eu não queria as atenções de outros homens, principalmente de um homem que era professor de minha filha.

*Ainda tem essa carta?*

Não tenho nenhuma carta dele. Não guardei. Quando fomos embora da África do Sul fiz uma limpeza no apartamento e joguei fora todas as cartas e contas velhas.

*E a senhora não respondeu?*

Não.

*A senhora não respondeu e não permitiu que se desenvolvesse nenhuma outra — relação entre a senhora e Coetzee?*

O que é isso? Que perguntas são essas? O senhor vem lá da Inglaterra para conversar comigo, me diz que está escrevendo a biografia de um homem que foi por acaso professor de inglês da minha filha muitos anos atrás e agora, de repente, sente que tem permissão de me interrogar sobre as minhas "relações"? Que tipo de biografia o senhor está escrevendo? É como fofocas de Hollywood, segredos dos ricos e famosos? Se eu me recusar a discutir minhas pretensas relações com esse homem, o senhor vai dizer que estou fazendo segredo? Não, eu não tive, para usar suas palavras, nenhuma *relação* com mr. Coetzee. E digo mais. Para mim não era natural ter sentimentos por um homem como aquele, um homem que era tão frouxo. É, frouxo.

*Está sugerindo que ele era homossexual?*

Não estou sugerindo nada. Mas havia uma qualidade que ele não tinha e que uma mulher procura num homem, uma qualidade de força, de masculinidade. Meu marido tinha essa qualidade. Sempre teve, mas o tempo que passou na prisão aqui no Brasil, sob o poder dos *militares*, fez aflorar isso, muito embora ele não tenha ficado muito tempo na prisão, só seis meses. Depois desses seis meses, ele dizia, nada que seres humanos fizessem para outros seres humanos seria surpresa para ele. Coetzee não tinha uma experiência dessas por trás dele para testar sua masculinidade e ensinar sobre a vida. Por isso eu digo que ele era frouxo. Ele não era um homem, ainda era um menino.

[Silêncio.]

Quanto a homossexual, não, não digo que ele fosse homossexual, mas era, como eu contei, *célibataire* — não sei a palavra para isso em inglês.

*Um tipo solteirão? Sem sexo? Assexuado?*

Não, não sem sexo. Solitário. Não feito para a vida conjugal. Não feito para a companhia de mulheres.

[Silêncio.]

*A senhora mencionou que houve mais cartas.*

É, como eu não respondi, ele escreveu de novo. Escreveu muitas vezes. Ele talvez pensasse que se escrevesse bastante as palavras iam acabar me vencendo, como as ondas do mar gastam uma rocha. Eu enfiava as cartas dele na escrivaninha; algumas eu nem lia. Mas pensei comigo, *entre as muitas coisas que esse homem não tem, as muitas muitas coisas, uma é um tutor para lhe dar lições de amor*. Porque se você se apaixonou por uma mulher, você não senta e escreve para ela à máquina uma longa carta depois da outra, páginas e páginas, cada uma delas terminando com "Atenciosamente". Não, você escreve uma carta à mão, uma carta de amor propriamente dita e manda entregar para ela com um buquê de rosas vermelhas. Mas aí eu pensei, talvez seja assim que esses protestantes holandeses se comportam quando se apaixonam: prudentemente, com rodeios, sem fogo, sem graça. E sem dúvida seria assim que ele faria amor também, se algum dia tivesse a chance.

Guardei as cartas dele e não falei nada a respeito para as meninas. Foi um erro. Eu podia facilmente ter dito a Maria Regina, *Esse seu mr. Coetzee me escreveu um bilhete se desculpando pelo domingo. Ele falou que está contente com seu progresso no inglês*. Mas fiquei quieta, o que no fim das contas levou a muita confusão. Até hoje, eu penso, Maria Regina não esqueceu, nem perdoou.

O senhor entende essas coisas, mr. Vincent? É casado? Tem filhos?

*Sou, casado, sim. Tenho um filho, um menino. Vai fazer quatro anos no mês que vem.*

Meninos são diferentes. Não sei nada de meninos. Mas vou contar uma coisa, *entre nous*, que o senhor não vai repetir no seu livro. Eu adoro minhas filhas, mas amo Maria de um jeito diferente de Joana. Eu amo Maria, mas fui também muito crítica com ela quando cresceu. Com Joana eu nunca fui crítica. Joana era sempre muito simples, muito direta. Mas Maria é uma sedutora. Ela consegue — vocês usam essa expressão? — rodar um homem no dedinho. Se o senhor visse, ia entender o que eu digo.

*O que aconteceu com ela?*

Ela está no segundo casamento agora. Está morando nos Estados Unidos, em Chicago, com o marido americano. Ele é advogado num escritório de advocacia. Acho que ela é feliz com ele. Acho que ela fez as pazes com o mundo. Antes disso, Maria teve problemas pessoais de que não vou falar.

*Tem uma fotografia dela que eu talvez possa usar no livro?*

Não sei. Vou olhar. Vou ver. Mas está ficando tarde. Sua colega deve estar exausta. É, eu sei como é, ser intérprete. De fora, parece fácil, mas a verdade é que você tem de prestar atenção o tempo todo, não pode relaxar, o cérebro fica fatigado. Então paramos aqui. Desligue seu gravador.

*Podemos conversar de novo amanhã?*

Amanhã não é bom. Quarta-feira, sim. Não é uma história tão comprida, a minha história com mr. Coetzee. Desculpe se é uma decepção para o senhor. O senhor viajou tudo isso e agora descobre que não existiu nenhum grande caso amoroso com uma bailarina, só um breve entusiasmo, essa é a palavra que eu usaria, um breve entusiasmo unilateral que nunca deu em nada. Volte na quarta-feira à mesma hora. Eu ofereço um chá.

Da última vez, o senhor me perguntou de fotos. Procurei, mas como eu pensava, não tenho nenhuma daqueles anos na Cidade do Cabo. Mas deixe eu mostrar esta aqui. Foi tirada no aeroporto, no dia em que voltamos a São Paulo, por minha irmã, que foi nos encontrar. Está vendo, aqui estamos, as três. Esta é Maria Regina. A data é 1977, ela tinha dezoito anos, quase dezenove. Como pode ver, uma garota muito bonita com um lindo corpo. Esta é Joana e esta sou eu.

*Elas são bem altas, suas filhas. O pai delas era alto?*

Era, Mario era um homem alto. As meninas não são tão altas, só parecem altas porque estão ao meu lado.

*Bom, obrigado por me mostrar. Posso levar e mandar fazer uma cópia?*

Para o seu livro? Não, não posso permitir. Se quiser colocar Maria Regina no seu livro vai ter de falar com ela pessoalmente, eu não posso falar por ela.

*Eu gostaria de colocar uma foto de vocês três juntas.*

Não. Se quer fotos das meninas, tem de pedir para elas. Quanto a mim, não, resolvi que não. Vão entender errado. As pessoas vão achar que eu fui uma das mulheres da vida dele e nunca foi assim.

*Porém a senhora foi importante para ele. Ele estava apaixonado pela senhora.*

Isso é o que o senhor diz. Mas a verdade é que, se houve amor, não foi por mim, foi por alguma fantasia que ele sonhou na cabeça dele e batizou com meu nome. Acha que eu devia ficar lisonjeada de o senhor querer me colocar no seu livro como amante dele? Está errado. Para mim esse homem não era um escritor famoso, era só um professor, um professor que nem diploma tinha. Portanto, não. Nada de foto. O que mais? O que mais o senhor quer que eu diga?

*Da última vez, a senhora estava me contando das cartas que ele escreveu. Sei que disse que nem sempre lia essas cartas; mesmo assim, será que por um acaso a senhora lembra mais coisas que ele dizia nelas?*

Uma carta era sobre Franz Schubert — sabe, Schubert, o músico. Ele disse que ouvir Schubert tinha ensinado a ele os grandes segredos do amor: como podemos sublimar o amor do jeito que os químicos de antigamente sublimavam substâncias grosseiras. Me lembro da carta por causa da palavra *sublime* [sublimar]. Sublimar substâncias grosseiras: não fez sentido para mim. Procurei *sublime* no dicionário de inglês grande que comprei para as meninas. *To sublime*: aquecer alguma coisa e extrair sua essência. Temos a mesma palavra em português, "sublimar", embora não seja comum nessa acepção. Mas o que isso tudo queria dizer? Que ele ficava sentado de olhos fechados ouvindo a música de Schubert enquanto na cabeça aquecia o seu amor por mim, a sua *substância grosseira*, e transformava em alguma coisa superior, alguma coisa mais espiritual? Era uma bobagem, pior que bobagem. Isso não fez eu sentir amor por ele, ao contrário, me fez recuar.

Era com Schubert que ele tinha aprendido a sublimar amor, ele disse. Só depois que me conheceu foi que ele entendeu por que na música os movimentos são chamados de movimentos. *Movimento na imobilidade, imobilidade no movimento*. Essa foi outra frase que me confundiu a cabeça. O que ele queria dizer, e por que escrevia essas coisas para mim?

*A senhora tem boa memória.*

Tenho, não há nada errado com a minha memória. Meu corpo é outra história. Eu tenho artrite no quadril, por isso é que uso bengala. Maldição de bailarina, eu diria. E a dor — o senhor não acredita a dor que é! Mas me lembro muito bem da África do Sul. Me lembro do apartamento em que morávamos em Wynberg, onde mr. Coetzee foi tomar chá. Me lembro da montanha, a Table Mountain. O apartamento ficava bem no sopé da montanha, então não batia sol à tarde. Eu detestava Wynberg. Detestei todo o tempo que passei lá, primeiro quando meu marido estava no hospital e depois quando ele morreu. Era muito solitário para mim, nem sei dizer o quanto era solitário. Pior que Luanda, por causa da solidão. Se o seu mr. Coetzee me oferecesse amizade, eu não teria sido tão dura com ele, tão fria. Mas eu não estava interessada em amor, ainda estava muito próxima do meu marido, ainda triste por ele. E ele não passava de um rapaz, esse mr. Coetzee. Eu era uma mulher e ele era um rapaz. Ele era rapaz do mesmo jeito que um padre fica rapaz, até que de repente, um dia, vira velho. A sublimação do amor! Ele estava se oferecendo para me ensinar a amar, mas o que um rapaz como ele podia me ensinar, um rapaz que não sabia nada da vida? Eu podia ter ensinado a ele, talvez, mas não estava interessada nele. Só queria que ele não botasse as mãos em Maria Regina.

*A senhora diz que se ele tivesse oferecido amizade teria sido diferente. Que tipo de amizade a senhora tinha em mente?*

Que tipo de amizade? Vou dizer. Durante um longo tempo, depois que a desgraça se abateu sobre nós, a desgraça que eu contei ao senhor, eu tive de batalhar com a burocracia, primeiro pela indenização, depois pelos documentos de Joana — Joana nasceu antes de a gente se casar, então, legalmente, ela não era filha do meu marido, não era nem enteada, não vou aborrecer o senhor com os detalhes. Eu sei, em todos os países a burocracia é um labirinto, não estou dizendo que a África do Sul era a pior do mundo, mas eu passava dias inteiros esperando na fila para conseguir um carimbo — carimbo para isto, carimbo para aquilo — e sempre, *sempre* era o guichê errado, o departamento errado, o telefone errado.

Se nós fôssemos portuguesas teria sido diferente. Havia muitos portugueses indo para a África do Sul naquela época, de Moçambique e Angola, até da Madeira, havia organizações de ajuda aos portugueses. Mas nós éramos do Brasil e não havia regulamento para brasileiros, nenhum precedente, para os burocratas era como se a gente tivesse chegado de Marte ao país deles.

E havia o problema do meu marido. A senhora não pode assinar isso, seu marido tem de vir aqui e assinar, eles me diziam. Meu marido não pode assinar, está no hospital, eu dizia. Então leve isto para ele no hospital, faça ele assinar e traga de volta, me diziam. Meu marido não pode assinar nada, eu dizia, ele está no Stikland, já ouviu falar do hospital Stikland? Então ele que faça um X, diziam. Ele não pode fazer um X, às vezes não consegue nem respirar, eu dizia. Então não posso fazer nada, eles diziam: vá a tal e tal departamento e conte a sua história — talvez lá possam fazer alguma coisa pela senhora.

E todas essas petições e requerimentos eu tinha de fazer sozinha, sem ajuda, com o meu inglês ruim que aprendi na escola, nos livros. No Brasil teria sido fácil, no Brasil temos essas pessoas que chamamos de *despachantes*, facilitadores: eles têm contatos nos setores do governo, sabem como conduzir os documentos pelo labirinto, paga-se uma taxa e eles fazem todo o trabalho desagradável para a gente em dois minutos. Era disso que eu precisava na Cidade do Cabo: de um facilitador, alguém que facilitasse as coisas para mim. Mr. Coetzee podia ter se oferecido para ser meu facilitador. Facilitador para mim e protetor para minhas meninas. Então, por um minuto apenas, por um dia apenas, eu poderia ter me permitido ser fraca, ser uma mulher comum, fraca. Mas não, eu não ousava relaxar, senão o que seria de nós, de mim e de minhas filhas?

Às vezes, sabe, eu estava andando pelas ruas daquela cidade feia, ventosa, de repartição em repartição, e ouvia um gritinho sair da minha garganta, *yi-yi-yi*, tão baixinho que ninguém perto escutava. Eu estava agoniada. Como um animal chamando em agonia.

Me deixe contar sobre o coitado do meu marido. Quando abriram o armazém de manhã, depois do ataque, e encontraram meu marido caído em cima do próprio sangue, tinham certeza de que ele estava morto. Queriam levar direto para o necrotério. Mas ele não estava morto. Ele era um homem forte, ele lutou e lutou contra a morte e conseguiu escapar da morte. No hospital da cidade, eu esqueci o nome, aquele famoso, fizeram uma operação atrás da outra no cérebro dele. Depois, mudaram meu marido para o hospital que eu falei, aquele chamado Stikland, que ficava fora da cidade, uma hora de trem. Domingo era o único dia que permitiam visitas no Stikland. Então todo domingo de manhã eu pegava o trem na Cidade do Cabo e depois o trem de volta à tarde. Isso é outra coisa de que eu me lembro como se fosse ontem: essas viagens de ida e volta.

Meu marido não apresentava melhora, nenhuma mudança. Semana após semana, eu chegava e ele estava deitado exatamente na mesma posição que antes, com os olhos fechados e os braços dos lados do corpo. Mantinham a cabeça dele raspada, então dava para ver as marcas da costura no couro cabeludo. Durante um longo tempo também, o rosto dele ficou coberto com uma máscara metálica no lugar em que tinham feito um enxerto de pele.

Nesse tempo todo no Stikland, meu marido nunca abriu os olhos, nunca me viu, nunca me ouviu. Ele estava vivo, estava respirando, mas num coma tão profundo que era como se estivesse morto. Formalmente, eu podia não ser viúva, mas de minha parte eu já estava de luto por ele, por ele e por todos nós, perdida e desamparada naquela terra cruel.

Pedi para levar meu marido para o apartamento em Wynberg, para eu poder cuidar dele eu mesma, mas não liberaram. Ainda não tinham desistido, disseram. Esperavam que os choques elétricos que aplicavam em seu cérebro fossem de repente *resolver o assunto* (usaram essas palavras).

Então mantiveram meu marido no Stikland, aqueles médicos, para resolver o assunto com ele. Além disso, não ligavam a mínima para ele, um estrangeiro, um homem de Marte que devia ter morrido e não morreu.

Eu prometi a mim mesma, quando eles desistiram dos choques elétricos, que ia trazer meu marido para casa. Para ele morrer direito, se fosse isso que ele quisesse. Porque mesmo inconsciente, eu sabia que no fundo ele sentia a humilhação do que estava acontecendo com ele. E se ele pudesse morrer direito, em paz, então nós seríamos liberadas também, eu e minhas filhas. Então daríamos uma cuspida para essa terra atroz da África do Sul e iríamos embora. Mas não deixaram que ele saísse, até o fim.

Então eu sentava ao lado da cama dele, domingo após domingo. *Nunca mais uma mulher vai olhar com amor esse rosto mutilado*, eu dizia para mim mesma, *então pelo menos eu vou, sem tremer.*

Na cama ao lado, eu me lembro (eram pelo menos doze camas apertadas num quarto onde deviam caber seis), havia um velho tão magro, tão cadavérico que os ossos do pulso e do nariz dele parecia que iam atravessar a pele. Embora não tivesse visitas, ele estava sempre acordado toda vez que eu ia lá. Ele rolava os olhos azuis úmidos para mim. *Me ajude, por favor*, ele parecia dizer, *me ajude a morrer!* Mas eu não podia ajudar.

Maria Regina, graças a Deus, nunca visitou esse lugar. Um hospital psiquiátrico não é lugar para crianças. No primeiro domingo, pedi para Joana me acompanhar para ajudar com os trens que eu não conhecia. Mesmo Joana voltou perturbada, não só por ver o pai, mas também pelas coisas que viu naquele hospital, coisas que moça nenhuma precisa ver.

Por que ele tem de ficar aqui?, perguntei ao médico, aquele que falou de resolver o assunto. Ele não é louco — por que tem de ficar no meio de gente maluca? Porque nós temos instalações para esse tipo de caso, disse o médico. Porque nós temos equipamento. Eu devia ter perguntado de que equipamento ele estava falando, mas estava perturbada demais. Depois eu descobri. Ele estava falando do equipamento de choque elétrico, equipamento usado para provocar convulsões no corpo do meu marido, na esperança de *resolver o assunto* e ele voltar à vida.

Se fosse obrigada a passar um domingo inteiro naquela ala lotada, juro que eu também teria ficado louca. Eu fazia umas pausas, andava pelo terreno do hospital. Tinha um banco que era o meu favorito, debaixo de uma árvore, num canto isolado. Um dia, cheguei no meu banco e encontrei uma mulher sentada nele com um bebê ao lado. Na maioria dos lugares — em jardins públicos, plataformas de estação e tudo —, os bancos estavam sempre marcados *Brancos* e *Não brancos*; mas aquele ali não estava. Eu disse para a mulher: *Que bebê bonito*, alguma coisa assim, querendo ser simpática. Ela fez uma cara de medo. *Dankie, mies*, ela sussurrou, que queria dizer *Obrigado, senhorita*, pegou o bebê e foi embora.

*Eu não sou como eles*, eu queria gritar. Mas claro que não gritei.

Eu queria que o tempo passasse e não queria que o tempo passasse. Queria ficar ao lado de Mario e queria estar longe, livre dele. No começo, eu levava um livro, na esperança de sentar ao lado dele e ler. Mas não conseguia ler naquele lugar, não conseguia me concentrar. Pensava comigo, *Eu devia começar a fazer tricô. Podia fazer colchas inteiras enquanto espero passar este tempo grosso, pesado.*

Quando eu era moça, no Brasil, nunca havia tempo para tudo o que eu queria fazer. Agora o tempo era meu pior inimigo, o tempo que não passava. Como eu queria que tudo aquilo terminasse, aquela vida, aquela morte, aquela morte em vida! Que erro fatal nós tomarmos o navio para a África do Sul!

Então. Essa é a história de Mario.

*Ele morreu no hospital?*

Morreu lá. Podia ter vivido mais, tinha constituição forte, era um touro. Quando eles viram que não resolviam o assunto, porém, pararam de cuidar dele. Talvez tenham parado de alimentar também, não sei dizer com certeza, ele parecia sempre igual, não parecia mais magro. Mas para falar a verdade eu não me importei, nós queríamos nos livrar, todos nós, ele, eu e os médicos também.

Ele foi enterrado num cemitério não longe do hospital, esqueci o nome do lugar. Então, o túmulo dele é na África. Eu nunca voltei, mas penso nele às vezes, lá sozinho.

O que é o tempo? Estou tão cansada, tão triste. Fico sempre deprimida quando lembro daquela época.

*Vamos parar?*

Não, podemos continuar. Não tem muito mais para dizer. Vou falar das minhas aulas de dança, porque foi lá que ele me procurou, o seu mr. Coetzee. Então talvez o senhor possa responder uma pergunta para mim. E aí terminamos.

Eu não conseguia arrumar trabalho de verdade naquela época. Não havia abertura profissional para alguém como eu, que vinha do *balé folclórico*. Na África do Sul, as companhias só dançavam *O lago dos cisnes* e *Giselle*, para provar que eram europeias. Então arrumei o emprego que contei para o senhor, num estúdio de dança, ensinando dança latino-americana. A maioria dos meus alunos era o que eles chamavam de gente de cor. Durante o dia trabalhavam em lojas e escritórios, depois, à noite, iam ao estúdio aprender os passos latino-americanos mais modernos. Eu gostava deles. Eram gente boa, amiga, gentil. Tinham ilusões românticas sobre a América Latina, sobre o Brasil acima de tudo. Muitas palmeiras, muitas praias. No Brasil, eles pensavam, as pessoas como eles se sentiriam em casa. Eu não dizia nada para eles não se decepcionarem.

Todo mês havia uma nova leva, era esse o sistema do estúdio. Ninguém era recusado. Contanto que o aluno pagasse, eu ensinava. Um dia, quando entrei para conhecer uma classe nova, lá estava ele no meio dos alunos e o nome dele na lista: *Coetzee, John*.

Bom, nem sei dizer o quanto eu fiquei aborrecida. Se você é uma bailarina que dança em público, uma coisa é você ser perseguida por admiradores. Eu estava acostumada com isso. Mas aquilo era diferente. Eu não estava mais me apresentando, era só uma professora agora, tinha o direito de não ser incomodada.

Eu não falei "oi". Queria que ele entendesse logo que não era bem-vindo. O que ele estava pensando — que se dançasse na minha frente, o gelo do meu coração ia derreter? Que coisa maluca! E mais maluca ainda porque ele não tinha sensibilidade para dança, nenhuma aptidão. Vi isso desde o primeiro momento, pelo jeito de ele andar. Ele não estava à vontade com o próprio corpo. Ele se movimentava como se o corpo dele fosse um cavalo que estava montando, um cavalo que não gostava do cavaleiro e resistia. Só na África do Sul encontrei homens assim, duros, intratáveis, impossíveis de ensinar. Por que eles foram para a África, eu me perguntava — para a África, onde a dança nasceu? Teria sido melhor se ficassem na Holanda, sentados nos escritórios de contabilidade atrás dos diques, contando dinheiro com os dedos frios.

Eu dei minha aula como me pagavam para fazer, depois, quando a hora terminou, eu saí do prédio imediatamente pela porta dos fundos. Não queria falar com mr. Coetzee. Esperava que ele não voltasse.

Mas na manhã seguinte, lá estava ele de novo no meio dos alunos, seguindo obstinadamente as instruções, dando passos para os quais não tinha nenhuma sensibilidade. Dava para ver que ele não era popular entre os alunos. Eles tentavam evitar dançar com ele de parceiro. Quanto a mim, a presença dele na sala tirava todo meu prazer. Eu tentava ignorar a presença dele, mas ele não queria ser ignorado, me observava, devorava a minha vida.

No final da aula, pedi que ele ficasse na sala. "Por favor, pare com isso", falei. Ele olhou para mim sem protestar, mudo. Dava para sentir o cheiro do suor frio no corpo dele. Senti vontade de bater nele, de dar uma bofetada no rosto dele. "Pare com isso!", falei. "Pare de me seguir. Não quero ver você aqui outra vez. E pare de olhar para mim desse jeito. Pare de me forçar a humilhar você."

Eu podia dizer mais coisas, mas tive medo de perder o controle e começar a gritar.

Depois, falei com o homem que era dono do estúdio, o nome dele era Anderson. Tem um aluno na minha classe que está estragando a aula dos outros, eu disse — por favor, devolva o dinheiro dele e peça para não vir mais. Mas mr. Anderson não quis fazer isso. Se tem um aluno incomodando sua aula, você é que tem de dar um basta, ele disse. Esse homem não está fazendo nada de errado, falei, ele simplesmente é uma presença ruim. Você não pode expulsar um aluno só porque ele é uma presença ruim, mr. Anderson falou. Encontre outra solução.

Depois da aula seguinte, falei com ele de novo. Não havia nenhum lugar privado para ir, então falei com ele no corredor, com gente passando o tempo todo. "Isto aqui é o meu trabalho, você está perturbando meu trabalho", eu disse. "Vá embora daqui. Me deixe em paz."

Ele não respondeu, mas estendeu a mão e tocou meu rosto. Foi a primeira e única vez que ele tocou em mim. Eu fervi de raiva por dentro. Dei um tapa para afastar a mão dele. "Isto aqui não é nenhum jogo amoroso!", chiei. "Não vê que eu detesto você? Me deixe em paz e deixa minha filha em paz também, senão denuncio você para a escola!"

Era verdade: se ele não estivesse enchendo a cabeça de minha filha com bobagens perigosas, eu nunca teria convidado aquele homem para o nosso apartamento, e aquela maldita perseguição nunca teria começado. O que fazia um homem adulto, afinal, em uma escola de moças, o Saint Bonaventure, que era para ser uma escola de freiras, só que não tinha freira nenhuma?

E era verdade mesmo que eu detestava aquele homem. Não tinha medo de dizer isso. Ele me forçou a sentir isso.

Quando pronunciei essa palavra, *detesto*, ele simplesmente deu um pulo para trás, perplexo, como se não pudesse acreditar no que ouvia — que a mulher a quem ele estava se oferecendo pudesse rejeitar assim a oferta dele. Não senti nenhum prazer em ver aquela perplexidade, aquele desamparo. Eu não gostava nem da presença dele no salão de dança. Era como se ele estivesse nu: um homem dançando nu, que não sabia dançar. Eu queria gritar com ele. Queria bater nele. Queria chorar.

[Silêncio.]

Não era essa a história que o senhor queria ouvir, não é? Queria ouvir outra história para o seu livro. Queria ouvir sobre o romance entre o seu herói e a linda bailarina estrangeira. Bom, não estou lhe dando o seu romance, estou dando a verdade. Talvez verdade demais. Talvez tanta verdade que não haja espaço para isso em seu livro. Não sei. Não me interessa.

*Continue. O que vem à tona com sua história não é um retrato muito digno de Coetzee, não posso negar, mas não vou mudar nada, prometo.*

Não digno, o senhor diz. Bom, é a isso que a gente se arrisca quando se apaixona. A gente se arrisca a perder a dignidade.

[Silêncio.]

De qualquer forma, voltando a mr. Anderson. Tire esse homem da minha classe, senão eu peço demissão, eu falei. Vou ver o que posso fazer, disse mr. Anderson. Todo mundo tem de lidar com alunos difíceis, você não é a única. Ele não é difícil, falei, ele é louco.

Ele era louco? Não sei. Mas com toda certeza tinha uma *idée fixe* a meu respeito.

No dia seguinte, fui até a escola da minha filha, como tinha avisado a ele que iria, e pedi para falar com a diretora. A diretora estava ocupada, me disseram. Eu espero, eu falei. Esperei uma hora na secretaria. Nem uma palavra amiga. Nem *Aceita uma xícara de chá, mrs. Nascimento*? Depois, afinal, quando ficou claro que eu não iria embora, eles cederam e me deixaram ver a diretora.

"Vim aqui falar com a senhora sobre as aulas de inglês da minha filha", eu disse. "Gostaria que minha filha continuasse com as aulas, mas queria que ela tivesse um professor de inglês com qualificação adequada. Se precisar pagar mais caro, eu pago."

A diretora pegou uma pasta num arquivo. "Segundo mr. Coetzee, Maria Regina está fazendo grandes progressos com o inglês", ela disse. "Outros professores confirmam isso. Então qual é o problema exatamente?"

"Não posso contar à senhora qual é o problema", eu disse. "Só quero é que ela tenha outro professor."

Essa diretora não era nenhuma boba. Quando eu disse que não podia contar qual era o problema, ela entendeu na hora qual era o problema. "Mrs. Nascimento", ela disse, "se estou entendendo bem, a senhora está fazendo uma queixa muito séria. Mas não posso tomar nenhuma atitude para atender sua queixa, a menos que a senhora esteja disposta a ser mais específica. Está reclamando da atitude de mr. Coetzee com sua filha? Está me dizendo que há alguma coisa inconveniente no comportamento dele?"

Ela não era nenhuma boba, mas eu também não sou boba. *Inconveniente*: o que isso quer dizer? Será que eu queria fazer uma acusação contra mr. Coetzee, assinar meu nome e depois me ver numa corte, interrogada por um juiz? Não. "Não estou fazendo nenhuma reclamação contra mr. Coetzee", eu disse, "só estou pedindo à senhora, havendo uma professora de inglês de verdade, se Maria Regina poderia ter aulas com ela."

A diretora não gostou. Sacudiu a cabeça. "Isso não é possível", disse. "Mr. Coetzee é o único professor, a única pessoa no nosso quadro de funcionários que dá aulas extracurriculares de inglês. Não existe nenhuma outra classe para a qual Maria Regina possa mudar. Não temos esse luxo, mrs. Nascimento, de oferecer a nossas alunas uma gama de professores para escolher. E além disso, com todo respeito, posso pedir à senhora que reflita, a senhora está em condições de julgar o ensino de mr. Coetzee, se é apenas o padrão do ensino dele que estamos discutindo?"

Sei que o senhor é inglês, mr. Vincent, então não tome isso como coisa pessoal, mas existe um certo jeito inglês que me deixa furiosa, que enfurece muita gente, no qual o insulto vem encoberto por palavras bonitas, como açúcar numa pílula. *Dago* [gringa]: acha que eu não conheço essa palavra, mr. Vincent? *Sua dago portugoose!** — ela estava dizendo — *Como ousa vir aqui criticar minha escola! Volte para as favelas de onde saiu!*

* *Dago*, gíria, termo utilizado para se referir ofensivamente a imigrantes de origem espanhola, portuguesa e latinos em geral. *Portugoose*, literalmente, portu*ganso*, seria o singular de *portugeese* [portu*gansos*], sonoridade quase idêntica ao patronímico *portuguese*. (N. E.)

"Sou eu a mãe de Maria Regina", falei, "e só eu posso dizer o que é ou não é bom para a minha filha. Não vim criar problemas para a senhora, para mr. Coetzee ou para qualquer pessoa, mas estou lhe dizendo que Maria Regina não vai continuar nas aulas desse homem, essa é a minha palavra final. Pago para minha filha frequentar uma boa escola, uma escola para moças, não quero que ela esteja numa classe em que o professor não é um professor de verdade, ele não tem qualificação, nem inglês é, ele é um bôer."

Talvez eu não devesse ter usado essa palavra, era igual a *dago*, mas eu estava zangada, tinha sido provocada. *Bôer*: naquele escritoriozinho dela foi como uma bomba. Uma palavra bomba. Mas não tão ruim como *louco*. Se eu tivesse chamado de louco o professor de Maria Regina, com seus poemas incompreensíveis e sua conversa de fazer os alunos queimarem numa luz mais intensa, então a sala teria realmente explodido.

O rosto da mulher ficou rígido. "Compete a mim e ao conselho da escola, mrs. Nascimento", ela disse, "resolver quem está ou não qualificado a ensinar nesta escola. No meu entender e no entender do conselho, mr. Coetzee, que tem um diploma universitário em inglês, está devidamente qualificado para o trabalho que faz. Pode tirar sua filha da classe dele, se quiser, de fato pode tirar sua filha da escola, está em seu direito. Mas não se esqueça que será sua filha que irá sofrer as consequências."

"Vou tirar minha filha da classe desse homem, não vou tirar minha filha da escola", respondi. "Quero que ela tenha uma boa educação. Vou procurar sozinha um professor de inglês para ela. Obrigada por me receber. A senhora acha que eu não passo de uma pobre refugiada que não entende de nada. Está errada. Se eu contasse a história toda, a senhora veria como está errada. Até logo."

Refugiada. Ficavam me chamando de refugiada naquele país deles, quando tudo o que eu queria era escapar de lá.

No dia seguinte, quando Maria Regina voltou da escola, despencou uma verdadeira tempestade em cima da minha cabeça. "Como você pôde fazer isso, *mãe?*", ela gritou para mim. "Como pôde fazer isso pelas minhas costas? Por que você sempre se intromete na minha vida?"

Fazia semanas e meses, desde que mr. Coetzee tinha feito sua aparição, que as relações entre mim e Maria Regina andavam tensas. Mas nunca antes minha filha havia usado essas palavras comigo. Tentei acalmar a menina. Nós não éramos como outras famílias, eu disse. Outras meninas não estão com o pai no hospital e a mãe tendo de se humilhar para ganhar uns tostões para que uma filha que não mexe um dedo na casa, nem agradece nada, possa ter aulas extra disto e aulas extra daquilo.

Não era verdade, claro. Eu não podia querer filhas melhores do que Joana e Maria Regina, meninas sérias, trabalhadoras. Mas às vezes é preciso ser um pouco áspera, mesmo com quem a gente ama.

Maria Regina não escutou nada do que eu disse, estava tão furiosa. "Odeio você!", ela gritou. "Pensa que eu não sei por que está fazendo isso? É porque está com ciúme, porque não quer que eu veja mr. Coetzee, porque quer ficar com ele para você!"

"*Eu* com ciúmes de *você*? Que bobagem! Por que eu haveria de querer esse homem para mim, esse homem que nem é homem de verdade? É, estou dizendo que ele não é homem de verdade! O que você sabe de homens, você, uma criança? Por que acha que esse homem quer estar no meio de mocinhas? Acha que isso é normal? Por que você acha que ele estimula suas divagações, suas fantasias? Não deviam deixar homens assim chegar nem perto de uma escola. E você... você devia ser grata por eu estar salvando você. Mas em vez disso, você grita comigo e me acusa, eu, sua mãe!"

Vi os lábios dela se mexendo sem som, como se não houvesse palavras suficientemente amargas para o que tinha no coração. Então ela se virou e saiu correndo da sala. Um momento depois voltou, sacudindo as cartas que esse homem, esse professor dela, tinha mandado para mim, que eu tinha guardado na escrivaninha por nenhuma razão especial, porque com certeza não dava nenhum valor para aquilo. "Ele escreve cartas de amor para você!", ela gritou. "E você responde com cartas de amor para ele! É nojento! Se ele não é normal, por que você escreve cartas de amor para ele?"

Claro que o que ela estava dizendo não era verdade. Eu não escrevi cartas de amor para ele, nem uma. Mas como eu podia fazer minha pobre filha acreditar naquilo? "Como você se atreve?", perguntei. "Como você se atreve a fuçar nas minhas coisas?"

Como eu queria, naquele momento, ter queimado aquelas cartas dele, cartas que eu nunca pedi!

Maria Regina estava chorando. "Queria não ter ouvido você", ela soluçava. "Queria não ter convidado ele para vir aqui. Você estraga tudo."

"Minha filha querida!", eu disse e abracei Maria Regina. "Eu nunca escrevi carta nenhuma para mr. Coetzee, você tem de acreditar. Ele escreveu, sim, cartas para mim, não sei por que, mas eu nunca respondi. Não estou interessada nele desse jeito, nem um pouco. Ele não serve para você. É um homem adulto e você ainda é uma criança. Vou arrumar outro professor para você. Vou arrumar um professor particular que venha aqui no apartamento e ajude você. Vamos dar um jeito. Um professor não é caro. Vamos arrumar alguém que seja qualificado e saiba preparar você para o vestibular. Então podemos esquecer toda essa história infeliz."

Então, a história é essa, a história toda, das cartas e dos problemas que as cartas dele me provocaram.

*Não recebeu mais cartas?*

Recebi mais uma, mas não abri. Escrevi no envelope DEVOLVER AO REMETENTE e deixei no saguão para o carteiro levar. "Está vendo?", falei para Maria Regina. "Está vendo o que eu acho das cartas dele?"

*E as aulas de dança?*

Ele parou de ir. Mr. Anderson falou com ele e ele parou de ir. Talvez tenha até devolvido o dinheiro dele, não sei.

*Encontrou outro professor para Maria Regina?*

Encontrei, sim, uma professora, uma senhora, professora aposentada. Custou dinheiro, mas o que importa o dinheiro quando o futuro de um filho está em jogo?

*Acabou assim, então, o seu contato com John Coetzee?*

Foi. Exatamente assim.

*Nunca mais esteve com ele, nunca ouviu falar dele?*

Nunca mais estive com ele. E cuidei para Maria Regina nunca encontrar com ele. Ele podia estar cheio de bobagens românticas, mas era holandês demais para arriscar. Quando ele se deu conta de que eu estava falando sério, não fazendo algum jogo amoroso, ele desistiu. Nos deixou em paz. A grande paixão dele acabou não sendo assim tão grande. Ou talvez ele tenha encontrado alguma outra pessoa por quem se apaixonar.

*Talvez. Talvez não. Talvez ele tenha mantido a senhora viva no coração. Ou a ideia da senhora.*

Por que diz isso?

[Silêncio.]

Bom, talvez. O senhor é que estudou a vida dele, deve saber mais. Para algumas pessoas, não importa por quem estão apaixonados, contanto que estejam apaixonados. Talvez ele fosse assim.

[Silêncio.]

*Em retrospecto, como a senhora vê todo o episódio? Ainda sente raiva dele?*

Raiva? Não. Eu entendo que um jovem solitário e excêntrico como mr. Coetzee, que passava os dias lendo velhos filósofos e fazendo poemas, possa ter se apaixonado por Maria Regina, que era uma beleza de verdade e iria partir muitos corações. Não é tão fácil entender o que Maria Regina viu nele; mas ela era jovem e impressionável, e ele elogiava, fazia ela pensar que era diferente das outras meninas e que tinha um grande futuro.

Então, quando ela trouxe mr. Coetzee em casa e ele me viu, entendo que ele possa ter mudado de ideia e resolvido fazer de mim o seu verdadeiro amor. Não estou dizendo que eu fosse uma grande beleza, e é claro que eu não era mais jovem, mas Maria Regina e eu temos o mesmo tipo: a mesma ossatura, o mesmo cabelo, os mesmos olhos escuros. E é mais prático — não é? — amar uma mulher do que amar uma menina. Mais prático, menos perigoso.

O que ele queria de mim, de uma mulher que não reagia a ele e não lhe dava nenhum encorajamento? Ele esperava ir para a cama comigo? Que prazer pode haver para um homem em dormir com uma mulher que não quer esse homem? Porque, sinceramente, eu não queria esse homem, por quem não tinha a menor fagulha de sentimento. E como seria se eu tivesse me interessado pelo professor da minha filha? Conseguiria manter isso em segredo? Com certeza não de Maria Regina. Teria sido uma vergonha para mim diante de minhas filhas. Mas quando eu estivesse sozinha com ele, estaria pensando: *Não é a mim que ele deseja, é Maria Regina, que é jovem e bonita, mas proibida a ele.*

Mas talvez o que ele quisesse fosse ficar com nós duas, Maria Regina e eu, mãe e filha — talvez essa fosse a fantasia dele, não sei dizer, não posso enxergar dentro da cabeça dele.

Me lembro, do tempo em que eu era estudante, que o existencialismo estava na moda, nós todos tínhamos de ser existencialistas. Mas para ser aceito como existencialista, você tinha primeiro de provar que era um libertino, um extremista. *Não respeitar nenhum limite! Ser livre!* — isso era o que nos diziam. Mas como posso ser livre, eu me perguntava, se estou obedecendo à ordem de ser livre dada por alguém?

Coetzee era assim, eu acho. Ele tinha resolvido ser existencialista, romântico, libertino. O problema era que isso não vinha de dentro dele e portanto ele não sabia como. Liberdade, sensualidade, amor erótico — tudo isso era apenas uma ideia na cabeça dele, não um impulso enraizado em seu corpo. Ele não tinha dom para isso. Não era um ser sensual. E de qualquer forma, desconfio que secretamente ele gostava quando uma mulher era fria e distante.

*A senhora diz que resolveu não ler a última carta dele. Lamenta-se por essa decisão?*

Por quê? Por que deveria lamentar?

*Porque Coetzee era um escritor que sabia usar as palavras. E se a carta que a senhora não leu contivesse palavras que comovessem a senhora ou até mesmo mudassem os seus sentimentos por ele?*

Mr. Vincent, para o senhor, John Coetzee é um grande escritor e um herói, eu admito isso, senão por que o senhor estaria aqui, por que mais estaria escrevendo esse livro? Para mim, por outro lado — desculpe dizer isso, mas ele está morto, então não vou magoar os sentimentos dele —, para mim ele não é nada. Ele não é nada, não foi nada, só uma irritação, um estorvo. Ele não era nada e as palavras dele não eram nada. Estou vendo que está chateado comigo porque estou fazendo ele parecer um bobo. Mas para mim ele realmente foi um bobo.

Quanto às cartas dele, escrever cartas para uma mulher não prova que você ama essa mulher. Esse homem não estava apaixonado por mim, ele estava apaixonado por alguma ideia de mim, por alguma fantasia de uma amante latina que ele inventou na cabeça dele. Eu queria que, em vez de mim, ele tivesse encontrado alguma outra escritora, alguma outra fantasista por quem se apaixonar. Então os dois podiam ter sido felizes, fazendo amor o dia inteiro com as ideias um do outro.

O senhor acha que eu sou cruel de falar assim, mas não sou, sou apenas uma pessoa prática. Quando o professor de língua de minha filha, um estranho total, me manda cartas cheias de suas ideias sobre isto e ideias sobre aquilo, sobre música, química e filosofia, anjos, deuses e não sei mais o quê, página após página, e poemas também, eu não leio isso tudo e memorizo para futuras gerações, tudo o que eu quero saber é uma coisa simples e prática que é: O *que está acontecendo entre esse homem e a minha filha que não passa de uma criança*? Porque — desculpe eu dizer isso — por baixo de todas as belas palavras o que um homem quer de uma mulher é geralmente muito básico e muito simples.

*A senhora disse que havia poemas também?*

Eu não entendia os poemas. Maria Regina era que gostava de poesia.

*Não se lembra nada deles?*

Eram muito modernistas, muito intelectuais, muito obscuros. Por isso é que eu digo que foi tudo um grande erro. Ele achou que eu era o tipo de mulher com quem você fica deitado na cama no escuro, discutindo poesia; mas eu não era assim. Eu era uma esposa e mãe, a esposa de um homem trancado num hospital que era como se fosse uma prisão ou um cemitério, e mãe de duas meninas que eu tinha, de alguma forma, de manter em segurança em um mundo em que, quando as pessoas querem roubar seu dinheiro, elas usam um machado. Eu não tinha tempo de sentir pena por aquele jovem ignorante que estava se jogando aos meus pés, se humilhando na minha frente. E francamente, se eu quisesse um homem, não seria um homem como ele.

Porque posso garantir uma coisa — estou atrasando o senhor, me desculpe —, eu posso garantir ao senhor, eu não era insensível, longe disso. Não vá embora com uma falsa impressão a meu respeito. Eu não estava morta para o mundo. De manhã, quando Joana estava trabalhando e Maria Regina na escola e os raios de sol brilhavam naquele nosso apartamentinho, que era sempre tão escuro e triste, eu às vezes parava no sol diante da janela aberta, ouvindo os passarinhos, sentindo o calor no rosto e no peito; e em momentos assim eu sentia vontade de ser mulher outra vez. Eu não estava velha demais, estava apenas esperando. Então. Basta. Obrigada por escutar.

*A senhora disse da última vez que queria me fazer uma pergunta.*

É, eu esqueci, quero fazer uma pergunta. É a seguinte. Eu nem sempre erro sobre as pessoas, então me diga, eu estou errada sobre John Coetzee? Porque para mim, francamente, ele não era ninguém. Ele não era um homem de substância. Talvez ele pudesse escrever bem, talvez tivesse certo talento com as palavras, eu não sei, nunca li os livros dele, nunca tive curiosidade de ler. Sei que depois ele ficou muito famoso; mas ele é mesmo um grande escritor? Porque no meu entender, talento com as palavras não basta se você quer ser um grande escritor. Você tem de ser também um grande homem. E ele não era um grande homem. Ele era um pequeno homem, um pequeno homem sem importância. Não posso lhe dar uma lista de razões A-B-C-D de por que eu digo isso, mas essa foi a minha impressão desde o começo, desde o momento em que pus os olhos nele, e nada do que aconteceu depois mudou isso. Então recorro ao senhor. O senhor estudou a obra dele profundamente, está escrevendo um livro sobre ele. Me diga: qual a sua avaliação dele? Eu estava errada?

*Minha avaliação dele como escritor ou minha avaliação dele como ser humano?*

Como ser humano.

*Não sei dizer. Eu relutaria em passar um julgamento sobre alguém que nunca encontrei cara a cara. Homem ou mulher. Mas eu acho que, no momento em que conheceu a senhora, Coetzee estava solitário, anormalmente solitário. Talvez isso explique certas — como dizer? — certas extravagâncias de comportamento.*

Como sabe disso?

*Pelos registros que ele deixou. Juntando dois e dois. Ele estava um tanto solitário e um tanto desesperado.*

É, mas nós todos somos um pouco desesperados, isso é a vida. Se a pessoa é forte, vence o desespero. Por isso é que eu pergunto: como pode alguém ser um grande escritor se é apenas um homem comum? Sem dúvida é preciso ter uma certa chama interna que nos diferencie das pessoas que andam na rua. Talvez nos livros dele, quando se lê, dê para ver essa chama. Mas para mim, nas vezes em que estive com ele nunca senti fogo nenhum. Ao contrário, ele me pareceu — como posso exprimir isso? — morno.

*Concordo com a senhora até certo ponto.* Fogo *não é a primeira palavra que vem à mente quando se pensa nos livros dele. Mas ele tinha outras virtudes, outras forças. Por exemplo, eu diria que ele era firme. Que tinha um olhar firme. Ele não se deixava enganar facilmente pelas aparências.*

Para um homem que não se deixava enganar pelas aparências, ele se apaixonava com bastante facilidade, não acha?

[Risos.]

*Mas talvez, quando ele se apaixonava, ele não se enganasse. Talvez ele visse coisas que outras pessoas não viam.*

Numa mulher?

*É, numa mulher.*

[Silêncio.]

O senhor me diz que ele estava apaixonado por mim, mesmo depois de eu mandar que fosse embora, mesmo depois de eu ter esquecido que ele existia. É isso que o senhor julga firmeza? Porque para mim isso parece apenas burrice.

*Eu acho que ele era* dogged [obstinado]. *Uma palavra muito inglesa. Não sei se existe um equivalente em português. Como um buldogue que agarra com os dentes e não solta mais.*

Se o senhor está dizendo, eu tenho de acreditar. Mas ser como um cachorro — isso é admirável, em inglês?

[Risos.]

Sabe, na minha profissão, em vez de só ouvir palavras, a gente gosta de ver o jeito como as pessoas se mexem, o jeito de elas se portarem. É o nosso jeito de chegar à verdade, e não é um jeito ruim. O seu mr. Coetzee pode ter tido um talento com as palavras mas, como eu contei, não conseguia dançar. Ele não conseguia dançar — essa é uma das frases que eu me lembro da África do Sul, Maria Regina me ensinou — *ele não conseguia dançar para salvar a própria vida.*

[Risos.]

*Mas falando sério, senhora Nascimento, muitos grandes homens não dançavam bem. Se é preciso dançar bem para ser um grande homem, então Gandhi não era um grande homem, Tolstói não era um grande homem.*

Não, o senhor não está ouvindo o que eu digo. Estou falando muito sério. Conhece a palavra *desencarnado*? Esse homem era desencarnado. Ele estava divorciado do próprio corpo. Para ele, o corpo era como um daqueles títeres de madeira que se mexem com cordinhas. Você puxa uma cordinha e o braço esquerdo mexe, puxa outra corda e a perna direita mexe. E o verdadeiro eu fica sentado no alto, onde não pode ser visto, como um mestre titereiro puxando as cordinhas.

Agora esse homem vem a mim, à professora de dança. *Me mostre como se dança!*, ele implora. Então eu mostro, mostro como se movimentar na dança. *Então*, digo a ele — *mexa o pé assim e depois assim*. Ele escuta e diz para si mesmo: *Ahá, ela está dizendo para puxar a cordinha vermelha e depois a cordinha azul!* — *Vire o ombro assim*, eu digo a ele, e ele diz para si mesmo: *Ahá, ela está dizendo para puxar a cordinha verde!*

Mas não é assim que se dança! Não é assim que se dança! Dança é encarnação. Na dança não é o mestre titereiro na cabeça que comanda e o corpo acompanha, é o corpo sozinho que comanda, o corpo com sua alma, o corpo-alma. Porque o corpo sabe! Sabe! Quando o corpo sente o ritmo por dentro, ele não precisa pensar. É assim que nós somos se somos humanos. Por isso é que títeres de madeira não podem dançar. A madeira não tem alma. A madeira não sente o ritmo.

Então eu pergunto: como pode esse seu homem ser um grande homem se ele não é humano? É uma pergunta séria, não é mais uma piada. Por que o senhor acha que eu, como mulher, não consegui reagir a ele? Por que acha que fiz tudo o que pude para manter minha filha longe dele enquanto ela ainda era jovem, sem nenhuma experiência pela qual se orientar? Porque de um homem desses não pode vir nenhum bem. Amor: como se pode ser um grande escritor quando não se sabe nada de amor? Acha que eu posso ser uma mulher e não saber nos meus ossos que tipo de amante um homem será? Vou dizer uma coisa, eu tremo de frio quando penso, sabe, na intimidade com um homem daqueles. Não sei se ele se casou, mas se casou eu estremeço pela mulher que casou com ele.

*É, está ficando tarde, foi uma longa tarde, minha colega e eu temos de ir embora. Obrigado, senhora Nascimento, pelo tempo que a senhora tão generosamente dedicou a nós. Foi muito gentil de sua parte. A senhora Gross vai transcrever nossa conversa e retocar a tradução, depois disso eu mando o texto para a senhora ver se tem alguma coisa que gostaria de mudar, acrescentar ou cortar.*

Entendo. Claro que o senhor me oferece mudar a história, posso acrescentar ou cortar. Mas quanto eu posso mudar? Posso mudar o rótulo que tenho no pescoço que diz que eu fui uma das mulheres de Coetzee? O senhor me deixa tirar esse rótulo? Me deixa rasgar esse rótulo? Acho que não. Porque isso destruiria seu livro e o senhor não iria permitir isso.

Mas eu serei paciente. Vou esperar para ver o que me manda. Talvez — quem sabe? — o senhor leve a sério o que eu contei. Além disso — vou confessar —, estou curiosa para ver o que as outras mulheres na vida desse homem contaram para o senhor, as outras mulheres com rótulos no pescoço — se elas também acharam que esse amante delas era feito de madeira. Porque, sabe, é assim que eu acho que devia se chamar o seu livro: *O homem de madeira*.

[Risos.]

Mas me diga uma coisa, a sério de novo, esse homem que não sabia nada de mulheres alguma vez escreveu sobre mulheres, ou só escreveu sobre homens obstinados como ele próprio? Pergunto porque, como eu disse, não li nada dele.

*Ele escreveu sobre homens e escreveu sobre mulheres também. Por exemplo — isso pode interessar a senhora —, há um livro chamado* Foe [Inimigo] *em que a heroína passa um ano como náufraga numa ilha na costa do Brasil. Na versão final ela é inglesa, mas na primeira ele fez dela uma* brasileira.

E que tipo de mulher era essa *brasileira* dele?

*Como posso dizer? Tem muitas qualidades boas. É bonita, é talentosa, tem uma vontade de ferro. Ela vasculha o mundo inteiro atrás da filha jovem que desapareceu. Esse é o corpo do romance: a busca dessa mulher para recuperar sua filha, o que elimina todas as outras preocupações. A mim parece uma heroína admirável. Se eu fosse o original de um personagem assim, ficaria orgulhoso.*

Vou ler esse livro e ver por mim mesma. Como é o título?

Foe, *escreve-se* F-O-E. *Foi traduzido para o português, mas a tradução provavelmente está esgotada agora. Posso mandar para a senhora um exemplar em inglês, se quiser.*

Mande, mande sim. Faz muito tempo que não leio um livro em inglês, mas estou interessada em ver o que esse homem de madeira fez de mim.

[Risos.]

Entrevista realizada em São Paulo, Brasil,<br>em dezembro de 2007.

# MARTIN

*Em um de seus últimos cadernos, Coetzee escreve um relato de seu primeiro encontro com o senhor, num dia de 1972 em que os senhores iam ambos ser entrevistados para uma posição na universidade da Cidade do Cabo. O relato tem só algumas páginas — vou ler para o senhor se quiser. Desconfio que estava destinado a fazer parte da terceira memória, aquela que nunca veio à luz. Como o senhor vai ouvir, ele acompanha a mesma convenção de* Infância *e* Juventude, *livros em que o sujeito é chamado de "ele" e não de "eu".*

*O que ele escreve é o seguinte.*

*"Ele corta o cabelo para a entrevista. Aparou a barba. Vestiu paletó e gravata. Não é ainda um senhor sóbrio, mas pelo menos não parece mais o Selvagem de Bornéu.*

*"Na sala de espera há dois candidatos ao trabalho. Estão parados lado a lado diante da janela que dá para o jardim, conversando baixinho. Parecem se conhecer, ou pelo menos terem estabelecido uma relação."*

*O senhor não se lembra quem era essa terceira pessoa, lembra?*

Era da Universidade de Stellenbosch, mas não me lembro o nome dele.

*Ele prossegue: "Esse é o jeito britânico: atirar os concorrentes na arena e esperar para ver o que acontece. Ele vai ter de se acostumar de novo com o jeito britânico de fazer as coisas, em toda a sua brutalidade. Um naviozinho apertado, a Grã-Bretanha, lotado até as amuradas. Cão devora cão. Cães rosnando e avançando uns nos outros, cada um guardando seu pequeno território. O jeito norte-americano, em comparação, decoroso, gentil até. Mas também, há mais espaço nos Estados Unidos, mais espaço para urbanidade.*

*"O Cabo pode não ser a Grã-Bretanha, pode estar se afastando da Grã-Bretanha todos os dias, porém, o que sobrou do jeito britânico o Cabo mantém apertado ao peito. Sem essa conexão salvadora, o que seria o Cabo? Um campo de pouso menor a caminho de lugar nenhum; um local de selvagem inatividade.*

*"Num papel oficial preso na porta, ele é o Número Dois a se apresentar ao conselho. O Número Um, quando convocado, levanta-se calmamente, bate o cachimbo, guarda-o no que deve ser uma capa de cachimbo e passa pela porta. Depois de vinte minutos reaparece, o rosto inescrutável.*

*"É a vez dele. Ele entra e indicam uma cadeira ao pé de uma longa mesa. Numa extremidade estão seus inquisidores, em número de cinco, todos homens. Como as janelas estão abertas, como a sala fica acima de uma rua por onde os carros passam continuamente, ele tem de fazer um esforço para ouvi-los, e levanta a própria voz para se fazer ouvir.*

*"Algumas manobras polidas, depois o primeiro ataque: se contratado, quais autores gostaria de ensinar?*

*"'Posso ensinar muita coisa no programa', ele responde. 'Não sou um especialista. Considero-me um generalista'."*

*"Como resposta é ao menos defensável. Um pequeno departamento em uma universidade pequena poderia ficar contente de recrutar um faz-tudo. Mas pelo silêncio que se segue ele conclui que não respondeu bem. Tomou a pergunta literalmente demais. Essa sempre foi uma de suas falhas: tomar as perguntas literalmente demais, responder com muita brevidade. Aquelas pessoas não querem respostas breves. Querem alguma coisa mais tranquila, mais expansiva, alguma coisa que lhes permita concluir que tipo de sujeito têm diante deles, que tipo de colega júnior ele será, se ele se encaixaria numa universidade de província que, em tempos difíceis, está dando tudo para manter o padrão, para manter acesa a chama de civilização.*

*"Nos Estados Unidos, onde levam a sério a caça a empregos, as pessoas como ele, pessoas que não sabem ler as intenções por trás de uma pergunta, não conseguem falar em parágrafos redondos, não se colocam com convicção — em resumo, pessoas deficientes em habilidades pessoais —, frequentam sessões de treinamento onde aprendem a olhar o interrogador nos olhos, sorrir, responder a perguntas plenamente e com toda aparência de sinceridade. Autoapresentação: é assim que chamam nos Estados Unidos, sem ironia.*

*"Que autores preferiria ensinar? Em que pesquisa está envolvido atualmente? Sente-se com competência para oferecer orientação em Inglês Medieval? Suas respostas soam mais e mais ocas. A verdade é que ele não quer realmente o emprego. Ele não quer porque no fundo sabe que não foi feito para ser professor. Falta-lhe o temperamento. Falta-lhe o empenho.*

*"Ele sai da entrevista num estado de negro desânimo. Quer sair daquele lugar imediatamente, sem demora. Mas não, primeiro há formulários para preencher, despesas de transporte a receber.*

*"'Como foi?'*

*"Quem pergunta é o candidato que foi entrevistado antes, o fumante de cachimbo." Quer dizer, o senhor, se não me engano.*

Eu, sim. Mas parei de fumar cachimbo.

*"Ele dá de ombros. 'Quem sabe?', diz. 'Não tão bem'.*

*"'Vamos tomar um chá?'*

*"Ele fica pasmo. Os dois não têm de ser rivais? É permitido rivais confraternizarem?*

*"É o fim da tarde, o campus está deserto. Os dois se encaminham à União Estudantil em busca de uma xícara de chá. A União está fechada. MJ" — é assim que ele chama o senhor — "tira o cachimbo. 'Ah, bom', diz. 'Você fuma?'*

*"Que surpreendente: ele está começando a gostar desse MJ, com sua maneira fácil, direta! Sua melancolia está se dissipando depressa. Ele gosta de MJ e, a menos que seja tudo apenas um exercício de autoapresentação, MJ parece inclinado a gostar dele também. E esse mútuo gostar-se cresceu num relâmpago!*

*"Mas ele deve se surpreender? Por que eles dois (ou eles três, se a sombra do terceiro for incluída) foram escolhidos para ser entrevistados para um posto de literatura inglesa senão porque são o mesmo tipo de pessoa, com a mesma formação anterior* (formação: *não uma palavra inglesa costumeira, ele tem de se lembrar disso); e porque ambos, afinal e muito obviamente, são sul-africanos, sul-africanos brancos."*

*É aí que termina o fragmento. Não está datado, mas tenho quase certeza que ele escreveu isso em 1999 ou 2000. Então... umas perguntas relativas a isto aqui. Primeira pergunta: o senhor foi o candidato aprovado, o que ganhou a posição de professor, enquanto Coetzee não foi escolhido. Por que acha que ele não foi escolhido? O senhor percebeu qualquer ressentimento da parte dele?*

Absolutamente nenhum. Eu era de dentro do sistema — do sistema universitário colonial conforme funcionava naquela época —, enquanto ele era de fora, na medida em que tinha ido aos Estados Unidos para sua graduação universitária. Dada a natureza de todos os sistemas, ou seja, reproduzir a si mesmos, eu sempre teria uma vantagem sobre ele. Ele entendeu isso, na teoria e na prática. Ele certamente não pôs a culpa em mim.

*Muito bem. Minha segunda pergunta: ele sugere que encontrou no senhor um novo amigo e faz uma lista dos traços que o senhor e ele têm em comum. Mas quando chega à sua naturalidade sul-africana e branca ele para e não escreve mais nada. O senhor faz ideia de por que ele parou justamente aí?*

Por que ele levantou o assunto da identidade sul-africana branca e depois abandonou? Posso aventar duas explicações. Uma é que pode ter parecido um tópico complicado demais para ser explorado numa memória ou diário — complexo demais ou muito revelador. A outra é mais simples: que a história das minhas aventuras na academia eram chatas demais para continuar.

*E qual dessas explicações o senhor prefere?*

Provavelmente a primeira, com um toque da segunda. John saiu da África do Sul nos anos 1960, voltou nos anos 1970, durante décadas ficou entre a África do Sul e os Estados Unidos, depois finalmente levantou acampamento, foi para a Austrália e morreu lá. Eu deixei a África do Sul nos anos 1970 e nunca mais voltei. Em termos gerais, ele e eu tínhamos uma mesma atitude em relação à África do Sul e à continuidade de nossa presença lá. Pensávamos que, para resumir, nossa presença lá era legal, mas ilegítima. Tínhamos um direito abstrato de estar lá, um direito de nascimento, mas a base desse direito era fraudulenta. Nossa presença tinha por base um crime, especificamente a conquista colonial, perpetuado pelo *apartheid*. Seja qual for o oposto de *nativo* ou *enraizado*, era assim que nós nos sentíamos. Nos víamos como hóspedes, residentes temporários, e até esse ponto sem um lar, sem uma terra natal. Não acho que eu esteja mistificando John. Era uma coisa sobre a qual ele e eu conversávamos bastante. Tenho certeza de que não estou mistificando a mim mesmo.

*Está dizendo que o senhor e eles se comiseravam juntos?*

*Comiserar* é a palavra errada. Tínhamos atividades demais para ver nosso destino como miserável. Tínhamos nossa juventude — eu ainda estava com meus vinte e poucos anos na época, ele era um pouco mais velho — tínhamos uma formação que não era ruim, tínhamos até nossos modestos recursos. Se tivéssemos fugido e nos estabelecido em algum outro lugar no mundo — no mundo civilizado, no Primeiro Mundo — podíamos ter prosperado, florescido. (Sobre o Terceiro Mundo não tenho tanta certeza. Não éramos Robinson Crusoé, nenhum de nós dois.)

Portanto não, não vejo o nosso destino como trágico, e tenho certeza de que ele não via assim também. Podia ser cômico, isso sim. Os ancestrais dele à sua maneira e os meus ancestrais à maneira deles tinham batalhado, geração após geração, para abrir um pedaço da África selvagem para os seus descendentes, e qual era o fruto de seus esforços? O coração desses descendentes cheios de dúvidas sobre o direito à terra; uma inquietação de que ela pertencia não a eles, mas, inalienavelmente, aos donos originais.

*Acha que se ele tivesse continuado com as memórias, se ele não tivesse parado de escrever, era isso que ele teria dito?*

Mais ou menos. Deixe-me fazer mais um comentário sobre a nossa posição quanto à África do Sul: nós cultivávamos uma certa transitoriedade de nossos sentimentos por ela, ele talvez mais do que eu. Relutávamos em investir muito profundamente no país, uma vez que mais cedo ou mais tarde nossos laços com ele teriam de ser cortados, nosso investimento nele anulado.

*E?*

Só isso. Tínhamos um certo estilo de opinião em comum, um estilo que eu atribuo a nossas origens, coloniais e sul-africanas. Daí o traço comum em nossos perfis.

*No caso dele, o senhor diria que o hábito que descreveu, de tratar os sentimentos como transitórios, de não se comprometer emocionalmente, estendia-se além das relações com a terra de nascimento dele para as suas relações pessoais também?*

Não sei. O senhor é o biógrafo. Se acha que vale a pena seguir essa linha de pensamento, siga.

*Podemos falar agora dele como professor? Ele escreve que não era moldado para professor. O senhor concorda?*

Eu diria que a pessoa ensina melhor as coisas que conhece melhor e que sente com maior intensidade. John sabia razoavelmente bastante sobre uma variedade de coisas, mas não sabia muito sobre nada em particular. Eu contaria isso como um ponto contra ele. Em segundo lugar, embora houvesse escritores que eram profundamente importantes para ele — os romancistas russos do século XIX, por exemplo —, a profundidade de seu envolvimento não aparecia em seu ensino, não de um jeito evidente. Alguma coisa era sempre reprimida. Por quê? Não sei. Tudo que posso sugerir é que uma espécie de reserva que parecia cravada nele, parte de seu caráter, estendia-se também ao seu ensino.

*O senhor sente então que ele passou a vida numa profissão para a qual não tinha talento?*

Isso é um pouco radical demais. John era um acadêmico perfeitamente adequado. Um acadêmico perfeitamente adequado, mas não um professor notável. Talvez se ele tivesse ensinado sânscrito fosse diferente, sânscrito ou qualquer outra disciplina em que a convenção permita que você seja um pouco seco e reservado.

Ele me contou uma vez que tinha errado a sua vocação, que ele devia ter sido bibliotecário. Entendo o sentido disso.

*Não consegui ter em mãos descrições de cursos dos anos 1970 — a Universidade da Cidade do Cabo parece não arquivar esse tipo de material —, mas entre os papéis de Coetzee encontrei o anúncio de um curso que o senhor e ele deram juntos em 1976, para alunos de outras universidades. Lembra-se desse curso?*

Lembro, sim. Foi um curso de poesia. Eu estava trabalhando com Hugh McDiarmid na época, então aproveitei a ocasião para fazer uma leitura mais atenta de McDiarmid. John fazia os alunos lerem Pablo Neruda em tradução. Eu nunca li Neruda, então assistia as aulas dele.

*Uma escolha estranha, não acha, para alguém como ele: Neruda?*

Não, nem um pouco. John tinha gosto por poesia luxuriante, expansiva: Neruda, Whitman, Stevens. O senhor deve se lembrar que ele era, à sua maneira, um filho dos anos 1960.

*À sua maneira — o que o senhor quer dizer com isso?*

Quero dizer dentro dos limites de uma certa retidão, de uma certa racionalidade. Sem ser ele próprio dionisíaco, ele em princípio aprovava o dionisismo. Aprovava em princípio deixar-se levar, embora eu não ache que ele se deixasse levar — provavelmente não saberia como. Ele tinha uma necessidade de acreditar nos recursos do inconsciente, na força criativa dos processos inconscientes. Daí sua tendência para os poetas mais oraculares.

O senhor deve ter notado como é raro ele discutir as fontes de sua própria criatividade. Em parte, isso vinha da natureza reservada de que falei. Mas em parte sugere também uma relutância em examinar as fontes da inspiração dele, como se ter muita consciência de si mesmo pudesse atrapalhar seus passos.

*O curso foi um sucesso — o curso que o senhor e ele deram juntos?*

Eu com certeza aprendi com ele — aprendi sobre a história do surrealismo na América Latina, por exemplo. Como eu disse, John sabia pouco sobre uma porção de coisas. O que nossos alunos absorveram, eu não sei. Alunos, na minha experiência, logo percebem se o que você está ensinando é importante para você. Se é, eles estão dispostos a permitir que seja importante para eles também. Mas se eles concluem, acertada ou erroneamente, que não importa, então, feche o pano, melhor ir para casa.

*E Neruda era importante para ele?*

Não, não estou dizendo isso. Neruda podia significar muito para ele. Neruda podia até ter sido um modelo — um modelo inatingível — de como um poeta reage à injustiça e à repressão. Mas — e isso é o que quero dizer — se você trata a sua ligação com o poeta como um segredo pessoal a ser guardado fechado, e se além disso o comportamento da classe é um tanto rígido e formal, você nunca vai conseguir admiradores.

*Está dizendo que ele nunca conseguiu admiradores?*

Não que eu saiba. Talvez ele tenha melhorado seu desempenho em anos posteriores. Eu simplesmente não sei.

*Na época em que os senhores se conheceram, em 1972, ele tinha um emprego bem precário, dando aulas numa escola secundária. Foi só algum tempo depois que ele efetivamente recebeu a oferta de uma posição na Universidade. Mesmo assim, durante quase toda a vida ativa dele, dos vinte e poucos anos até os sessenta e poucos, ele foi empregado como professor de um tipo ou de outro. Retomo a minha pergunta anterior: não parece estranho ao senhor que um homem sem talento para ensinar tenha feito do ensino a sua carreira?*

Sim e não. As fileiras da profissão de professor são, como o senhor deve saber, cheias de refugiados e desajustados.

*E qual dos dois ele era: refugiado ou desajustado?*

Ele era um desajustado. Era também uma alma cautelosa. Ele gostava da segurança de um cheque de salário mensal.

*O senhor parece crítico.*

Só estou apontando o óbvio. Se ele não tivesse perdido tanto tempo na vida corrigindo a gramática dos alunos e comparecendo a reuniões aborrecidas, podia ter escrito mais, talvez até escrito melhor. Mas ele não era criança. Ele sabia o que estava fazendo. Fez uma escolha.

*Por outro lado, ser professor permitia que ele tivesse contato com uma geração mais jovem. Que talvez ele não pudesse ter se houvesse se retirado do mundo e se dedicado apenas a escrever.*

Verdade.

*Que o senhor saiba, ele teve alguma amizade especial entre os estudantes?*

Agora o senhor parece estar sendo indiscreto. O que quer dizer por amizade especial? Quer dizer se ele ultrapassou os limites? Mesmo que eu soubesse, e eu não sei, não comentaria isso.

*No entanto, o tema do homem mais velho e da mulher mais nova sempre reaparece na obra de ficção dele.*

Eu seria muito, muito ingênuo se concluísse que porque o tema está presente em sua obra tem de estar presente em sua vida.

*Em sua vida íntima, então.*

Sua vida íntima. Quem pode dizer o que acontece na vida íntima dos outros?

*Existe algum aspecto dele que o senhor gostaria de abordar? Alguma história que valha a pena contar?*

Histórias? Acho que não. John e eu éramos colegas. Éramos amigos. Nos dávamos bem um com o outro. Mas não posso dizer que eu conhecesse John intimamente. Por que me pergunta se tenho histórias?

*Porque numa biografia é preciso chegar a um equilíbrio entre narrativa e opinião. Opiniões não me faltam — as pessoas estão mais que dispostas a me contar o que pensam ou pensavam de Coetzee —, mas é preciso mais do que isso para dar vida à história de uma vida.*

Desculpe, não posso ajudar. Talvez suas outras fontes sejam mais fecundas. Com quantas pessoas o senhor vai falar?

*Cinco. Reduzi minha lista a cinco.*

Só cinco? Não acha arriscado? Quem são os cinco afortunados? Como o senhor escolheu?

*Daqui vou viajar para a África do Sul para falar com a prima de Coetzee, Margot, de quem ele foi próximo. De lá para o Brasil, para ver uma mulher chamada Adriana Nascimento, que morou na Cidade do Cabo durante alguns anos na década de 1970. E depois — a data ainda não está marcada — vou ao Canadá ver alguém chamado Julia Frankl, que nos anos 1970 usava o nome de Julia Smith. E planejo ver também Sophie Denoël em Paris. O senhor conhece ou conheceu alguma delas?*

Conheci Sophie, mas não as outras. Como o senhor nos escolheu?

*Basicamente, deixei que o próprio Coetzee escolhesse. Simplesmente segui as pistas que ele deixou em seus cadernos — pistas sobre quem foi importante para ele na época. Outro critério que eu tinha de observar era estarem vivos. Muita gente que o conheceu bem, como o senhor deve saber, já morreu.*

Parece um jeito peculiar de escolher fontes biográficas, se não se importa que eu diga.

*Talvez. Mas não estou interessado em chegar a um juízo final sobre Coetzee. Deixo isso à história. O que estou fazendo é contar a história de um estágio da vida dele, ou se não se pode ter uma história única, então diversas histórias de diversas perspectivas.*

E as fontes que o senhor selecionou não tinham contas a ajustar, não tinham suas próprias ambições de pronunciar um juízo final sobre Coetzee?

[Silêncio.]

Tirando Sophie, tirando a prima dele, alguma das mulheres que o senhor mencionou esteve envolvida emocionalmente com Coetzee?

*Estiveram, sim. As duas.*

O senhor não devia parar para pensar nisso? Não vai obter inevitavelmente um relato que tende para o pessoal e o íntimo às custas do real valor do sujeito enquanto escritor? Não vai acabar obtendo nada mais que — desculpe colocar dessa forma — nada mais que intriga feminina?

*Por que as minhas informantes são mulheres?*

Porque não está na natureza dos casos amorosos os amantes verem um ao outro com clareza e integridade.

[Silêncio.]

Repito, a mim parece estranho fazer a biografia de um escritor ignorando seus escritos. Mas talvez eu esteja errado. Talvez eu seja antiquado. Tenho de ir. Uma última coisa: se está planejando citar minhas palavras, pode me garantir que vou ter a oportunidade de conferir o texto primeiro?

*Claro.*

Entrevista realizada em Sheffield, Inglaterra,
em setembro de 2007.

# SOPHIE

*Madame Denoël, me conte como a senhora veio a conhecer John Coetzee.*

Durante anos ele e eu fomos colegas na Universidade da Cidade do Cabo. Ele estava no departamento de inglês, eu no de francês. Nós demos juntos um curso sobre literatura africana. Isso foi em 1976. Ele deu aula sobre os escritores anglófonos, eu sobre os francófonos. Foi assim que começou nossa amizade.

*E como foi que a senhora foi parar na Cidade do Cabo?*

Meu marido foi mandado para lá para gerenciar a Alliance Française. Antes disso, tínhamos morado em Madagascar. Durante nossa estada na Cidade do Cabo, nosso casamento acabou. Meu marido voltou à França, eu fiquei. Assumi um posto na universidade, um posto de professora-assistente, ensinando língua francesa.

*E além disso, deu esse curso conjunto que mencionou, em literatura africana.*

É. Pode parecer estranho, dois brancos dando um curso sobre literatura negra africana, mas era assim naquela época. Se nós não déssemos, ninguém daria.

*Porque os negros eram excluídos da universidade?*

Não, não, naquela época o sistema tinha começado a se abrir. Havia estudantes negros, embora não muitos; alguns professores negros também. Mas muito poucos especialistas em África, na grande África. Essa foi uma das coisas surpreendentes que descobri sobre a África do Sul: como o país era insular. Voltei para uma visita no ano passado e continuava a mesma coisa: pequeno ou nenhum interesse pelo resto da África. A África era o continente negro ao norte, que era melhor deixar inexplorado.

*E a senhora? De onde veio seu interesse pela África?*

Da minha formação. Da França. Lembre-se, a França tinha sido um poder colonial importante. Mesmo depois que terminou oficialmente a era colonial, a França dispunha de outros meios para manter sua influência — meios econômicos, meios culturais. *La francophonie* era um nome novo inventado para o velho império. Escritores da *francophonie* eram apoiados, festejados, estudados. Para meu exame de *agrégation* trabalhei a obra de Aimé Césaire.

*E o curso que a senhora deu em colaboração com Coetzee — foi um sucesso, a senhora diria?*

Foi, acredito que sim. Foi só um curso introdutório, mas os alunos acharam, como vocês dizem em inglês, que foi um *eye-opener* [que lhes abriu os olhos].

*Alunos brancos?*

Alunos brancos, mais uns poucos negros. Nós não atraímos os estudantes negros mais radicais. Nosso viés teria sido muito acadêmico para eles, não suficientemente *engagé*. Achamos que era suficiente dar aos alunos um relance das riquezas do resto da África.

*E a senhora e Coetzee tinham a mesma visão dessa abordagem?*

Acredito que tínhamos, sim.

*A senhora era especialista em literatura africana, ele não. A formação dele era na literatura da metrópole. Como ele acabou ensinando literatura africana?*

É verdade, ele não tinha nenhuma formação prática nesse campo. Mas tinha um bom conhecimento geral da África, ainda que apenas livresco, não conhecimento prático, ele não havia viajado pela África, mas conhecer por livros não é inútil — certo? Ele conhecia a literatura antropológica melhor do que eu, inclusive o material francófono. Ele tinha uma percepção da história, da política. Tinha lido os escritores importantes que trabalhavam em inglês e francês (claro que naquela época o corpo da literatura africana não era grande — as coisas são diferentes agora). Havia lapsos no conhecimento dele — o Magrebe, o Egito, e assim por diante. E ele não conhecia a diáspora, principalmente a caribenha, que eu conhecia.

*O que a senhora achava dele como professor?*

Ele era bom. Não espetacular, mas competente. Sempre bem preparado.

*Ele se dava bem com os alunos?*

Isso eu não sei dizer. Talvez se o senhor localizar algum dos antigos alunos dele eles possam ajudar.

*E a senhora? Comparada a ele, a senhora se dava bem com os alunos?*

[Ri.] O que o senhor quer que eu diga? Acho que sim, eu era a mais popular, a mais entusiasmada. Eu era jovem, lembre-se, e para mim era um prazer estar falando de livros para variar, depois de todas as aulas de língua. Formávamos um bom par, eu acho, ele mais sério, mais reservado, eu mais aberta, mais solta.

*Ele era consideravelmente mais velho que a senhora.*

Dez anos. Ele era dez anos mais velho que eu.

[Silêncio.]

*Alguma coisa que a senhora gostaria de acrescentar? Outros aspectos dele que gostaria de comentar?*

Nós tivemos um relacionamento. Acredito que o senhor saiba disso. Não durou.

*Por que não?*

Era insustentável.

*Gostaria de falar mais?*

Se eu gostaria de falar mais para o seu livro? Não antes que o senhor me diga que tipo de livro será. É um livro de fofocas ou um livro sério? O senhor tem autorização? Quem mais vai falar além de mim?

*É preciso autorização para escrever um livro? A quem eu vou pedir? Não faço a menor ideia. Mas posso garantir à senhora que é um livro sério, uma biografia com intenções sérias. Vou me concentrar nos anos da volta de Coetzee para a África do Sul, em 1971-2, até o primeiro reconhecimento público em 1977. Me parece um período importante da vida dele, importante porém negligenciado, um período em que ele ainda estava procurando sua posição como escritor.*

*Quanto às pessoas que resolvi entrevistar, a resposta não é direta. Fiz duas viagens à África do Sul, no ano passado e no ano anterior, para falar com pessoas que conheceram Coetzee. Essas viagens não foram, no geral, bem-sucedidas. Meus informantes tinham a oferecer menos do que eu esperava. Em um ou dois casos as pessoas disseram conhecer Coetzee, mas depois de raspar um pouco eles acabaram falando do Coetzee errado (Coetzee não é um nome raro lá). Das pessoas de quem ele tinha sido mais próximo, muitas tinham deixado o país ou morrido, ou ambas as coisas. Toda a geração dele, de fato, estava para morrer. O resultado é que o cerne da biografia deverá vir de um punhado de amigos e colegas dispostos a revelar suas memórias. Inclusive, espero, a senhora. Isso basta para tranquilizar a senhora?*

Não. E os diários dele? E as cartas? E os cadernos dele? Por que tanta ênfase nas entrevistas?

*Madame Denoël, examinei as cartas e os diários. Não dá para confiar no que Coetzee escreve, não como registro factual — não porque ele fosse mentiroso, mas porque ele era um ficcionista. Nas cartas, ele inventa uma ficção de si mesmo para seus correspondentes; nos diários ele faz a mesma coisa para os próprios olhos, ou talvez para a posteridade. Como documentos, são valiosos, claro; mas quando se quer a verdade, é preciso procurar atrás das ficções ali elaboradas e ouvir as pessoas que conheceram Coetzee diretamente, em pessoa.*

Mas e se formos todos ficcionistas, como o senhor chama Coetzee? E se nós inventarmos continuamente histórias sobre nossas vidas? Por que o que eu disser sobre Coetzee haveria de merecer mais crédito do que aquilo que ele próprio diz?

*Claro que nós somos todos ficcionistas. Não nego. Mas o que a senhora preferiria: um conjunto de relatos independentes de uma gama de perspectivas independentes, a partir das quais a senhora pode então tentar sintetizar um todo; ou a autoprojeção compacta, unitária, compreendida na obra dele? Eu sei qual eu prefiro.*

É, isso eu entendo. Mas resta a questão da discrição. Não sou dessas que acredita que uma vez morta a pessoa, caiam todas as reservas. O que existiu entre nós, não estou necessariamente preparada para revelar ao mundo.

*Eu aceito isso. É privilégio seu, direito seu. Mas peço que pense um pouco e considere. Um grande escritor se torna propriedade de todos nós. A senhora conheceu Coetzee de perto. Um dia desses, a senhora não estará mais entre nós. Acha bom que suas lembranças morram com a senhora?*

Um grande escritor? Como John ia rir se pudesse ouvir o senhor! A época do grande escritor acabou para sempre, ele diria.

*A época do grande escritor como oráculo, sim, eu concordo, essa época passou. Mas a senhora não concordaria que um escritor bem conhecido — vamos chamá-lo assim —, uma figura bem conhecida em nossa vida cultural coletiva, é, até certo ponto, propriedade pública?*

Sobre esse assunto a minha opinião é irrelevante. O que é relevante é o que ele próprio acreditava. E sobre isso a resposta é clara. Ele acreditava que nossas histórias de vida são nossas para construir como quisermos, dentro ou mesmo contra os limites impostos pelo mundo real — como o senhor mesmo admitiu faz um momento. Por isso é que perguntei sobre autorização, uma pergunta que o senhor deixou de lado. Não era a autorização da família dele ou dos seus testamenteiros que eu tinha em mente, era a autorização dele próprio. Se o senhor não foi autorizado por ele a expor o lado privado da vida dele, então eu com certeza não vou ajudar o senhor.

*Ele não pode ter me autorizado pela simples razão de que ele e eu nunca tivemos nenhum contato. Então vamos deixar de lado essa linha de investigação e voltar para o curso que a senhora mencionou, o curso que a senhora e ele deram juntos. Uma observação sua me deixa intrigado. A senhora disse que a senhora e ele não atraíam os alunos africanos mais radicais. Por que acha que era assim?*

Porque nós mesmos não éramos radicais, não para os padrões deles. Claro que nós dois fomos afetados por 1968. Em 1968, eu era estudante na Sorbonne, participei das manifestações, dos dias de maio. John estava nos Estados Unidos na época e entrou em choque com as autoridades de lá, não me lembro dos detalhes, mas sei que foi uma virada na vida dele. Mas quero deixar bem claro que não éramos marxistas, nenhum de nós dois, e certamente não maoístas. Eu estava provavelmente mais à esquerda do que ele, mas eu podia me permitir isso porque era escudada por meu status no enclave diplomático francês. Se eu tivesse tido problemas com a polícia sul-africana, provavelmente seria posta discretamente em um avião para Paris e isso encerrava o assunto. Eu não teria terminado numa cela de prisão.

*Enquanto Coetzee...*

Coetzee também não terminaria numa cela de prisão. Ele não era um militante. A política dele era idealista demais, utópica demais para isso. Na verdade, ele não era nada político. Ele desdenhava a política. Não gostava de escritores políticos, escritores que desposavam um programa político.

*No entanto, ele publicou comentários bastante esquerdistas nos anos 1970. Estou pensando em seu ensaio sobre Alex La Guma, por exemplo. Ele era favorável a La Guma e La Guma era comunista.*

La Guma era um caso especial. Ele era favorável a La Guma porque La Guma era da Cidade do Cabo, não porque era comunista.

*A senhora diz que ele não era político. Está dizendo que ele era apolítico? Porque algumas pessoas diriam que o apolítico é apenas uma variedade do político.*

Não, não apolítico, eu diria antes que ele era antipolítico. Ele achava que a política fazia aparecer o pior das pessoas. Fazia aparecer o pior nas pessoas e também trazia à tona os piores tipos da sociedade. Ele preferia não ter nada a ver com política.

*Ele pregava essa política antipolítica em classe?*

Claro que não. Ele era muito escrupuloso em não pregar nada. As convicções políticas dele você só descobria quando conhecia John melhor.

*A senhora diz que a política dele era utópica. Está insinuando que era pouco realista?*

Ele esperava que um dia a política e o Estado minguassem. Eu chamaria isso de utópico. Por outro lado, ele não investia muito de si nesses desejos utópicos. Era calvinista demais para isso.

*Por favor, explique.*

O senhor quer que eu diga o que havia por trás da política de Coetzee? Pode captar isso melhor nos livros dele. Mas vou tentar de qualquer forma.

Aos olhos de Coetzee, nós, seres humanos, nunca abandonaremos a política porque a política é muito conveniente e muito atraente como palco onde expressar nossas emoções mais baixas. Por emoções baixas quero dizer ódio, rancor, desprezo, ciúme, sede de sangue e assim por diante. Em outras palavras, a política é um sintoma de nosso estado decaído e expressa esse estado decaído.

*Mesmo a política da libertação?*

Se o senhor se refere à política da luta de libertação sul-africana, a resposta é sim. Se libertação significava libertação nacional, a libertação da nação negra da África do Sul, John não tinha nenhum interesse nela.

*Ele, então, era hostil à luta de libertação?*

Se ele era hostil? Não, ele não era hostil. Hostil, favorável — como biógrafo o senhor devia, acima de tudo, tomar cuidado para não colocar as pessoas em caixinhas com rótulos.

*Eu espero não estar pondo Coetzee numa caixa.*

Bom, é isso o que está me parecendo. Não, ele não era hostil à luta pela libertação. Se a pessoa é fatalista, como ele tendia a ser, não faz sentido ser hostil ao rumo da história, por mais que se deplore esse rumo. Para o fatalista, a história é destino.

*Muito bem, então ele deplorava a luta de libertação? Deplorava a forma que a luta de libertação assumiu?*

Ele aceitava que a luta pela libertação era justa. A luta era justa, mas a nova África do Sul para a qual ela se encaminhava não era suficientemente utópica para ele.

*O que teria sido suficientemente utópico para ele?*

Fechar as minas. Pôr abaixo os vinhedos. Desmantelar as Forças Armadas. Abolir o automóvel. O vegetarianismo universal. A poesia nas ruas. Esse tipo de coisa.

*Em outras palavras, vale a pena lutar por poesia, por carros puxados a cavalo e pelo vegetarianismo, mas não pelo fim do* apartheid?

Não vale a pena lutar por nada. O senhor me empurra para o papel de defender a posição dele, uma posição que por sinal não é a minha. Não vale a pena lutar por nada porque lutar só prolonga o ciclo de agressão e retaliação. Só estou repetindo o que Coetzee diz em alto e bom som em seus escritos, que o senhor diz ter lido.

*Ele sentia-se à vontade com os alunos negros — com negros em geral?*

Será que ele se sentia à vontade com alguém? Ele não era uma pessoa à vontade (pode-se dizer isso em inglês?). Ele não relaxava nunca. Vi isso com meus próprios olhos. Então: ele sentia-se à vontade com negros? Não. Ele não se sentia à vontade entre pessoas que estavam à vontade. O à vontade dos outros deixava John pouco à vontade. O que fazia com que fosse — na minha opinião — na direção errada.

*O que quer dizer?*

Ele via a África através de uma névoa romântica. Ele pensava que os africanos eram encarnados, de um jeito há muito perdido na Europa. O que eu quero dizer? Explico. Na África, ele dizia sempre, corpo e alma eram indistinguíveis, o corpo era a alma. Ele tinha toda uma filosofia do corpo, de música e dança, que eu não consigo reproduzir, mas que me parecia, mesmo na época — como posso dizer? — inútil. Politicamente inútil.

*Por favor, continue.*

A filosofia dele atribuía aos africanos o papel de guardiães do ser mais verdadeiro, mais profundo, mais primitivo da humanidade. Ele e eu discutíamos energicamente sobre isso. A posição dele, eu dizia, era no fim o antiquado primitivismo romântico. No contexto dos anos 1970, da luta pela liberação e do Estado de *apartheid*, era inútil ver os africanos desse jeito. E de qualquer forma, era um papel que eles não estavam mais preparados a ocupar.

*Era por essa razão que os alunos negros evitavam o curso dele, o curso conjunto de vocês sobre literatura africana?*

Esse ponto de vista ele não propagava abertamente. Ele era sempre muito cuidadoso a esse respeito, muito correto. Mas se a pessoa ouvia com cuidado, isso podia transparecer.

Havia uma outra circunstância, uma outra tendência do pensamento dele, que eu tenho de mencionar. Como muitos brancos, ele via o Cabo, o Cabo Ocidental e talvez o Cabo Norte também, como uma parte separada do resto da África do Sul. O Cabo era um país em si, com sua própria geografia, sua própria história, suas próprias línguas e cultura. Nesse Cabo mítico, as pessoas de cor estavam enraizadas, e em menor medida os africânderes também, mas os africanos eram alienígenas, que tinham chegado depois, assim como os ingleses.

Por que menciono isso? Porque sugere como ele conseguia justificar a atitude abstrata, bastante antropológica, que ele assumia em relação à África do Sul negra. Ele não tinha nenhum *feeling* para os sul-africanos negros. Essa era a minha conclusão particular. Eles podiam ser seus concidadãos, mas não eram seus compatriotas. A história — ou destino, que para ele era a mesma coisa — podia lançá-los no papel de herdeiros da terra, mas no fundo da mente eles continuavam a ser *eles* e não *nós*.

*Se os africanos eram* eles, *quem era* nós? *Os africânderes?*

Não. *Nós* era principalmente a gente de cor. É um termo que eu só uso com relutância, para abreviar. Ele — Coetzee — evitava esse termo o quanto podia. Eu mencionei o utopismo dele. Evitar esse termo era outro aspecto desse utopismo. Ele ansiava por um dia em que todo mundo na África do Sul não se chamasse de nada, nem de africano, nem de europeu, nem de branco, nem de negro, nem de nada, em que as histórias familiares estivessem tão emaranhadas e misturadas que as pessoas fossem etnicamente indistinguíveis, ou seja — pronuncio de novo essa palavra maldita — de cor. Ele chamava isso de futuro brasileiro. Ele aprovava o Brasil e os brasileiros. Claro que nunca tinha estado no Brasil.

*Mas tinha amigos brasileiros.*

Ele conheceu alguns refugiados brasileiros na África do Sul.

[Silêncio.]

*A senhora mencionou um futuro misturado. Estamos falando aqui de mistura biológica? Estamos falando de casamento inter-racial?*

Não me pergunte. Eu estou só fazendo um relato.

*Então por que, em vez de contribuir para o futuro tendo filhos de cor — por que ele estava tendo uma ligação com uma jovem colega branca da França?*

[Ri.] Não me pergunte.

*Sobre o que a senhora e ele conversavam?*

Sobre nosso ensino. Sobre colegas e alunos. Em outras palavras, conversas profissionais. Falávamos também de nós mesmos.

*Continue.*

Quer que eu lhe diga se discutíamos os escritos dele? A resposta é não. Ele nunca me falava sobre o que estava escrevendo e eu não pressionava.

*Isso foi por volta da época em que ele estava escrevendo* In the Heart of the Country.

Ele estava terminando *In the Heart of the Country.*

*A senhora sabia que* In the Heart of the Country *ia ser sobre loucura, parricídio etc.?*

Eu não fazia a menor ideia.

*A senhora leu o livro antes de ser publicado?*

Li.

*O que achou dele?*

[Ri.] Preciso pisar com cuidado. Acho que o senhor não está pedindo o meu juízo crítico ponderado; acho que quer saber como eu reagi. Francamente, primeiro eu fiquei nervosa. Nervosa de poder me identificar no livro sob algum aspecto embaraçoso.

*Por que pensou que isso podia acontecer?*

Porque — assim me pareceu na época, agora me dou conta do quanto era ingênuo — acreditei que era impossível estar envolvido de perto com outra pessoa e deixá-la excluída de seu universo imaginativo.

*E a senhora se identificou no livro?*

Não.

*Ficou aborrecida?*

Como assim — se eu fiquei aborrecida de não estar no livro?

*Ficou aborrecida de ser excluída do universo imaginativo dele?*

Não. Fazia parte da minha formação. Vamos parar por aqui? Acho que já forneci o suficiente ao senhor.

*Bom, sem dúvida fico muito grato à senhora. Mas madame Denoël, me deixe fazer mais um apelo. Coetzee nunca foi um es-*

*critor popular. Com isso não quero dizer simplesmente que os livros dele não vendiam bem. Quero dizer também que o público nunca o aceitou em seu coração coletivo. A imagem que havia dele no âmbito público era de um intelectual frio e arrogante, uma imagem que ele não fazia nada para dissipar. Na verdade, pode-se dizer até que ele estimulava isso.*

*Agora, não acredito que essa imagem lhe fizesse justiça. As conversas que tive com pessoas que o conheceram bem revelam uma pessoa muito diferente — não necessariamente uma pessoa mais quente, mas alguém mais inseguro de si, mais confuso, mais humano, se posso usar essa palavra.*

*Eu me pergunto se a senhora estaria disposta a comentar esse lado humano dele. Dou muito valor ao que a senhora falou sobre a visão de política dele, mas existe alguma história mais pessoal do tempo que passaram juntos que estivesse disposta a revelar?*

Histórias que mostrem John a uma luz mais quente, o senhor diz? Histórias da gentileza dele com os animais — animais e mulheres? Não, essas histórias eu vou guardar para as minhas memórias.

[Risos.]

Tudo bem, vou contar uma história. Pode não parecer pessoal, pode de novo parecer política, mas o senhor deve lembrar, naquela época a política penetrava em tudo.

Um jornalista do *Libération*, o jornal francês, foi a trabalho para a África do Sul e perguntou se eu podia marcar uma entrevista com John. Eu fui falar com ele e convenci John a aceitar: disse para ele que o *Libération* era um bom jornal. Disse que os jornalistas franceses não eram como os jornalistas sul-africanos, que nunca iriam para uma entrevista despreparados. E isso foi, é claro, na época antes da internet, de forma que os jornalistas não podiam simplesmente copiar as histórias uns dos outros.

Fizemos a entrevista no meu escritório no campus. Eu achei que devia ajudar, no caso de haver problemas de língua, o francês de John não era bom.

Bom, logo ficou claro que o jornalista não estava interessado em John, mas no que John pensava de Breytren Breytenbach, que na época estava tendo problemas com as autoridades sul-africanas. Isso porque na França havia um vivo interesse em Breytenbach — ele era uma figura romântica, tinha vivido muitos anos na França, tinha ligações no mundo intelectual francês.

A resposta de John foi que ele não podia ajudar: tinha lido Breytenbach, mas nada mais, não conhecia Breytenbach pessoalmente, nunca tinha nem sido apresentado a ele. O que era tudo verdade.

Mas o jornalista, que estava acostumado à vida literária na França, onde tudo é tão mais incestuoso, não queria acreditar nele. Por que um escritor iria recusar fazer comentários sobre outro escritor da mesma pequena tribo, a tribo africânder, a menos que houvesse alguma questão pessoal entre eles, ou alguma animosidade política?

Então ele ficou insistindo com John e John tentou explicar como era difícil para um estrangeiro avaliar a posição de Breytenbach como poeta africânder, uma vez que a poesia dele era tão profundamente enraizada na *volksmond*, a língua do povo.

"Está se referindo aos poemas dele em dialeto?", perguntou o jornalista. E então, quando John não respondeu, ele observou, muito ofensivamente: "Certamente não é possível escrever boa poesia em dialeto".

Essa observação realmente enfureceu John. Mas como o seu jeito de ficar zangado era, em vez de levantar a voz, ficar frio e recolher-se ao silêncio, o homem do *Libération* ficou simplesmente confuso. Não fazia ideia do que estava acontecendo.

Depois, quando John foi embora, tentei explicar que os africânderes ficavam muito sensíveis quando sua língua era insultada, que Breytenbach provavelmente teria reagido da mesma maneira. Mas o jornalista apenas deu de ombros. Não fazia sentido, ele disse, escrever em dialeto quando o sujeito tinha à sua disposição uma língua do mundo (na verdade, ele não disse dialeto, mas dialeto obscuro, e não disse língua do mundo, disse língua de verdade, *une vraie langue*). Nesse momento, comecei a entender que ele estava colocando Breytenbach e John na mesma categoria, como escritores em vernáculo ou dialeto.

Bom, claro que John não escrevia em africânder, absolutamente, ele escrevia em inglês, muito bom inglês, e tinha escrito em inglês a vida inteira. Mesmo assim, ele reagiu de um jeito muito espinhoso ao que tomou como um insulto à dignidade dos africânderes.

*Ele fazia traduções do africânder, não fazia? Quer dizer, ele traduzia escritores africânderes.*

Traduzia, sim. Ele sabia bem o africânder, eu diria, embora do mesmo jeito que sabia francês, ou seja, melhor na página do que falado. Eu não era um juiz capacitado para julgar o africânder dele, claro, mas era essa a impressão que eu tinha.

*Então, o que temos é o caso de um homem que falava a língua só imperfeitamente, que ficava fora da religião estatal, cuja postura era cosmopolita, cuja política era — como diremos? — dissidente, mas que estava pronto a abraçar a identidade africânder. Por que acha que era assim?*

Minha opinião é que sob o olhar da história ele sentia que não havia como se separar dos africânderes mantendo o autorrespeito, mesmo que isso significasse estar associado a tudo aquilo por que os africânderes eram responsáveis politicamente.

*Não havia nada que o levasse mais positivamente a abraçar a identidade africânder — nada num nível mais pessoal, por exemplo?*

Talvez houvesse, não sei dizer. Eu não conheci a família dele. Talvez eles pudessem dar uma pista. Mas ele era por natureza muito cauteloso, como uma tartaruga. Quando pressentia perigo, ele se recolhia ao seu casco. Ele havia sido repelido pelos africânderes muitas vezes, repelido e humilhado — basta ler o livro de memórias da infância dele para perceber isso. Ele não ia correr o risco de ser rejeitado outra vez.

*Então ele preferiu continuar forasteiro.*

Acho que ele era mais feliz no papel de forasteiro. Ele não era de se filiar a grupos.

*A senhora diz que nunca foi apresentada à família dele. Não acha isso estranho?*

Não, nem um pouco. A mãe dele tinha morrido quando nos conhecemos, o pai dele não estava bem. O irmão estava no estrangeiro, ele tinha uma relação tensa com o resto da família. Quanto a mim, eu era uma mulher casada, então nosso relacionamento, de nossa parte, tinha de ser clandestino.

Mas ele e eu conversávamos, claro, sobre nossas famílias, nossas origens. O que distinguia a família dele, eu diria, é que eles eram culturalmente africânderes, não politicamente africânderes. O que quero dizer com isso? Pense na Europa do século XIX. Por todo o continente você vê identidades étnicas ou culturais sendo transformadas em identidades políticas. O processo começa na Grécia e se espalha pelos Bálcãs e Europa central. Logo essa mesma onda atingiu a colônia do Cabo. Os estrangeiros ali nascidos que falavam holandês começaram a se reinventar como a nação africânder e a agitar por uma independência nacional.

Bom, de uma forma ou de outra, essa onda de entusiasmo nacionalista passou ao largo da família de John. Ou então eles resolveram não embarcar nela.

*Eles mantiveram distância por causa da política associada ao entusiasmo nacionalista — quer dizer, a política anti-imperialista, anti-inglesa?*

Isso. Primeiro, eles foram perturbados pelo estímulo à hostilidade a tudo que era inglês, pela mística do *Blut und Boden*; depois, porém, eles recuaram das políticas que os nacionalistas emprestaram da direita radical da Europa: o racismo científico, o policiamento da cultura, a militarização da juventude, a religião de Estado, e por aí vai.

*Então, no fim das contas, a senhora considera Coetzee um conservador, um antirradical.*

Culturalmente conservador, sim, como muitos modernistas eram culturalmente conservadores — falo dos escritores modernistas da Europa que eram os modelos dele. Ele estava profundamente ligado à África do Sul de sua juventude, à África do Sul que em 1976 estava começando a parecer uma terra do nunca.

Para uma prova disso basta ver o livro que eu mencionei, *Infância*, onde você encontra uma nostalgia palpável das velhas relações feudais entre brancos e pessoas de cor. Para gente como ele, o Partido Nacional, com sua política de *apartheid*, representava não o conservadorismo rural, mas, ao contrário, uma engenharia social modernosa. Ele era todo a favor das velhas e complexas texturas sociais feudais que tanto ofendiam as mentes organizadas dos *dirigistas* do *apartheid*.

*A senhora alguma vez se viu em oposição a ele em questões políticas?*

É uma pergunta difícil. Afinal, onde termina a personalidade e começa a política? Em nível pessoal, eu considerava John um tanto fatalista demais e, portanto, muito passivo. Será que a desconfiança com o ativismo político se expressa na passividade dele na condução da própria vida, ou o fatalismo inato se expressa na desconfiança com a ação política? Não sei dizer. Mas, sim, em nível pessoal, havia uma certa tensão entre nós. Eu queria que a nossa relação crescesse e se desenvolvesse, ele queria que ela continuasse a mesma, sem mudanças. Foi isso que, no fim, levou ao rompimento. Porque entre um homem e uma mulher não há como ficar parado, no meu entender. Ou se vai para cima ou se vai para baixo.

*Quando ocorreu o rompimento?*

Em 1980. Eu fui embora da Cidade do Cabo e voltei para a França.

*A senhora e ele não tiveram mais contato?*

Durante algum tempo ele me escreveu. Mandou seus livros. Depois, parou de escrever. Eu concluí que ele devia ter encontrado outra pessoa.

*E quando a senhora olha para essa relação, como a senhora a vê?*

Como eu vejo nosso relacionamento? John era o tipo de homem que acredita que para obter a suprema felicidade basta arrumar uma amante francesa que vai recitar Ronsard para ele, tocar Couperin no cravo enquanto ao mesmo tempo o induz aos mistérios do amor, no estilo francês. Estou exagerando, claro. Porém, ele era decididamente francófilo.

Eu era a amante francesa de sua fantasia? Duvido muito. Olhando para trás, vejo nosso relacionamento como essencialmente cômico. Cômico-sentimental. Baseado numa premissa cômica. Porém com um outro elemento que eu não posso minimizar, ou seja, que ele me ajudou a escapar de um mau casamento e por isso sou grata até hoje.

*Cômico-sentimental... A senhora faz isso parecer leve. Coetzee não deixou uma marca mais profunda na senhora e a senhora nele?*

Quanto à marca que eu possa ter deixado nele, não estou em posição de julgar. Mas no geral eu diria que a menos que se tenha uma presença forte não se deixa marca profunda; e John não tinha uma presença forte. Não quero parecer petulante. Sei que ele tem muitos admiradores; ele não ganhou o prêmio Nobel por nada; e é claro que o senhor não estaria aqui hoje, fazendo essa pesquisa, se não achasse que ele é um escritor importante. Mas — para falar a sério por um momento — durante todo o tempo que estive com ele nunca tive a sensação de estar com uma pessoa excepcional, com um ser humano verdadeiramente excepcional. É uma coisa dura de dizer, eu sei, mas infelizmente é verdade. Não experimentei, vindo dele, nenhum relâmpago de luz que de repente iluminasse o mundo. Ou, se havia *flashes*, eu era cega a eles.

Achava John inteligente, achava que era culto, tinha admiração por ele sob vários aspectos. Como escritor, ele sabia o que estava fazendo, tinha um certo estilo, e estilo é o começo da distinção. Mas ele não tinha nenhuma sensibilidade especial que eu pudesse detectar, nenhum *insigth* original sobre a condição humana. Ele era apenas um homem, um homem do seu tempo, talentoso, talvez até dotado, mas, francamente, nenhum gigante. Desculpe decepcionar o senhor. De outras pessoas que conheceram John tenho certeza que vai obter um quadro diferente.

*Voltando aos escritos dele: objetivamente, como crítica, qual a sua avaliação dos livros dele?*

Não me lembro de todos. Depois de *Desonra* eu perdi o interesse. No geral, eu diria que o trabalho dele é desprovido de ambição. O controle dos elementos é muito estrito. Em nenhum ponto você tem a sensação de um escritor que deforma sua mídia a fim de dizer o que nunca foi dito, o que, para mim, é a marca da grande literatura. Muito impassível, muito organizado, eu diria. Muito fácil. Muito desprovido de paixão. Isso é tudo.

Entrevista realizada em Paris
em janeiro de 2008

# CADERNOS: FRAGMENTOS SEM DATA

## Fragmento sem data

É uma tarde de sábado no inverno, um momento ritual para o jogo de rúgbi. Com o pai, ele pega um trem para Newlands a tempo da preliminar das 14h15. Depois da preliminar, haverá a partida principal às 16h00. Depois da partida principal, pegarão outro trem de volta para casa.

Ele vai com o pai a Newlands porque o esporte — rúgbi no inverno, críquete no verão — é o vínculo mais forte que sobrevive entre eles, e porque foi de cortar o coração, no primeiro sábado depois que voltou ao país, ver o pai vestir o casaco e, sem dizer uma palavra, partir para Newlands como uma criança solitária.

O pai dele não tem amigos. Nem ele, embora por razões diferentes. Ele tinha amigos quando era mais jovem, mas esses velhos amigos estão agora dispersos por todo o mundo e ele parece ter perdido o jeito, ou talvez a vontade, de fazer novos amigos. Então o que lhe resta é seu pai, assim como ao pai o que resta é ele. Como vivem juntos, no sábado eles buscam juntos o prazer. Essa é a lei da família.

Ele ficou surpreso, quando voltou, ao descobrir que o pai não conhecia ninguém. Ele sempre achara que seu pai era um homem social. Mas ou ele estava errado sobre isso ou seu pai tinha mudado. Ou talvez fosse apenas uma das coisas que acontecem com homens ao envelhecer: eles se retiram para dentro de si mesmos. Aos sábados, as arquibancadas de Newlands ficam cheias deles, homens solitários com suas capas de chuva de gabardine no crepúsculo de suas vidas, reservados, como se sua solidão fosse uma doença vergonhosa.

Ele e o pai sentam-se lado a lado na ala norte, assistindo à preliminar. Paira sobre os acontecimentos do dia um ar de melancolia. É a última temporada em que o estádio será usado para rúgbi de clubes. Com a chegada tardia da televisão ao país, o interesse em rúgbi de clubes minguou. Os homens que costumavam passar as tardes de sábado em Newlands agora preferem ficar em casa e assistir aos jogos da semana. Dos milhares de lugares da ala norte, não mais que uma dúzia está ocupada. A ala da estação está inteiramente vazia. Na ala sul ainda há um bloco de obstinados espectadores de cor que vêm dar vivas ao UCT e ao Villagers e vaiar o Stellenbosch e o Van der Stel. Só a tribuna principal tem um número respeitável de espectadores, talvez mil.

Há um quarto de século, quando ele era criança, era diferente. Num grande dia de competição de clubes — no dia em que os Hamiltons jogavam com os Villagers, digamos, ou o UCT jogava com o Stellenbosch — era uma guerra encontrar lugar de pé. Uma hora depois do apito final, as peruas do *Argus* estavam percorrendo as ruas, entregando pilhas da Edição de Esportes para os jornaleiros das esquinas, com relatos de testemunhas oculares de todos os jogos da primeira divisão, mesmo os jogos realizados nas distantes Stellenbosch e Somerset West, ao lado do placar das ligas menores, 2A e 2B, 3A e 3B.

Essa época acabou. O rúgbi de clubes está mal das pernas. Dá para sentir isso hoje, não apenas nas arquibancadas, mas no próprio campo. Deprimidos pelo esmagador espaço do estádio vazio, os jogadores parecem apenas cumprir os passos. Um ritual está morrendo diante dos olhos deles, um autêntico ritual pequeno burguês sul-africano. Seus últimos devotos estão aqui reunidos hoje: velhos tristes como seu pai; filhos dedicados e sem graça como ele.

Começa a cair uma chuva fina. Ele abre o guarda-chuva sobre os dois. No campo, trinta e dois rapazes desanimados cambaleiam, disputando a bola molhada.

A preliminar é entre o Union, de azul-celeste, e o Gardens, de marrom e preto. O Union e o Gardens estão nos últimos lugares da tabela da primeira divisão e correm o risco de rebaixamento. Não costumava ser assim. Houve tempo em que o Gardens era uma força no rúgbi da Western Province. Em casa há uma fotografia emoldurada do terceiro time do Gardens, em 1938, com seu pai sentado na primeira fila, a camiseta listrada recém-lavada, o emblema do Gardens e o colarinho erguido elegantemente em torno das orelhas. Não fossem alguns acontecimentos imprevistos, a Segunda Guerra Mundial em particular, seu pai poderia até — quem sabe? — ter chegado ao segundo time.

Se velhas lealdades valessem, seu pai ia torcer para o Gardens contra o Union. Mas a verdade é que seu pai não se importa com quem vença, Gardens ou Union ou o são Jorge da lua. Na verdade, ele acha difícil identificar o que interessa a seu pai, no rúgbi ou em qualquer outra coisa. Se ele conseguisse resolver o mistério de o que no mundo seu pai deseja, talvez pudesse ser um filho melhor.

Toda a família de seu pai é assim — sem qualquer paixão que ele possa apontar. Eles parecem não se importar nem com dinheiro. Tudo o que querem é se dar bem com todo mundo e dar umas risadas no processo.

No departamento risadas, ele é a última companhia de que seu pai precisa. Em risadas, ele é o último da classe. Um sujeito melancólico: deve ser assim que o mundo o vê, se é que já o tenha visto alguma vez. Um sujeito melancólico; um desmancha-prazeres; um chato de galochas.

E depois há a questão da música de seu pai. Quando Mussolini capitulou em 1944 e os alemães foram expulsos para o norte, as tropas aliadas que ocuparam a Itália, inclusive os sul-africanos, puderam relaxar brevemente e se divertir. Entre as recreações preparadas para os soldados houve apresentações grátis nos grandes teatros de ópera. Jovens dos Estados Unidos, da Grã-Bretanha e dos domínios britânicos remotos do além-mar, inteiramente ignorantes da ópera italiana, foram mergulhados na dramaticidade da *Tosca*, do *Barbeiro de Sevilha* ou de *Lucia di Lammermoor*. Só um punhado deles aderiu, mas seu pai estava nesse punhado. Criado com as baladas sentimentais inglesas e irlandesas, ele ficou arrebatado pelo luxo daquela nova música e assombrado com o espetáculo. Dia após dia, voltava para ver mais.

Então, quando o cabo Coetzee voltou à África do Sul ao final das hostilidades, foi com uma recém-descoberta paixão pela ópera. Ele cantava "La donna è mobile" no banho. *Figaro cá, Figaro lá*, ele cantava, *Figaro, Figaro, Fíííigaro!* Ele saiu e comprou uma vitrola, a primeira da família; e tocava sem parar um disco de 78 rotações de Caruso cantando "sua mãozinha está gelada". Quando foram inventados os discos long-playing, ele comprou uma vitrola nova e melhor, e um álbum de Renata Tebaldi cantando as árias adoradas.

Assim, em seus anos de adolescente, havia duas escolas de música vocal em guerra uma com a outra dentro da casa: a italiana de seu pai, manifestada por Tebaldi e Tito Gobbi a plenos pulmões; e a germânica, a dele, baseada em Bach. Durante toda a tarde de domingo a casa era inundada pelos corais da missa em si menor; depois, à noite, quando Bach era por fim silenciado, seu pai servia-se de um copo de conhaque, punha Renata Tebaldi e sentava-se para ouvir melodias de verdade, canto de verdade.

Por sua sensualidade e decadência — era assim, aos dezesseis anos, que ele a via —, decidira que ia para sempre detestar e desprezar a ópera italiana. Que ele a pudesse desprezar simplesmente porque seu pai a adorava, que ele tivesse resolvido odiar e desprezar qualquer coisa no mundo de que seu pai gostasse, era uma possibilidade que ele não admitia.

Um dia, quando não havia ninguém perto, ele tirou o disco da Tebaldi da capa e com uma gilete fez um risco profundo na superfície.

Na noite de domingo, o pai pôs o disco. A cada giro a agulha pulava. "Quem fez isto aqui?", ele perguntou. Mas aparentemente ninguém tinha feito aquilo. Acontecera simplesmente.

Isso acabou com Tebaldi; agora Bach reinava incontestável.

Durante os últimos vinte anos, por esse ato perverso e mesquinho ele sentiu o mais amargo remorso, um remorso que não cedeu com a passagem do tempo; ao contrário, ficou mais agudo. Uma das primeiras coisas que fez ao voltar ao país foi revirar as lojas de discos em busca de uma gravação da Tebaldi. Embora não tenha conseguido encontrar, achou uma compilação em que ela cantava algumas daquelas mesmas árias. Levou o disco para casa e tocou de começo a fim, esperando atrair seu pai para fora do quarto como um caçador atrai um pássaro com seus apitos. Mas o pai não demonstrou nenhum interesse.

"Não reconhece a voz?", ele perguntou.

O pai sacudiu a cabeça.

"É Renata Tebaldi. Não lembra que o senhor gostava da Tebaldi antigamente?"

Ele se recusou a aceitar a derrota. Continuou esperando que um dia, quando ele não estivesse em casa, o pai colocasse o disco novo, incólume, na vitrola, servisse um copo de conhaque, sentasse em sua poltrona e se permitisse ser transportado para Roma, Milão, ou onde quer que fosse que, quando jovem, seus ouvidos tivessem se aberto à sensual beleza da voz humana. Ele queria que o peito do pai se enchesse daquela velha alegria; mesmo que só por uma hora, queria que ele revivesse aquela juventude perdida, esquecesse sua existência presente, esmagada e humilhada. Acima de tudo, queria que o pai o perdoasse. *Perdoe-me!*, ele queria gritar para o pai. *Perdoar? Nossa, perdoar o quê?*, ele queria ouvir o pai responder. Diante do que, se conseguisse juntar coragem, ele faria, afinal, uma confissão completa: *Perdoe-me por eu ter, deliberadamente e com maliciosa premeditação, riscado o seu disco da Tebaldi. E por mais, além disso, por tanto mais que levaria o dia inteiro para dizer. Por incontáveis atos de maldade. Pela maldade de coração onde se originaram esses atos. Em resumo, por tudo o que eu fiz desde o dia em que nasci e por ter com tanto sucesso transformado sua vida numa desgraça.*

Mas não, não havia nenhum indício, nem o mais mínimo, de que durante as ausências dele de casa Tebaldi tivesse sido libertada para cantar. Tebaldi havia, aparentemente, perdido seus encantos; ou então o pai estava fazendo um jogo terrível com ele. Assim como acontecera com seu pai em 1944, com o tempo o coração dele também começou a vibrar com Mimi. Assim como o grande arco ascendente da voz dela devia ter atraído a alma de seu pai, agora atraía também a dele, levando-o a juntar-se a ela em seu voo apaixonado, lá no alto.

O que houve de errado com ele esses anos todos? Por que não ouvira Verdi, Puccini? Tinha estado surdo? Ou a verdade é pior do que isso: será que ele, mesmo em rapaz, ouviu e reconheceu perfeitamente bem o apelo de Tebaldi e então, com uma afetação de lábios apertados ("não vou ceder!"), se recusou a dar atenção? *Abaixo Tebaldi, abaixo a Itália, abaixo a carne!* E se seu pai tinha de ir abaixo com a destruição geral, que fosse!

Do que acontece dentro de seu pai ele não faz a menor ideia. Seu pai não fala de si mesmo, não mantém um diário nem escreve cartas. Apenas uma vez, por acidente, a porta se abriu numa fresta. No suplemento Modo de Vida do *Argus* de fim de semana ele encontrou um teste de Sim-Não que seu pai havia preenchido e deixado por ali, um teste chamado "Seu Índice de Satisfação Pessoal". Diante da terceira pergunta — "Conheceu muitos membros do sexo oposto?" —, seu pai havia marcado o quadradinho de Não. "As relações com o sexo oposto foram uma fonte de satisfação para você?", dizia a quarta. Não, foi a resposta outra vez.

De vinte possibilidades, seu pai fez seis pontos. Um resultado de quinze ou mais, dizia o criador do Índice, um tal de dr. Ray Schwarz, Ph.D., autor de *Como ter sucesso na vida e no amor*, um guia para o desenvolvimento pessoal que era best-seller, indica que a pessoa viveu uma vida realizada. Um resultado de menos de dez, por outro lado, sugeria que ele ou ela precisava cultivar uma atitude mais positiva, para cujo fim filiar-se a um clube social ou tomar lições de dança poderiam ser um primeiro passo.

*Tema para desenvolver: seu pai e por que vive com ele. A reação das mulheres na vida dele (perplexidade).*

Fragmento sem data

Pelas ondas do rádio vêm denúncias dos terroristas comunistas, e de seus camaradas incautos do Conselho Mundial das Igrejas. Os termos das denúncias podem mudar de dia para dia, mas o tom intimidatório não. É um tom conhecido por ele dos tempos de escola em Worcester, onde, uma vez por semana, todas as crianças, das mais novas às mais velhas, eram reunidas no saguão da escola para passar por lavagem cerebral. Tão conhecido é aquilo que ao primeiro sopro um nojo visceral sobe dentro dele e ele pula para o botão de desligar.

Ele é produto de uma infância danificada, que ele há muito equacionou; o que o surpreende é que o pior dano se deu não na reclusão do lar, mas fora dali, na escola.

Ele andou lendo aqui e ali sobre teoria educacional, e nos escritos da escola calvinista holandesa começa a identificar o que há por baixo da forma de ensino que lhe foi administrada. O propósito da educação, dizem Abraham Kuyper e seus discípulos, é formar a criança como congregado, como cidadão, como futuro pai. É a palavra *formar* que o detém. Durante seus anos de escola em Worcester, seus professores, eles próprios formados por seguidores de Kuyper, trabalharam o tempo todo para formar a ele e aos outros meninos sob seus cuidados — dar-lhes forma como um artesão dá forma a um pote de barro —, e ele, usando os meios patéticos, desarticulados, que tinha a seu alcance, resistira a eles, resistira a eles como resiste a eles agora.

Mas por que havia resistido tão obstinadamente? De onde vinha aquela resistência dele, aquela recusa em aceitar que o fim último da educação devia ser formá-lo segundo alguma imagem predeterminada, que se assim não fosse não teria nenhuma forma, mas sim chafurdaria num estado de natureza, pagão, selvagem? Só pode haver uma resposta: o cerne de sua resistência, sua contrateoria ao kuyperismo, devia vir de sua mãe. De uma forma ou de outra, fosse por sua própria criação como filha da filha de um missionário evangélico, ou, mais provavelmente, pelo único ano que passou na universidade, um ano do qual ela emergiu com nada mais que um diploma permitindo que desse aulas em escolas primárias, ela devia ter captado um ideal alternativo de educador e da tarefa do educador, e então, de alguma forma, impresso esse ideal em seus filhos. A tarefa do educador, segundo sua mãe, devia ser identificar e alimentar os talentos naturais da criança, os talentos com que a criança nasceu e que tornam cada criança única. Se a criança fosse uma planta, o educador devia alimentar as raízes da planta e observar seu crescimento, em vez de — como pregavam os kuyperistas — podar seus ramos e dar-lhes forma.

Mas que base tem ele para pensar que ao criar a ele — a ele e a seu irmão — sua mãe seguia alguma teoria? Por que a verdade não podia ser que sua mãe havia deixado que os dois crescessem chafurdando na selvageria, simplesmente porque ela própria havia crescido na selvageria — ela e seus irmãos e irmãs na fazenda no Cabo Leste onde haviam nascido? A resposta é dada por nomes que ele pesca nos recessos da memória: Montessori; Rudolf Steiner. Nomes que não significavam nada quando ele os ouvia em criança. Mas agora, nas suas leituras sobre educação, ele cruza com eles de novo. Montessori, o método Montessori: então por isso é que ele ganhava blocos para brincar, blocos de madeira que de início ele jogava para cá e para lá no quarto, achando que era para isso que serviam, que depois passara a empilhar um sobre o outro até a torre (sempre uma torre!) desmoronar e ele uivar de frustração.

Blocos para construir castelos e massinha para fazer animais (massinha que, de início, ele tentara mastigar); e depois, antes que ele estivesse pronto para isso, um conjunto Meccano de peças metálicas planas, barras, parafusos, polias e cavilhas.

*Meu pequeno arquiteto; meu pequeno engenheiro*. Sua mãe partiu do mundo antes que ficasse incontrovertivelmente claro que ele não iria ser nenhuma dessas duas coisas e, portanto, que os blocos e o conjunto Meccano não tinham feito a sua mágica, talvez nem a massinha (*Meu pequeno escultor*). Será que sua mãe pensava: *Terá sido um grande erro, o método Montessori?*. Será que ela, em momentos mais sombrios, pensava consigo mesma: *Eu devia ter deixado que aqueles calvinistas formassem meu filho, nunca devia ter dado força à sua resistência?*

Se tivessem conseguido formá-lo, aqueles professores de Worcester, ele teria muito provavelmente se tornado um deles, patrulhando fileiras de crianças silenciosas com uma régua na mão, batendo nas carteiras ao passar para lembrá-las quem estava no comando. E no fim do dia ele teria uma família kuyperiana para a qual voltar, uma esposa bem formada e obediente, crianças obedientes — uma família e um lar dentro de uma comunidade dentro de uma terra natal. Em vez disso ele tinha... o quê? Um pai para cuidar, um pai não muito bom em cuidar de si mesmo, que fumava um pouco em segredo, bebia um pouco em segredo, com uma visão da vida doméstica conjunta deles dois sem dúvida diferente da dele: por exemplo, que coubera a ele, o pai sem sorte, cuidar dele, o filho adulto, uma vez que ele, o filho, não era muito bom em cuidar de si mesmo, como ficava bem evidente por sua história recente.

*A desenvolver: sua própria teoria educacional, cultivada em casa, suas raízes em* (*a*) *Platão e* (*b*) *Freud, seus elementos* (*a*) *discipularismo* (*o aluno aspirar ser igual ao professor*) *e* (*b*) *idealismo ético* (*o professor se esforçar para ser digno do aluno*), *seus perigos* (*a*) *vaidade* (*o professor gozar a veneração do aluno*) *e* (*b*) *sexo* (*sexo como atalho para o conhecimento*).

*Sua comprovada incompetência em assuntos do coração; transferência em classe e seus repetidos fracassos em lidar com ela.*

Fragmento sem data

Seu pai trabalha como contador em uma empresa que importa e vende peças para carros japoneses. Como a maior parte dessas peças não é fabricada no Japão, mas em Taiwan, na Coreia do Sul, ou mesmo na Tailândia, não podem ser chamadas de peças originais. Por outro lado, como não vêm em embalagens de manufatura falsificadas, mas anunciam (em letras pequenas) seu país de origem, não são peças piratas também.

Os donos da empresa são dois irmãos, agora no fim da meia-idade, que falam inglês com sotaque da Europa oriental e fingem ser inermes de africânder embora tenham de fato nascido em Port Elizabeth e entendam o africânder das ruas perfeitamente bem. Eles empregam cinco pessoas: três balconistas, um contador e uma assistente de contador. O contador e sua assistente têm um cubículo de madeira e vidro, próprio para isolá-los da atividade em torno. Quanto aos balconistas, passam a maior parte do tempo indo e voltando entre o balcão e as prateleiras de peças de automóvel que se estendem até os recessos escuros da loja. O balconista chefe, Cedric, está com eles desde o começo. Por mais obscura que seja a peça — uma capa de ventoinha para triciclo Suzuki de 1968, uma escova de pino mestre para caminhão Impact de cinco toneladas —, Cedric sabe onde está.

Uma vez por ano, a firma passa por um balanço, durante o qual cada peça comprada ou vendida, até a última porca e parafuso, é inventariada. É um trabalho e tanto: a maior parte dos comerciantes fecharia as portas enquanto durasse. Mas a Acme Auto Peças chegou aonde chegou, dizem os irmãos, ficando aberta das oito da manhã às cinco da tarde cinco dias por semana, e das oito da manhã à uma da tarde aos sábados, chova ou faça sol, cinquenta e duas semanas por ano, com exceção do Natal e do Ano-Novo. Portanto, o balanço tem de ser feito fora do horário de funcionamento.

Como contador, seu pai está no centro das operações. Durante o balanço, ele sacrifica a hora do almoço e trabalha até tarde da noite. Trabalha sozinho, sem ajuda: trabalhar horas extras e, portanto, pegar o trem tarde para casa, é uma coisa que nem a sra. Noerdien, assistente de seu pai, nem mesmo os balconistas estão dispostos a fazer. Andar de trem depois que escureceu ficou muito perigoso, dizem: muita gente que viaja para trabalhar está sendo atacada e roubada. Então, na hora de fechar são só os irmãos, em seu escritório, e seu pai, no cubículo, que ficam para trás, debruçados sobre documentos e livros-caixa.

"Se a senhora Noerdien ficasse ao menos uma hora extra por dia", diz seu pai, "nós terminávamos num minuto. Eu podia ir lendo os valores e ela conferindo. Fazer sozinho é impossível."

O pai dele não é contador habilitado; mas durante os anos que passou praticando advocacia, aprendeu ao menos os rudimentos. É contador dos irmãos há doze anos, desde que desistiu de advogar. Os irmãos, deve-se presumir — a Cidade do Cabo não é uma cidade grande —, sabem de seu passado variegado na carreira jurídica. Têm consciência disso e portanto — deve-se presumir — ficam de olho nele, para o caso, mesmo tão perto da aposentadoria, de ele pensar em tentar enganá-los.

"Se o senhor puder trazer os livros-caixa para casa", ele sugere ao pai, "eu poderia dar uma força na conferência."

O pai sacode a cabeça e ele adivinha por quê. Quando seu pai se refere aos livros, ele o faz em voz baixa, como se fossem livros sagrados, como se mantê-los em dia fosse uma função sacerdotal. Manter livros-caixa, a atitude dele parece sugerir, é mais do que aplicar matemática elementar a colunas de números.

"Acho que não posso trazer os livros para casa", seu pai diz, afinal. "Não no trem. Os irmãos não iam permitir."

Ele pode entender isso. O que seria da Acme se seu pai fosse assaltado e os livros sagrados roubados?

"Então vou à cidade na hora de fechar e substituir a senhora Noerdien. Nós dois podemos trabalhar juntos das cinco até as oito, digamos."

O pai se cala.

"Eu só ajudo a conferir", ele diz. "Se aparecer alguma coisa confidencial, prometo que não olho."

Na hora que ele chega para sua primeira tarefa, a sra. Noerdien e os balconistas já foram para casa. Ele é apresentado aos irmãos. "Meu filho John", diz seu pai, "que se ofereceu para me ajudar a conferir."

Ele aperta a mão deles: sr. Rodney Silverman, sr. Barrett Silverman.

"Não sei se podemos acrescentar você na folha de pagamento, John", diz o sr. Rodney. Vira-se para o irmão. "O que você acha que é mais caro, Barrett, um Ph.D. ou um CA? Talvez a gente precise fazer um empréstimo."

Todos riem da piada. Depois, oferecem-lhe um valor. É exatamente o mesmo valor que ganhava como estudante, dezesseis anos atrás, para copiar dados familiares para cartões no censo municipal.

Ele se instala com o pai no cubículo de vidro dos contadores. A tarefa que têm pela frente é simples. Têm que examinar pasta após pasta de faturas, confirmar que os valores foram transcritos corretamente para os livros e para o registro bancário, marcando um a um com lápis vermelho, conferir a soma ao pé da página.

Eles se põem a trabalhar e fazem um bom progresso. A cada mil entradas, encontram um erro, insignificantes cinco centavos a mais ou a menos. No mais, os livros estão em ordem exemplar. Assim como clérigos sem batina revelam-se os melhores leitores de provas, também advogados sem banca revelam-se bons contadores — advogados sem banca ajudados, se preciso for, por seus filhos com elevada educação e sem emprego.

No dia seguinte, a caminho da Acme, ele é colhido por uma pancada de chuva. Chega encharcado. O vidro do cubículo está embaçado; ele entra sem bater. Seu pai está curvado sobre a escrivaninha. Há uma segunda presença no cubículo, uma mulher, jovem, olhos de gazela, curvada suavemente, no momento de vestir a capa.

Ele para no meio do passo, fascinado.

O pai levanta-se da cadeira. "Senhora Noerdien, este é meu filho John."

A sra. Noerdien evita o olhar dele, não estende a mão. "Estou indo agora", ela diz em voz baixa, dirigindo-se não a ele, mas ao pai.

Uma hora depois, os irmãos também vão embora. O pai põe a chaleira para ferver e faz café. Página por página, coluna por coluna, eles tocam o trabalho, até as dez da noite, até seu pai estar piscando de cansaço.

A chuva parou. Pela rua Riebeeck deserta eles vão até a estação: dois homens, fisicamente mais ou menos aptos, estão mais seguros à noite do que um homem sozinho, muito mais seguros do que uma mulher sozinha.

"Há quanto tempo a senhora Noerdien trabalha com vocês?", ele pergunta.

"Ela entrou em fevereiro."

Ele espera mais. Não há mais. Há muitas coisas que pode perguntar. Por exemplo: como é que a senhora Noerdien, que usa um lenço na cabeça e deve ser muçulmana, acabou trabalhando para uma empresa judia, empresa onde não há nenhum parente homem para ficar de olho e protegê-la?

"Ela é boa no que faz? É eficiente?"

"Muito boa. Muito meticulosa."

De novo, ele espera mais. De novo, é só isso.

A pergunta que ele não pode fazer: que efeito tem sobre o coração de um velho solitário como o senhor ficar sentado, dia após dia, num cubículo não maior que muitas celas de prisão, lado a lado com uma mulher que não só é boa em seu trabalho e tão meticulosa quanto a sra. Noerdien, mas também tão feminina?

Porque essa é a impressão mais forte que leva de seu breve encontro com ela. Ele acha que é feminina porque não tem outra palavra melhor: o feminino, uma rarefação da fêmea, a ponto de se tornar espírito. Com a sra. Noerdien, como pode um homem, como pode até mesmo o sr. Noerdien, cruzar o espaço entre os picos exaltados do feminino para o corpo terreno da fêmea? Ir para a cama com um ser daqueles, abraçar um corpo daqueles, sentir seu cheiro, seu gosto — que efeito teria isso sobre um homem? E estar ao lado dela o dia inteiro, cônscio de seu menor movimento: será que a triste resposta de seu pai ao teste de estilo de vida do dr. Schwarz — "As relações com o sexo oposto têm sido fonte de satisfação para você?" — "Não" — tem alguma coisa a ver com estar cara a cara, no inverno da vida, com uma beleza que ele nunca conheceu antes e nunca poderá esperar possuir?

*Questão: Por que dizer que seu pai está apaixonado pela sra. Noerdien, quando muito evidentemente ele é que se apaixonou por ela?*

Fragmento sem data
Ideia para uma história

Um homem, um escritor, mantém um diário. Nele anota pensamentos, ideias, acontecimentos significativos.

As coisas viram para o pior em sua vida. "Dia ruim", ele escreve no diário, sem elaboração. "Dia ruim", ele escreve, dia após dia.

Cansado de chamar cada dia de dia ruim, ele decide simplesmente marcar os dias ruins com um asterisco, como algumas pessoas (mulheres) marcam com uma cruz vermelha os dias em que vão menstruar, ou como outras pessoas (homens, mulherengos) marcam com um X os dias em que obtiveram algum êxito.

Os dias ruins se acumulam; os asteriscos se multiplicam como a praga das moscas.

A poesia, se ele conseguisse escrever poesia, podia levá-lo à raiz do mal-estar, esse mal-estar que brota na forma de asteriscos. Mas a primavera da poesia nele parece ter secado.

Pode recorrer à prosa. Em teoria, a prosa pode ter a mesma mágica purificadora que a poesia. Mas ele tem dúvidas a respeito. A prosa, em sua experiência, pede muito mais palavras do que a poesia. Não faz sentido embarcar na prosa se a pessoa não tem a segurança de que vai estar vivo no dia seguinte para prosseguir a tarefa.

Ele brinca com ideias assim — a ideia de poesia, a ideia de prosa — como meio de não escrever.

Nas páginas de trás de seu diário, ele faz uma lista. Uma delas tem como título *Modos de acabar consigo mesmo*. Na coluna da esquerda ele lista *Métodos*, na coluna da direita, *Desvantagens*.

Dos modos de acabar consigo mesmo que ele arrolou, o favorito, depois de madura consideração, é afogamento, o que quer dizer ir até Fish Hoek à noite, estacionar perto do fim deserto da praia, tirar a roupa no carro, vestir sunga (para quê?), atravessar a areia e entrar na água (terá de ser uma noite de luar), enfrentar as ondas, dar braçadas no escuro, nadar até o limite da resistência física, depois deixar o destino tomar o seu curso.

Todo seu relacionamento com o mundo parece ocorrer através de uma membrana. Como a membrana está ali, a fertilização não ocorre. É uma metáfora interessante, cheia de potencial, mas não o leva a lugar nenhum que ele possa enxergar.

Fragmento sem data

Seu pai cresceu numa fazenda no Karoo bebendo água artesiana com alta taxa de flúor. O flúor deixou o esmalte de seus dentes marrom e duro como pedra. Ele se gabava de nunca ter precisado ir ao dentista. Depois, na meia-idade, seus dentes começaram a apodrecer, um após outro, e ele extraiu todos.

Agora, aos sessenta e poucos anos, sua gengiva lhe causa problemas. Formam-se abscessos que o forçam a fazer raios X. Os raios X revelam um tumor canceroso na laringe. Ele é aconselhado a submeter-se a cirurgia com urgência.

Ele visita o pai na ala masculina do Groote Schuur Hospital. Ele está usando o pijama do hospital e seus olhos estão assustados. Dentro do paletó largo demais ele parece um passarinho, todo pele e ossos.

"É uma operação de rotina", ele garante ao pai. "O senhor vai sair dentro de poucos dias."

"Você explica aos irmãos?", o pai sussurra com dolorosa lentidão.

"Eu telefono para eles."

"A sra. Noerdien é muito capacitada."

"Tenho certeza de que a sra. Noerdien é muito capacitada. Tenho certeza de que ela vai se virar até o senhor voltar."

Não há mais nada a dizer. Ele podia estender a mão e pegar a mão do pai, ficar segurando, para confortá-lo, para mostrar que ele não está sozinho, que ele é amado e querido. Mas não faz isso. Salvo no caso de crianças pequenas, crianças ainda não em idade de ser formadas, não é uso na família deles uma pessoa estender a mão e tocar outra. E isso não é tudo. Se naquela situação extrema ele ignorasse a prática familiar e pegasse a mão de seu pai, o que esse gesto iria sugerir seria verdadeiro? Seu pai é verdadeiramente amado e querido? Seu pai não está verdadeiramente sozinho?

Ele faz uma longa caminhada, do hospital até a avenida Principal, depois pela avenida Principal até Newlands. O vento sudoeste está uivando, levantando lixo da sarjeta. Ele anda depressa, consciente do vigor de seus membros, da firmeza das batidas de seu coração. O ar do hospital ainda está em seus pulmões: ele tem de expelir, de se livrar daquilo.

Quando chega à ala masculina no dia seguinte, seu pai está deitado de costas, o peito e a garganta enfaixados, com tubos saindo para fora. Parece um cadáver, o cadáver de um velho.

Ele se preparou para o espetáculo. A laringe, que tinha o tumor, teve de ser extirpada, diz o cirurgião, não havia como evitar. Seu pai não vai mais ser capaz de falar de um jeito normal. Porém, a seu tempo, quando a lesão tiver cicatrizado, ele receberá uma prótese que permitirá um certo tipo de comunicação vocal. A tarefa mais urgente é certificar-se de que o câncer não se espalhou, o que quer dizer mais exames, mais radioterapia.

"Meu pai sabe disso?", ele pergunta ao cirurgião. "Ele sabe o que está à espera dele?"

"Eu tentei informar", disse o cirurgião, "mas não tenho certeza do quanto ele absorveu. Está em estado de choque. O que é de esperar, claro."

Ele para sobre a figura na cama. "Telefonei para a Acme", diz. "Falei com os irmãos e expliquei a situação."

O pai abre os olhos. Geralmente, ele é cético sobre a capacidade das órbitas oculares expressarem sentimentos complexos, mas dessa vez fica abalado. O olhar que seu pai lhe dá fala de absoluta indiferença: indiferença por ele, indiferença pela Acme Auto, indiferença por tudo que não o destino de sua própria alma na perspectiva da eternidade.

"Os irmãos mandam seus melhores votos", ele continua. "De uma rápida recuperação. Disseram para o senhor não se preocupar, que a senhora Noerdien vai defender o forte até que o senhor esteja pronto para voltar."

É verdade. Os irmãos, ou o irmão com quem ele falou, não podiam ter sido mais solícitos. Seu contador pode não ser da mesma crença, mas os irmãos não são gente fria. "Uma joia" — foi isso que o irmão em questão disse de seu pai. "Seu pai é uma joia, o emprego estará sempre à espera dele."

Claro que é uma ficção, tudo. Seu pai nunca vai voltar a trabalhar. Dentro de uma semana, ou duas, ou três, vai ser mandado para casa, curado ou semicurado, para começar a próxima fase, a fase final de sua vida, durante a qual o seu pão de cada dia dependerá da caridade do Fundo de Benefícios da Indústria Automotiva, do Estado sul-africano, através do Departamento de Pensões, e da família que sobreviveu a ele.

"Quer que eu traga alguma coisa para o senhor?", ele pergunta.

Seu pai faz minúsculos movimentos de escrever com a mão esquerda, cujas unhas, ele nota, não estão limpas. "Quer escrever?", pergunta. Ele tira o diário de bolso, abre na página de *Números de telefone* e estende a ele com uma caneta.

Os dedos param de se mexer, os olhos perdem o foco.

"Não sei o que quer dizer", diz ele. "Tente de novo e me diga o que quer."

Devagar, seu pai sacode a cabeça da esquerda para a direita.

Nas mesinhas ao lado das outras camas da ala há vasos de flores, revistas, em alguns casos fotografias emolduradas. A mesinha ao lado da cama do pai está vazia a não ser por um copo de água.

"Eu tenho de ir agora", ele diz. "Tenho de dar uma aula."

Num quiosque perto da entrada ele compra um pacote de balas de chupar e volta para o lado da cama do pai. "Comprei isto para o senhor", ele diz. "Para ficar na boca se ficar com a boca seca." Duas semanas depois, o pai volta para casa numa ambulância. É capaz de andar arrastando os pés com ajuda de uma bengala. Segue da porta da frente até seu quarto e se tranca.

Um dos homens da ambulância entrega a ele uma folha de instruções mimeografadas intitulada *Laringectomia — Cuidados com o paciente* e um cartão com os horários em que a clínica está aberta. Ele dá uma olhada na folha. Há um contorno de uma cabeça humana desenhado com um círculo escuro abaixo da garganta. *Cuidados com a lesão*, diz.

Ele recua. "Não posso fazer isso", diz. Os homens da ambulância trocam olhares, dão de ombros. Não têm nada a ver com isso, cuidar da lesão, cuidar do paciente. O negócio deles é levar o paciente para seu local de residência. Depois disso, é com o paciente, ou com a família do paciente, ou então com ninguém.

Antes, ele, John, tinha pouco o que fazer. Agora isso está para mudar. Agora ele terá mais para fazer do que poderá dar conta, muito, e ainda mais. Vai ter de abandonar alguns de seus projetos e ser enfermeiro. A alternativa, se ele não quiser ser enfermeiro, será anunciar a seu pai: *Não posso encarar a perspectiva de cuidar do senhor dia e noite. Vou abandonar o senhor. Até logo*. Um ou outro: não há um terceiro caminho.

ESTA OBRA FOI COMPOSTA EM ELECTRA PELO ACQUA ESTÚDIO E IMPRESSA PELA GEOGRÁFICA EM OFSETE SOBRE PAPEL PÓLEN SOFT DA SUZANO PAPEL E CELULOSE PARA A EDITORA SCHWARCZ EM ABRIL DE 2010